U0933933

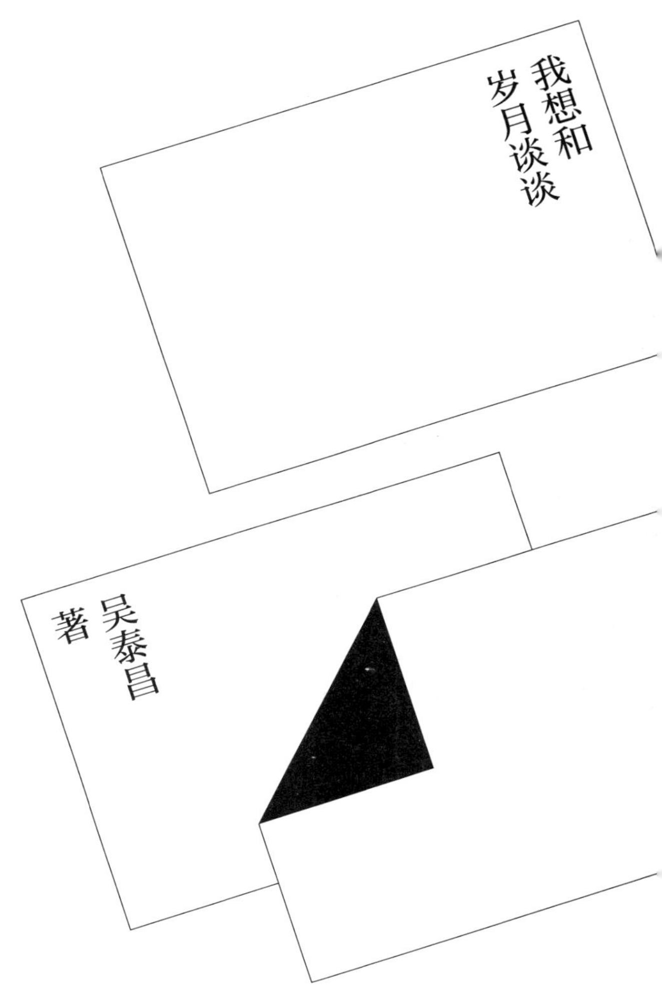

我想和岁月谈谈

吴泰昌 著

华龄出版社
HUALING PRESS

有 态 度 的 阅 读

小马过河（天津）文化传播有限公司

目　录

谈文艺

谈交游

谈生活

谈文艺

郁达夫与太阳社

郁达夫1922年出版了第一部短篇小说集《沉沦》。不久，又出了好几本头的全集。至于选集，则始于1928年上海春野书店出版的《达夫代表作》。

春野书店是太阳社所属的出版机构。《代表作》的编者是太阳社的重要成员钱杏邨、杨邨人、孟超。关于它的选编过程，达夫在《自序》中有过说明：

> 因为马勃牛溲，都收到了全集里去的原因，弄得三百页内外的书，积成了四五本了，这一回春野书店的同人，来和我商量，说要出一本选集，以便无钱买书的穷苦读者，我因为版权上没有问题——因为全集的版权，都还是我的私有——所以也就答应了。

钱杏邨在万余言的《后序》中也说道：

> 达夫因为春野书店的要求，加以自己感觉到全集的瑕瑜兼收的不能使自己满意，委托我们代他编一本，现在总算编订付印，而又竭一日夜的力量把这后序写定了。

在同年五月一日出版的《太阳月刊》五月号上，有春野书店介绍这部书的广告，其中说：

> 郁达夫先生是十年来中国新文坛上一位有名的作家，他的著作早已风行全国；不过卷帙浩繁，全读不易，本店特商请先生从他的全著作中选出若干篇编成此书。在一九二八年以前的重要作品，完全收在这里面。他十年来思想的转变，作风的转变，在这一本书里完全可以看到。

上面三段文字，除说明编者为何要出这本《代表作》，还说明，这部选集虽不等于自选集，但是征得作者同意乃至过问的，因此，编者取舍的标准，就不单体现了太阳社当时的文学主张，而且在一定程度上，也反映了作者的一些想法。

全书共选十三篇小说、散文。目次是《银灰色的死》《采石矶》《还乡记》《还乡后记》《离散之前》《春风沉醉的晚上》《薄奠》《小春天气》《烟影》《过去》《微雪的早晨》《给一位文学青年的公开状》[①]《一个人在途上》。引人注目的是，未录《沉沦》。《沉沦》当时反响很大，分歧也大。春野书店的广告中却说："在一九二八年以前的重要作品，完全收在这里面。"这就显示了编者对这篇小说的看法。被文学史家重视的两篇以劳动人民生活为题材的作品：《春风沉醉的晚上》和《薄奠》，《代表作》里都选录了，这就愈加证明，编者在选取上是有过一番斟酌的。

---

① 目录上是《致一个青年的公开状》。

该书共印两千册，分甲种本、乙种本。卷首有良士所绘作者近影。出书的速度相当快，《后序》是2月27日、28日写定的，3月15日书就问世了。

国民党大兴文字狱，对革命的和进步的文艺作品一禁再禁。《达夫代表作》也逃脱不了这个命运。被禁的“罪名”是“附钱杏邨后序不妥”[①]。所以，春野书店关闭后，有的书局后来翻印这本书时将《后序》删去了。钱杏邨将这篇《后序》收入1929年泰东书局出版的自著《现代中国文学作家》中。书出版不久，又遭厄运，不过“罪名”已另罗织。

达夫的《自序》不长，是1928年1月28日在上海写的。除开头引文外，我以为还有几段值得推荐，由于此书已很难寻觅，不妨抄录如下：

> 总之我觉得“新”是文艺上的一个重要成分，若没有“新味”，那文艺的价值就等于零了，我们何必要文艺呢？所以我可以很坚决地在此地主张，“新”的思想，要“新”的作家才能宣传的，时代落伍的“老”者，只配在旁边喝喝彩、助助兴，绝不是“新思想”的代表者，虽然这新老之分，并不是在年龄的大小，和创作时代的先后的。
>
> 因为在《过去集》序上说及了“艺术品都是艺术家的自叙传”一句话，致惹起了许多误解，想在这里辩一辩证。我在那里所说的意思，是在说作家要重经验。没有经验，而凭空想

① 《中国现代出版史料》丙编，第一五二页。

象出来的东西，除非是真有大天才的作家，才能做得成功，像平庸的我辈，想在作品里表现一点力量出来，总要不离开实地的经验，不违背Realism的原则才可以。这是我的真意，这我想也是谁也应该承认的一个原则。

新时代开始了，中国的文学，也渐渐地到了一个转变的时机了，我只希望在最近的将来，我们中国也有可以压倒一切、破坏一切文学理论的大作家出现，来做我们的旗手。

由这本书使我们进而想到达夫与太阳社的关系。钱杏邨同志1977年1月20日在病中曾谈起，达夫参加过初期创造社，后来又参加过太阳社，是太阳社的成员。他说，这事很少为人所知。达夫入社是他谈话的。大革命失败后，太阳社在上海成立，开始经济上很窘迫，主要靠社员捐赠的稿费来支撑，达夫将这本《代表作》的版税全部提供给太阳社做活动经费。达夫此举给他留下了很深的印象。1928年秋天，他和达夫为中国革命互济会（又名中国济难会）编过文艺性刊物《白华》[①]。创刊号上，他执笔写了发刊词《我们的态度》，达夫写了《白华的出现》。此外，他们还为这个刊物写了其他作品。《白华》的主要撰稿人，诸如建南（楼适夷）、伯川（杜国庠）、冯宪章等，也多为太阳社活跃的成员。因此，有的现代文学期刊目录，干脆把《白华》算作太阳社的刊物。于此，也可见达夫与太阳社的关系。至于达夫与钱杏邨，一直是要好的朋友。1977年春天，

---

① 钱杏邨，笔名阿英，他在《高尔基和中国济难会》一文中说："……一九二八年至一九二九年，我和济难会有一些工作关系。那时郁达夫和我替会里编辑一本半公开的文艺性半月刊，叫作《白华》。"见《人民日报》一九六一年二月十三日第六版。

有人问起钱杏邨同志关于达夫参加“左联”的情况，他说：“现在有一种说法，好像达夫参加‘左联’只鲁迅先生支持。这是不尽符合事实的。我是筹备‘左联’的主要负责人之一。我是积极赞成达夫参加‘左联’的。”他还谈道，“文革”前，达夫的家属收集整理了一本《达夫诗词选》，拟交天津百花文艺出版社出版。他们希望郭老和我帮助看看这部稿子。郭老写了一篇序，虽然书至今未能出来，这篇序却早在《光明日报》上发表了。郭老当面与我谈过，还专门写过信，希望我帮助看看《诗词选》原稿。我看了并提出过一些意见。

1978年8月

齐燕铭遗札

数月前故去的齐燕铭，在海内外文化界向负盛名。20世纪30年代初，他在北平诸大学做教授时，就有《中国文学史》等著作面世。1940年去延安，数十年来，他因忙于统战、文化行政领导工作，多年治学的心得大部未及形诸文字。这是异常抱憾的事。

比如，他对《红楼梦》就有不少卓见。1963年，国内为纪念曹雪芹逝世二百周年，在故宫举办了一个大型展览会，曾轰动一时，不久被邀去日本展出，深得扶桑友人赞誉。齐燕铭与阿英主其事。他们常常为此交换意见，书信不断。这个展览，前些年被判为黑的，阿英保存的这类信札被作为罪证抄走了，至今多半下落不明。近日清理阿英遗物，意外地发现幸存二封，从中也可窥见齐氏红学观点一二。故特绍介。

阿英同志：

近得《龙岩诗词合钞》，其中有两则涉及《红楼梦》者，不知可供访求资料之线索否？送上一阅。原书阅后盼仍掷还。

敬礼

齐燕铭

（一九六三年）七月四日

另一封也写于1963年。其时红学家对新近发现的曹雪芹绘像及《曹氏宗谱》有争议，他从北戴河来函，提出自己的见解。

阿英同志：

电函均悉，展览总算开幕了，真是大喜之至。五个月的劳动，成绩还不错，但把你累坏了。

曹雪芹像查明很好，但我觉得和王冈所画的未必是一个人，王画的那个人从样子看似乎更“酒肉”一些。

曹氏宗谱事已听昆仑（著名红学家王昆仑——引者）讲到。这是一大收获。看来这方面资料今后是可能多找到一些。据说谱上无曹霑，果然，那可能是作为不肖子弟除了名的。这在过去是常有的事。这倒更可作为“叛逆”的最好的说明。我大约月底可以回去，余面赘。

敬礼

齐燕铭

九月二十日

可以补充的是，前年夏季，有天下午，我曾陪上海来的两位友人，去三里河看望他。那天本意是想请他为一家刊物写一篇回忆京剧《逼上梁山》在延安创作和演出的文章。经再三恳求，他允诺了。这篇长文，以《旧剧革命划时期的开端》为题，刊在1978年2月发行的《文艺论丛》第二期上，这也许是他有关文艺论述的绝笔。那天恰逢北京少有的雷雨天，窗外大雨不停，经主人挽留，足足谈了两个多小时。他谈到前几年的“评红”运动，他说有的观点混乱得很，有些评论文章连书也没有读懂。他认为有必要撰写一部阐发小说有关文物典籍的书，否则时代久远，读起书里描写的生活会愈来愈感到隔膜。在归途中，我们曾议论，凭他的渊博学识和对旗人生活的熟稔，如果有时间，他准能写出一部漫说红楼的好书。去年7月，他在北京医院住院，我有事去请教他。他又谈起《红楼梦》。他说，他很想将来空闲时写一部读《红楼梦》的札记，不过目前不可能，还是争取先写一篇关于曹雪芹展览的文章，借此也表达对老友阿英的一点眷念之情。

齐燕铭是中国当代一位知名的书法家。这大概不是孤闻吧。于篆书尤其拿手，行草也好。他工作过忙，偶为友人书写条幅，纯出之厚谊。故他的手迹在世间流传不多。不止此，他还擅长篆刻。近些年劳作甚少，我曾见他为夏衍、李一氓所刻，足见其珍惜患难之情。他喜藏印谱，于钤印之理论极其精通。十几年前，当他得悉阿英近获铁云藏印二册，连夜趋访，阅之爱不释手，当即携回，与自家所藏一一相较，写下一篇精彩的读后记：

> 阿英同志尝从扬州得铁云藏印两册，白纸本，原封面题铁云藏印三集，上、下，犹是刘鹗手书。上册五十七叶，下册五十叶。每册率单面朱拓六印，其面印以一面为一印，每叶承八印。上下两册共计六百七十九印。按刘鹗藏印钤拓成谱在一九〇五年左右。其书一叶一印，初、二、三、四集，共四十八册。此殆藏印三集之初稿也。以余所藏三集校此初稿，此虽少二十余印，然亦颇有此长而彼短者焉。如余所藏虽得收藏者以臆标注册数，检之内容，殊淆乱无理；初稿上册为秦汉以来私印，次两面印，下册先古官私钵印，次秦汉以来官印，次长朱文，次玉印，次套印，其排比虽未必得当，

然亦稍有伦脊矣，此其一。余所藏本两面印均一叶一印，与其他各印混淆难分；初稿两面印二十三叶，较然可识，如贾、婴两字，若非初稿，即无法知其为两面印矣，此其二。初稿内有注明印觅钮式者三十二处，亦另本所无，此其三。从来印谱甚少注明卷叶数者，藏印家谱既定稿，钤拓之役每假手他人，因之次第淆乱在所常有，西泠印社所出各谱，其边款甚至张冠李戴，不校原印，何由而知？此所以印谱稿本之可贵也。

一九六五年九月齐燕铭读后记。

又余所藏本之第十四册，两面印缺三叶，无初稿本对校，亦无从而知。

据方家云，这是论述印谱很有价值的一段文字，同时它本身也是一页珍贵的墨迹。

1979年1月

张闻天早年的文学译著

我国新文学发展进程中，有一个引人瞩目的现象，那就是我们党初期的一些领导人或活跃人物，不少在专事革命实际工作之前，程度深浅不一地和文学打过交道。他们的创作和译著中闪烁着早年的卓见和才华。后来由于工作性质的变化，才不得不放弃或减弱了这种浓厚的兴致。

张闻天同志在五四运动后不久就接近了新文学。1921年他在东京求学时，常有习作，并投寄当时由茅盾主编的《小说月报》。内容多侧重外国作家的介绍和研究，如对托尔斯泰和泰戈尔的评论。1923年他在美国加利福尼亚华文报纸《大同日报》任编辑时，业余从英文转译了其时新得诺贝尔文学奖的西班牙最著名的戏曲家倍那文德的两个剧本《热情之花》与《伪善者》。茅盾在新近发表的《我所知道的张闻天同志早年的学习和活动》一文中说："刚好我在上海也把美国文学杂志*Poetlore*上登载的倍那文德的《太子的旅行》翻译出来，所以后来（一九二五年）把这三篇戏曲合起来，题名为《倍那文德戏曲集》，在商务印书馆出版，作为《文学研究会丛书》之一。"按，《倍那文德戏曲集》收《太子的旅行》《热情之花》和《伪善者》三个剧本，署名沈雁冰、张闻天合译，1925年5月初版。卷首有倍那文德照片二幅，序文二篇。序一为沈雁冰所写，副题是

“倍那文德的作风”;序二为张闻天所写，译者在文末分别注明，《热情之花》译于1923年3月8日，《伪善者》译于1923年3月22日（茅盾在上文中说张译这两个剧本是在1923年2月，可能记忆有误）。

张闻天的这篇序文，对了解其早期社会思想和推崇现实主义的文学主张弥为珍贵。如文中说:“一切艺术家因为感觉的锐敏，所以凡是社会上的缺点他总最先觉得，倍那文德也是不在这个例外的。他对于西班牙社会上种种旧道德与旧习惯的攻击，非常厉害。他以为过去的价值只在能应付现在与未来。过去的本身的崇拜，结果不过阻碍生命的向前发展罢了。”“他是一个极端的心理的写实主义者。我们读他的戏剧，第一件注意到的，就是他不着重在动作的描写，他着重的是在进行中的思想与情感。他不是从外至内而是从内至外的戏曲家，他把蕴藏在人生内心中的东西翻出来给大家看。”“他是一个写实主义者，他只把社会的、人生的真相如实地写下来，他没有预先拿到了一种成见去造戏剧，也从没有想到他的创造是在为着什么‘人生’。”这些见解，今天读来也是不无启发的。

张闻天在序文中说，对倍那文德的戏曲，他最欢喜的是《热情之花》《伪善者》和《白贝公主》，并许下将来再译后一篇的诺言。这期间，他还从英文译出了俄国安特列夫的剧作《狗的跳舞》（1923年12月商务印书馆初版），译者序言中说:“安特列夫对于人物的描写，不着重在外面的行动，而着重在灵魂的振动。他毫不疲倦地找求着人心中所蕴藏着的革命的、反抗的、愤激的、恐怖的、人道的、残酷的、悲哀的、凄凉的种种精神。用了写实的、象征的、神秘的笔墨传达出来，使读者时而愤怒，时而恐怖，时而悲哀，时而怜悯，时而发狂。他用铁锤敲着我们的灵魂，使得我们不得不觉到战栗！”“安特列夫的作品就是我们的利剑，我们要把它拿起来像发疯一样挥舞着去破坏一切。不过破坏之后应该怎样，安特列夫没有回答我们。”1923年下半年，他返回祖国，很快参加到党的行列，开始了职业革命家的艰难生涯。以后一段时间，他续有译作，并且还写了剧本、短篇、中篇小说《旅途》等。不过，总的来说，环境的限制和担子的日益繁重，使他不可能有更多机会静下来思考写作什么。翻译《白贝公主》的诺言未能兑现，也许正如他早年文学创作上的诸多美好愿望一样，成为留存在脑际的一种亲切温存的回忆。

1980年6月

包天笑与鸳鸯蝴蝶派

我国现代作家中，最长寿的要算包天笑。他活了九十八岁。1973年11月24日在香港病逝。

包天笑在文坛前后七十年。中外作家年逾九十而能执笔者可数，而他九十八岁还能每日写作，谢世前一个多月，写了一篇五六万字的长文，可谓奇迹。

现在中年人，对包天笑这个名字熟悉的可能不多，但在老一辈人的记忆里，他可曾是一位活跃非凡的作家，说起清末民初风行的白话通俗小说，不能不想起他。包天笑一生教过书，办过报，主要精力从事小说的译著。作品数量尤多。他通日文，意译为主，有人批评他不忠于原作，但译文读者易懂。翻译以教育小说《馨儿就学记》为代表，1926年7月已出八版，可见其影响。1924年中华书局出版的他的历史小说《留芳记》（二十回，未完），以梅兰芳为主人公连缀了许多故事，借以反映清末民初的社会政治生活。林纾为小说写了“弁言”。初版三个月即销罄，两三年后才得以再版。日寇侵占时期，被禁止发行，因此绝版。包天笑八十三岁后在香港，写了三十万字的长篇《新白蛇传》和《钏影楼回忆录》正、续集。他谢世后，友人高伯雨替他刊印了《衣食住行的百年变迁》，这些回忆录蕴藏着许多宝贵的资料，对研究民元以来的文化史有价值。

辛亥革命后至30年代，鸳鸯蝴蝶派在我国文坛影响一时。对这个文学流派的思想和创作倾向，鲁迅、郭沫若、沈雁冰、郑振铎等，均有文进行过批评。过去一些研究文章和文学史，在谈及鸳鸯蝴蝶派作家时，往往提到包天笑，并且将他视为首位。作家本人对此说不同意。

1960年7月20日香港《大公报》刊有宁远《关于鸳鸯蝴蝶派》一文，其中说鸳鸯蝴蝶派作品的发祥地是上海，但执笔者大多是苏州人，他们也有过一个小小的组织，叫作“星社”，主要人物有包天笑、周瘦鹃、程小青、范烟桥等，但还有不少鸳鸯蝴蝶派作家因为原籍不是苏州，所以没有参加。包天笑和周瘦鹃两位的作品发表得比较早，也比较多，但以风格而论，倒还不是道地的鸳鸯蝴蝶派，真正可以代表这一派的，前期是徐枕亚、李定夷，后期则是张恨水。

包天笑看到这篇文章，于同年7月27日在香港《文汇报》写《我与鸳鸯蝴蝶派》进行答辩：

据说，近今有许多评论中国文学史实的书上，都目我为鸳鸯蝴蝶派，有的且以我为鸳鸯蝴蝶派的主流，我名总是首列。我于这些刊物，都未曾寓目，均承朋友们告知，且为之不平者。我说：我已硬戴定这顶鸳鸯蝴蝶的帽子，复何容辞。行将就木之年，“身后是非谁管得”，付之苦笑而已。

实在我之写小说，乃出于偶然。第一部翻译小说《迦因小传》，与杨君合作（后林琴南亦译之）。嗣后，有友人自日本归，赠我几部日人所译西方小说，如科学小说《铁世界》等等，均译出由文明书局出版，以后为商务印书馆写教育小说，又为《时报》写连载小说以及编辑小说杂志等。至于《礼拜六》，我从未投过稿，徐枕亚直至他死，未识其人，我所不了解者，不知哪部我所写的小说是属于鸳鸯蝴蝶派。（某文学史曾举出了数部，但都非我写）…… 苏州的星社，我不是主要人物，它是范烟桥、程小青、姚苏凤、郑逸梅诸君所组织的，他们出版刊物，我亦未参加。

70年代初，他在回答美国一位青年汉学研究者所问时，再次重申："人家说我是鸳鸯蝴蝶派的主流，我不承认。"

对鸳鸯蝴蝶派作全面历史的分析，是我国近现代文学史回避不了的一个问题。看来弄清史实，在调查的基础上，才可望做出较为公允的评价。

1980年10月

元戎兼诗人的黄兴

辛亥革命期间，涌现出众多文武兼身的先烈。当时与孙中山齐名的黄兴(克强)，是军事行动的重要指挥者。为革命工作需要，他的行踪，很带有点神秘的色彩。他是神枪手，从海外南洋进出大陆几十次，甚至还乔装过“和尚”呢!

我国现代大画师齐白石在其“自述”一书中，谈到他壮年时在桂林与一姓“张”的“和尚”邂逅的趣事:

> 有一天在朋友那里，遇到一位和尚，自称姓张，名中正，人都称他为张和尚，我看他行动不甚正常，说话也多可疑，问他从哪里来，往何处去，他都闪烁其词，没曾说出一个准地方，只是吞吞吐吐唔了几声，我也不便多问了。他还托我画过四条屏，送了我二十块银圆。我打算回家的时候，他知道了，特地跑来对我说:“你哪天走?我预备骑马，送你出城去!”这位和尚待友，倒是很殷勤的。到了民国初年，报纸上常有黄克强的名字，是人人知道的。朋友问我:“你认识黄克强先生吗?”我说:“不认识。”又问我:“你总见过他?”我说:“素昧平生。”朋友笑着说:“你在桂林遇到的张和尚，既不姓张，又不是和尚，就是黄先生。”我才恍然大悟，但是我和黄先生始终没曾再见过。

1907年下半年，黄兴为发动钦州、防城起义和镇南关（今友谊关）起义，两次去广西。据《蔡松坡先生年谱》记载，是年10月，黄兴变姓名为张愚诚，偕赵声潜赴桂，密计起事镇南关。这就从旁证实了白石老人回忆之可靠。

黄兴在戎马倥偬、性命朝夕未卜中，不忘向白石求画，足见其对艺文之喜爱。他虽事军务，却写得一手好诗词，以清丽婉约之笔，抒发英雄豪迈之情，风格别致，读来感人至深。作品为数不多，大抵写于武昌起义之前，赠送战友，吊挽烈士，感情沉痛悲愤，充分体现了诗人视死如归的革命决心。萍乡、浏阳、醴凌起义事败，挚友刘道一被害，黄兴在日本听到这个消息时，和刘道一兄刘揆一相抱痛哭，当下写了《吊刘道一烈士》："英雄无命哭刘郎，惨淡中原侠骨香。我未吞胡恢汉业，君先悬首看吴荒。啾啾赤子天何意，猎猎黄旗日有光。眼底人才思国士，万方多难立苍茫。"结尾两句，诗人因痛失人才而久久伫立，凝望苍茫大地，一位忧愤深广、胸臆开阔的革命领导者的形象活现在我们眼前。《蝶恋花·赠李沛基》是一首赠友的佳作："画舸天风吹客去，一段清秋，不诵新词句。闻道高楼人独住，感怀定有登临赋！昨夜晚凉添几许！梦枕惊回，独自思君语：莫道珠江行役苦，只愁博浪椎难铸！"这首词作于1911年秋，是黄花岗起义失败后在香港写给准备暗杀清朝驻粤大员的李沛基兄弟的。下半阕，写诗人得悉李氏由香港抵达广州后自己的思念，他想起李沛基临行时的壮语："莫道珠江行役苦，只愁博浪椎难铸！"行役之苦算得了什么，担心完成不了指派的任务！诗人既勉励战友，又在鞭策自己。1911年4月27日黄兴率众在广州举事，凌晨他向党人写了绝命书："本日当驰赴阵地，誓身先士卒，努力杀贼，书此以当绝笔。"这更是一曲激越人心、振奋我民族精神的革命赞歌。

1981年1月

孙中山的诗作与诗论

辛亥革命时期的领导人和宣传鼓动家几乎都爱好诗歌，且有作品传世。他们偶尔挥笔，或抒发革命情怀，或悼念壮烈牺牲的战友，写下了一些情感真切的诗歌，在实际斗争中起着强烈的鼓舞斗志的作用。

相比之下，孙中山的诗作就不算多了。甚至还不及年仅三十过早遇难的武将吴禄贞留给我们的诗作数量。孙中山现存最早的一首，是他1898年在日本写的一首民谣，以备起义时作联络暗号用：

万象阴霾打不开，红羊劫运日相催。
顶天立地奇男子，要把乾坤扭转来。

这类供联络用的诗歌一般文字较粗糙，而孙中山的这一首却不然，有一定的文学价值。孙中山写得最好，也最为人称道的要算那首七律《挽刘道一》：

半壁东南三楚雄，刘郎死去霸图空。
尚余遗业艰难甚，谁与斯人慷慨同！
塞上秋风悲战马，神州落日泣哀鸿。
几时痛饮黄龙酒，横揽江流一奠公！

刘道一是留日湖南籍学生，同盟会会员。1906年春，同盟会总部派他在湖南、江西交界地区宣传革命、联络会党、策划起义。举事失败后，刘道一于12月31日在长沙浏阳门外就义。这是同盟会成立后第一次武装起义，刘道一是第一个为革命捐躯的留学青年，噩耗传来，革命党人无不悲痛，纷纷写挽诗，寄托哀思。孙中山的这一首，写得较早，感情深沉悲壮。此外，他晚年还写有一首七律《祝童洁泉七十寿》。能见到的孙中山的诗概就是此数了。

至于孙中山的诗论，更是绝少为人所留意。胡汉民(展堂)《不匮室诗钞》卷八《与协之谈述中山先生论诗叠至韵》一首自注云：

> ……中山先生辄诏吾辈曰，中国诗之美，逾越各国，如三百篇以逮唐宋名家，有一韵数句，可演为彼方数千百言而不尽者。或以格律为束缚，不知能者以是益见其工巧，至于涂饰无意味，自非好诗，然如床前明月光之绝唱，谓妙手偶得则可。唯士非寻常人能道也。今倡为至粗率浅俚之诗，不复求二千余年吾国之粹美，或者人人能诗而中国已无诗矣。

这则材料间接表明，孙中山对中国旧体诗殊赞美而对正在尝试的白话新诗并不赞许。孙中山是辛亥革命的伟大领袖，其政治立张是变革进步的，他对西方文化思想亦持积极的欢迎态度，何以对白话新诗态度如此？我们常说，文艺现象是复杂的，一个人的文艺偏爱与观点，不简单地等同于其政治倾向与见解。孙中山对中国旧体诗与白话新诗的褒贬，就是一个例证。

1981年8月

宣传《猛回头》被杀一乡民

陈天华是辛亥革命先驱者之一，是一位出色的民主革命宣传家，他只活了三十岁（1875—1905）。1903年赴日留学，1905年8月，同盟会在东京成立，他是发起人之一，被推选为会章起草员，并参与了《革命方略》的拟定工作。《民报》创刊，他任撰述员。陈天华在短促的一生中，写有大量揭露清廷卖国丑行、宣传爱国、鼓吹革命的激扬文字。爱国和革命，反对帝国主义与反对清朝封建专制统治，两者密不可分。陈天华在政论和文艺作品中将这个思想说得透彻明白。

陈天华自少年时代起，就非常喜爱弹词小说一类的通俗文艺形式作品。在文言文风行之时，陈天华大胆使用白话文，他的作品，形式浅显易懂，内容先进，情感涤荡，深得民众欢迎，在酿造革命舆论上起了不小的作用。清廷官府对此非常恼火，严为查禁，反而激起民众争相诵读的热情。陈天华的论述除散见于《民报》等报刊上一些短文外，出版流传的有通俗文艺作品《猛回头》《警世钟》《狮子吼》和《国民必读》《最近政见之评决》《最近之方针》《中国革命史论》等书。其中《猛回头》写于1903年，流传广泛，在革命宣传中发挥的作用最大。

“《猛回头》案”发生在1906年。

1903年，湖南新华（陈的家乡）学生杨源浚自东京归，带有《猛回头》七千册，放在新华中学堂，被校董会发现，全数烧毁。《猛回头》是一部小型“鼓词”，是当时革命党人秘密宣传册子之一。全书唱词共二百二十句，内八句是引结词，加有一些说白。陶成章[①]著有《中国民族史》，编《浙案纪略》一书，凡三卷，记载徐锡麟、秋瑾二烈士事迹，他在所编《浙案纪略》中有生动的记载。1904年后，“内地革命风潮大起，农工平民亦多自相聚议以谋举革命之事业者”。1906年，浙江金华乡民曹阿狗“善拳勇，性喜锄强扶弱，闻革命之说而悦之”，遂申请加入当地的秘密的排满会党龙华会，得《猛回头》一册，“阿狗既得此书，携带身边，日夜讽诵不辍，又到处演说”。一日至其姻戚家，有豪者抢夺其戚之牛，阿狗怒，奋身往夺，豪者挥众围之。势急，阿狗遽以怀中票布及《猛回头》书授与旁人，不慎为豪者所持，身亦被擒。豪者以阿狗私通革命党罪名上告。事关重大，金华知府嵩连亲自提讯阿狗，希图从阿狗身上寻蛛丝马迹，查获革命组织，搜捕革命党人。不济，阿狗“体无完肤”，乃被杀。事后，知府广出告示，严禁逆书《猛回头》，阅者杀不赦，以曹阿狗为例。但是，愚蠢的清王朝不曾想到，杀死一个曹阿狗，岂能逆转高涨的革命形势？告示一出，而索观此“逆书”者反转多，“自相翻刊，私相分送者”不绝。《猛回头》在长江流域革命军、会堂、学校中广为流传，是辛亥革命宣传品中影响极大的一部。

孙中山领导成立的同盟会成立后，革命影响日益扩大，清封建

---

① 陶成章，1878—1912，字焕卿，浙江会稽县（今绍兴）人。

王朝要求日本帝国主义政府镇压中国留日学生的革命运动。1905年11月，日本政府文部省颁布了《取缔清韩留日学生规则》，留日学界群起反对。陈天华愤而于12月8日在日本大森海湾跳海自杀，临死前，他写了一篇“绝命辞”，勉励人们“去绝非行，共讲爱国”，并留有给留日学生总会的一封信，要求他们坚持斗争。陈天华推翻清封建王朝、推动我中华民族历史前进的革命意志极为坚定，他在《猛回头》结尾的一首诗中沉痛地写道：“瓜分豆剖逼人来，同种沉沦剧可哀。太息神州今去矣！劝君猛醒莫徘徊。”充分表达了他对时局的深切忧虑和对同胞的殷切期望。

1981年9月

陈天华、秋瑾、朱执信的三篇小说

我们在缅怀辛亥革命先烈时，发现一个共同的现象：他们，无论是革命活动家、理论家抑或是军事家，几乎没有不与文艺攀上因缘的。他们在用头颅撞醒国民沉酣大梦的同时，也在文艺作品中滴进血和泪，借以唤醒国魂。我们通过那些情感激越、热血喷涌的作品，看到他们对亲人、国家和民族的深厚的爱，对反动压迫和卖国丑类的无比的恨。先烈们崇高的献身精神，不仅彪炳青史，而且至今仍然在激励我们为建设社会主义祖国奋勇前进。

清末资产阶级改良文学运动举起了"诗界革命""小说界革命"的旗帜，促使小说的社会地位大大提高。文学被视为一种通俗有效的宣传工具。从宣传出发，一些先烈，在写诗填词之外，也大胆尝试写小说。如陈天华的《狮子吼》、秋瑾的《某宫人传》和朱执信的《超儿》，就是明显的例证。

陈天华（1875—1905）是辛亥革命的先驱者之一，著名的《革命方略》就出自他的手笔。他是出色的宣传鼓动家，他在短暂的一生中，写了许多鼓吹民主革命、宣传爱国主义、反抗帝国主义侵略和国内民族压迫的文章，其中以说唱文学作品《猛回头》《警世钟》《狮子吼》最为著名。他的著作直抒胸臆，感情强烈，通俗浅显，富有感染力，在群众中影响巨大。《狮子吼》八回，是他的遗作，初载《民报》二至九号（1905—1906）。天华因参加抗议日本政府《取缔清韩留日学生规则》的斗争，愤而投海自杀，此书未写完。但现存八回，仍清晰地表现了作者资产阶级民主革命的政治理想。首回为楔子，名中国为“混沌国”，指出事关危急，大家如不齐心协力，不久将被列强所瓜分。第一回的题诗，交代了作者写作此书的目的：

红种陵夷黑种休，滔天白祸亚东流；黄人存续争俄顷，消息从中仔细求。

希望国人通过小说来寻找拯救中国的办法。书中描写的几个人物，眼看中国处境艰危，急图自救：兴学校，倡科学，从事种族革命。主人公叫狄必攘，是一个学生出身的文武全才，为革命，奔走于汉口、四川，引起清廷的严加防范。小说写到这里，便戛然中止。这部小说，在写法上采用了我国传统的章回小说形式，但有所变化，每回有组诗，文中夹有唱词，语言通俗晓畅，故有的选本将它视为“戏剧”。《陈天华集》（湖南人民出版社1958年版）和阿英编《晚清文学丛钞·小说三卷》均收入。

在文学上，秋瑾（1875—1907）是位有才华的女诗人，她的遗稿中诗词占了半数，诸如“世界和平赖武装”等诗，闪烁着革命思想。她写过一篇历史题材的短篇小说《某宫人传》（见《秋瑾集》）。原稿用红墨水缮写于旧书页背面，当秋案发生时（1907年），为清绍兴府搜去当作“罪状”公布，故确切的写作时间不详。这篇小说不足二千字，是用文言文写的，笔力凝练。小说描写了明末受崇祯皇帝宠幸的某宫女营救公主，刺杀李自成手下罗将军，最后举刀自刎的故事。这原是史书、笔记上记载的一件事，小说有所丰富和变动。作者赞扬某宫女为大明尽忠的献身精神："伟哉宫人！其爱国之热心也如此！其思想之毅烈也如此！其魄力之圆满也如此！"作者用意是借此鼓舞人们反抗腐败的清廷统治者的勇气："同胞姊妹，联袂而起，勿使宫人专美于前焉可也。"但小说在表达强烈的种族革命情绪之时，也暴露了作者政治思想上缺乏阶级观念的严重缺陷，秋瑾对人民的革命要求和革命力量认识不足，对待中国历史上的农民起义持错误态度。如小说中称农民起义军为"流寇"，李自成为"李贼"。这是资产阶级民主革命家常有的通病，连秋瑾也难以幸免。这不能不使人深思他们英勇就义壮烈图景背后深藏的教训。

朱执信（1885—1920）是我国资产阶级民主派著名的活动家和理论家。他具有相当进步的战略眼光，曾说："国家之中最有力者为人民，人民所归向者，始谓之实力。"他还把日益增长的"工人的力量"视为中国革命的真正力量。朱执信除写政论文之外，也爱写诗词，先写旧体，后改写白话诗。他于1919年8月写过一篇五千多字的小说《超儿》，用"前进"的署名，发表在《建设》第一卷第二号上。现收入《朱执信集》（中华书局1979年版），用的是白话文，初具西方近代小说的结构和手法，算得上是中国现代短篇小说的滥觞。《超儿》初刊时，作者有附志，说明小说是通过议论婚事来探讨"人生问题"的。其艺术结构与人物对话带有明显的戏剧特色。作者通过两名少女柳如意和小鬟的对话，铺开情节，刻画出未出场的男主人公凤生的性格特征："他只有一个情欲，就是支配欲，支配一种别人不能支配的人。把人家现在支配着的人，夺了来放在他支配底下，这就是他的趣味，就是他的生命。”小说对超人式的极端利己主义思想给予诙谐的嘲讽。作者启迪人们：“世界是永久的！欲望是不会满足的！人还要生出人来！不知谁又支配超儿！”作者说，他写作此篇“本拟翻萧伯纳《人与超人》一剧之案”。萧氏系英国杰出的现实主义戏剧家，但由于其受改良主义政治观局限，不可能用历史唯物主义观点去解决作品中提出来的复杂的社会矛盾。朱执信看出了《人与超人》一剧中存在的这一根本弱点，但他本人的政治观点也有时代和阶级的局限，同样也不可能给《超儿》中提出来的人生观以正确的回答。

上面列举的革命先烈的三篇小说，主要由于其思想倾向的先进，当时都起过或强或弱的积极作用，但它们都有一个明显的通病：思想和艺术结合得不够好，算不上是成功的珍品。但是，它们出现在清末民初哀情、艳情、侦探、黑幕等无聊消遣小说盛行之际，无疑是浑水中的一股清流，具有为旧民主主义革命呐喊的积极意义。革命先烈创作的小说，数量虽少，从内容和形式来看，也是我国近代小说发展史上有价值的一环，特别是他们有意识地将小说与宣传革命理想、阐明人生哲学紧密连接起来，并在题材的开拓、表现方法的多样上也有所探求，这对促进“五四”文学革命浪潮中小说的迅速发展有所助益。

1981年12月

周瘦鹃与花花草草

谁人不爱美？凡是花草树木，都有它一种自然美的形态，只要有心，看在人们眼里，就会引起心中的愉悦。每逢阳春三月，村头孩童眺望烂烂漫漫的一树红霞，使人想起《诗经》中的名句“桃之夭夭，灼灼其华”；城市公园里经年争奇斗妍的百花，逗引了多少男女青年的情趣；即便在北国严寒的冬日，家家户户也短不了插些鲜花，置些盆栽，使室内春意盎然。人们在生活中需要花。花，就是这样被赋予性灵，与人为侣。

花木经常成为文人咏叹之物。咏花诗在中国古典诗词中自成一体。仅山茶花，陆游就一再赋诗咏叹，如“雪里开花到春晚，世间耐久孰如君；凭栏叹息无人会，三十年前宴海云”。又见山茶一树，自冬直至清明后，著花不已，宠以诗云“东园三日雨兼风，桃李飘零扫地空；唯有山茶偏耐久，绿丛又放数枝红”。陆游不愧为陆游，山茶耐久的性格特征，一下被他捉准了。英国19世纪名诗人柯尔瑞基，在自己的日记中记下了他长久对花草飞鸟的观察和在观察时的零思断想。我国现代散文家写花草的也不少，其中，首先不能不想到江南园艺名家周瘦鹃。他先后出版了有关花木的著述七八本，大部分同时又是清新的散文小品。周瘦鹃1968年被“四人帮”迫害致死，为了怀念这位正直善良的老作家，友人替他编选了散文集《花木丛中》（南京金陵书画社1981年版）。

“五四”之前，周瘦鹃曾翻译欧美短篇小说，为鲁迅称许过。20世纪二三十年代写了大量小说散文，创作倾向属于文学史家所谓的“礼拜六派”，受到进步文艺界的批评。30年代中期，他从繁闹的上海退隐苏州老家，兴致转向园艺，爱好花木，进一步爱好盆景。除了偶尔执笔，白天黑夜，风里雨里，常与花木为伍。他自叹到了热恋和着迷的地步。古人所谓“一年无事为花忙”，《花木丛中》正是他一生爱花的写照。

《花木丛中》百余篇。其中所记如迎春花、梅花、桃花、牡丹、蔷薇、杜鹃花、莲花、菊花等，俱是江南名花，是大家熟悉喜爱的花。作者用深入浅出、清灵秀丽的笔触，博古通今，将种种关于花的知识、与花有关的文学典故和风土习尚徐徐引进，同时铸进作者徘徊花前饱餐秀色时的神思遐想，读来风趣逸生，不仅增长见识，分享乐趣，而且使人丛生联想，扩展想象力。作者对花木自然形态的变化体察入微，自如地将花木的繁荣凋谢与国事兴衰、个人遭际贴切在一起，借一花一木抒发感情，因而具有更宽广深厚的内容。“秋菊有佳色”，是陶潜关于秋菊的警句。作者赞同道：“秋天实在少不了菊花，有了菊花，就把这秋的世界装点得分外地清丽起来。”于是作者对菊花有了一种“偏爱”。但是，作者笔锋一转，话说1937年，他种植菊花为全盛时期，却不料未到菊花时节，日寇大举进犯，恬静安闲的苏州城中，也吃到了“铁鸟”下的“蛋”。一连七年，作者羁身海上，三径荒芜，菊花也断了种。“到了秋天，就连一朵平凡的菊花都没有了，这没有菊花的秋天，实在太寂寞，太无聊了。”在日本侵略者铁蹄肆意践踏的年月，这种寂寞之感，绝非个人仅有。新中国成立后，国家新生，周瘦鹃的感情有了巨大变化。他说:“我这陶渊明和林和靖式的现代隐士，突然走出了栗里，跑下了孤山，大踏步赶到了十字街头，面向广大的群众了。”作家这种雀跃的心情，对生活的希望，在花木丛中，在花瓣花蕊上随时可以觅到。周恩来、朱德等同志曾去参观过他经营多年的采莲堂。有一次，周瘦鹃指着枯木说:“梅花时节，我用竹管插上一枝红梅放在上面，那就好像是枯木逢春了。”委员长听了这话，点头微笑。古人对春之去，有不胜依恋而含着怨恨的，有持乐观态度去送春的，作者在《花雨缤纷春去了》一文中，肯定送春的乐观态度是“合理的”:“好在今年送去了春，明年此时，春还是要来的啊！”这与他最初养花时，寄托的消极、郁闷之情相去多远啊!

散文是最广阔自由、无拘无束的。新文学以来的散文名家，有以议论著，有以学问名，有以情见胜，有以知识渊博见长，有的风趣，有的幽默……不管题材、风格如何多样，都缺不了作品的灵气、作家的真情实感。就如写花木的散文，过去一些闲适之士写过不少，周瘦鹃本人早年也写有不少，花木在他们笔下往往是无病呻吟之物。目前有些人热衷于写山水游记或花草虫鱼，追求新老八股辞藻的堆砌，不妨常去《花木丛中》观赏一番。

1982年2月

朱光潜与对话体

朱光潜先生是一位有六七百万言译著的大学者，他的著作，不论是长篇专论，还是数百字的随笔杂谈，都赢得了学术界和文艺界广大读者的喜爱。能做到这点并不容易。他善于将精深博大的内容用亲切活泼的形式表达出来。他自己曾说："我一直是写通俗文章和读者道家常谈心来的。"这分明是自谦之词，却多少道出了朱先生为文的一个秘密：重视文章的写法，讲究文体，追求平易，做到与读者交流思想。

朱先生写评论文章变化多样，但他最喜欢使用对话体。他认为这是论辩中既自由又见功效的一种文体。对话直接记载主宾应对语，记载者据闻实录，自己不另加论断。这种文体是写理论和评论文章的一种特殊文体。

朱先生20世纪二三十年代写美学欣赏和文艺随笔大多用书信体，《给青年的十二封信》和《谈美》是这方面成果的结集。70年代末，他青春焕发，又为青年朋友写了《谈美书简》。但朱先生一直认为，对话体比书信体更宜于论事说理。因为思想是一长串流动生发的活动过程，曲折起伏。一般单刀直入的文章不易显示这种思想的过程，而仅叙述思想的成就。思想的生发线索和惨淡经营的甘苦，比已成就的思想还更富于启发性。对话的好处就在反复问答，逐渐鞭辟入里，辩论在生发也就是思想在生发，次第条理，曲折起伏，都如实呈现，一目了然。再次，就文格说，对话体也有一种特长，就是戏剧性般的生动，在名家的手中，它还可以流露戏剧性的幽默。所以，朱先生为了表达一种较深入复杂的思想，写作带有一定学术性的文章时，他就往往用对话体。30年代朱先生写过几篇字数达万言影响一时的对话，其中《诗时实质与形式》和《诗与散文》原是《诗论》初稿第三、四章，曾由北京大学打印发给同学。到40年代初《诗论》正式出版时，因全书体例不一致，删去了。朱先生很偏爱这两篇对话。他记不清当年是否公开发表过。1980年北大一位老校友将他保存的《诗论》原稿中的这两篇讲义的打印稿复印了一份交给他，他很高兴。当时我正在替朱先生编选《艺文杂谈》一书，他希望将这两篇入集。1984年生活·读书·新知三联书店重版《诗论》，朱先生特意关照，将这两篇补进去。

朱先生一生翻译了大量的西方美学名著，50年代末，他先翻译了《柏拉图文艺对话集》。朱先生从英文翻译这部名著，除重视它在美学发展史上的价值之外，与他一向看重对话体也有关。朱先生在40年代就说过："比较一般对话，柏拉图所写的有许多优点。首先，他不仅是设问答难，只有一宾一主；他的对话中人物往往有七八位之多，而每人所代表的见地都很充分地有力地表现出来，宾不只是主的扣钟锤或应声虫。其次，他的文笔流利而生动，于琐事见哲理，融哲理于诗情，他的每篇对话都像是一首散文诗，节节引人入胜，读之令人不忍释手。对话文的胜境于此可叹观止。"难怪60年代初他在北大给研究生和青年教师讲探《西方美学史》时，一再强调要我们认真仔细地读这部名著，至少三遍。

朱先生认为，从历史上看，对话最盛行的时代，往往也就是思想最焕发的时代。他在讲课或著作中列举了西方和中国许多例子说明这个问题。他不认为对话体单纯是个文体的问题，他说主要是思想的活跃。思想窒息，即便采用对话体，文章也不会有生气。朱先生新中国成立后十几年自己为文不用对话体，而且也绝少提起对话体，与当年学术的空气和作家的心境直接相关。岂止是他一人如此？李健吾先生那一双写过许多洒脱自如的文艺评论的手不也变得有些滞涩了吗？ 1980年以后，政治局面的安定，学术空气的活跃，使年已八旬的朱先生也随之活跃了起来。他在埋头翻译维柯《新科学》之余，又想起了对话体这位久别的老朋友。当时周扬同志希望文艺评论写得更有文采，形式更活泼多样，曾建议《文艺报》组织些对话体的评论文章。我去请过朱先生再带头。他恳切地说，手头现在正忙，写对话体不是件容易的事，很费脑筋，但他表示愿意试试。后来由于他太忙，刊物计划也有变化，这个想法没能实现。朱先生说应该动员一些年轻人来写对话体。恰巧这时，我从他主编的《文学杂志》上发现了他写过一篇《谈对话体》的文章，他说写这篇东西很花了些功夫，从未收过集子，现在很少为人所知。他极愿意将它放进《艺文杂谈》，他亲自将原文校阅过一遍，改正了几处错字，作了些许删节。其中有一处是值得一提的重要修改。文章结尾有一段话："对话体的衰落是一件可惋惜的事。近代思想派别比从前更多，各派入主出奴的风气也更甚；如果多用对话体写说理文，同时也多用对话体的思路去权衡各派不同见解，也许思想和文章都可望再达到一个高潮。"他加了以下这句话："这就说明了百家争鸣的必要。"这篇文章原刊于1948年7月出版的《文学杂志》第三卷第二期，这是我的疏忽，本应该注明1980年改定。

不过，朱先生提倡对话体的心迹在他为该书所写的序文中已说得再明白不过："对话体便于百家争鸣，似不妨推广开来，对打破'一言堂'或有帮助。"

1986年3月

阿英的日记

阿英很爱读古人日记信札。1933年他曾以“阮无名”的化名为上海南疆书局编选了一套《日记文学丛选》，仅文言卷，就收宋、明、清三朝文人雅士所写具有较高文学价值的日记十八种，其中有宋范成大的《骖鸾录》、宋陆游的《入蜀记》、明徐霞客的《游庐山日记》、明归庄的《寻花日记》、清薛福成的《出使日记》、清姚鼐的《使鲁日记》、清何绍基的《归湘日记》等。他在序记中说：“记日记或繁或简，固无定例，但其形式，是不外薛氏（薛福成——引者）所说的两种的，一种是‘排日纂事’式，一种是‘随手札记’式。在两式之中，前式是较普遍的。”阿英本人长期以来注重收集各种日记，尤其是清末大使出访日记的手稿。他常说这是研究国际关系史的第一手资料，也是好读的活泼的文学。可惜他辛勤搜罗的数百种大多是手抄本的这方面的日记，“文革”期间损失不少。

其实，阿英先生不仅爱读、爱收藏古人日记，他本人就长期坚持写日记。他写的时候并没想到日后会出版，更不是把它当作创作来写，但一经出版，往往被视为史料性、文学性较高的文学作品。

可惜由于作者颠沛一生的经历，他的日记保存下来的只是少数。1926年上海亚东图书馆印行了他的记录大革命前后实况的日记《流离》（署名寒星），对“四一二”至“七一五”武汉当时的形势有着生动细致的记述。比如，1928年在上海成立的文学社团太阳社的最初酝酿，从这里就可以见到端倪。也从这本日记里得知，作者的大批日记、文物，从安徽千里徒步逃到武汉时不得不销毁了。这是很可惜的。

30年代阿英在上海白区从事左翼文艺工作，环境过于险恶，他不大写日记，这个时期保存下来的他的照片最少。我问过他，他说，那时尽量少抛头露面，敌人成天盯着。

抗战爆发，上海淞沪战争后，他积极投身抗日救亡工作，与郭沫若、夏衍等编辑《救亡日报》，他曾说这个时期他不连续地写过日记，1941年从上海撤退至苏北根据地时，保存在上海，至今不见下落。

他写日记写得最从容最长久，则是他1941年冬到苏北新四军根据地后，数年不辍，结果有七八十万字，这就是现在江苏人民出版社出版的两大册的《敌后日记》。

整理这部日记是阿英已久的心愿。可惜解放后一直没有时间进行这项工作。1973年前后，当时他还在接受审查。他闲得慌，想干点事。有次专案组人来，他问起这部日记。其实这部日记一直在专案组被"审查"：他们想从中得到些有用的足以定罪的材料。因为这是一部革命者心声的记录，记载的都是华东根据地军民抗敌的英雄业绩，根本找不出什么可作为罪证的只言片语。记得有次专案组一人大声说：你在日记里吹捧刘少奇、陈毅，这还不算问题？阿英听了一言不语，只是冷冷地一笑。1975年阿英的审查结束前，我有次去阿英专案组，意外的收获是，他们居然同意先将这部分册装订、用毛笔端正写成的日记退还。我将这厚厚的一包带回家时，阿英高兴异常。他连声说，这下有事可做了。他当时还在看他的长子烈士钱毅的日记，他说，钱毅日记里有些记载不够准确，可以用自己的日记来核对。

于是我有机会先看到了这部日记的原稿。有时边看，边向他询问被记载的一些人和事。这些日记唤起了他极大的生活情趣，使历史的回忆充塞了那十平方米的小屋。连一向不太谈这方面问题的阿英的夫人林莉也不时过来插话。

这部日记原来是没有名字的。当时家里有的人曾经建议用“思毅斋日记”，也就是纪念钱毅的意思。阿英是很疼爱、怀念钱毅的，但他不同意用这个名称，他说还是用“敌后日记”，概括内容广泛一些。

那时我爱人小云正在准备生孩子，我也正忙着从河北调到北京刚复刊的《人民文学》。晚上和他挤在一间小屋子里住，也就常利用时间读这部日记。我被日记中新奇的世界和活跃的人物所触动，一口气能读几十页。比如新四军军部停翅港，经阿英的描绘，就非常具体、形象。我后来看到一些写新四军军部的电影、剧本，总以为应该参考阿英日记中的一些片段。

阿英从1975年冬发现患肺癌，至1977年6月17日病逝，这期间他一直关心这部日记的整理。他精神好些时，叫我到他床边，告诉我日记中记载的某某师长，就是今天的谁。特别是日记中详细记载过他沿途收集到的古书和解放区的铅印油印报刊，他说损失了很使他伤心。他原来一直想写一部解放区报刊史。

他逝世前曾叫我找家里人和几位熟悉当时情况的老朋友，齐力将这部日记整理出来。他去世不到两个月，他的夫人林莉同志也突然去世。林莉同志在病中也多次翻看这部日记，帮助回忆了不少情况，每当看到日记中有关她的记载时她就说，是这样，那时条件真艰苦。

最先公布这部日记片段的是1978年《人民日报》文艺部《大地》专刊，是在创刊号上。稍后，当时在上海出版局的王维同志，还有芦芒同志，排印了二三万字，在上海文艺出版社出版的《文艺论丛》上发表了，反映颇好，收到不少读者来信，希望能读到更多部分。特别是当年在华东解放区工作的一些老同志，日记中广泛地涉及他们，他们很关心，很感兴趣，希望早日出书。记得当时叶飞同志和夫人、李一氓同志都看过排印出来的部分日记稿。他们还就其中记载的个别不确处做了改正。北京生活·读书·新知三联书店、上海文艺出版社都较早来联系出版这部日记，结果后来江苏出版了。1982年初版，1984年又印刷一次，足见是受读者欢迎的。

应该补充的是，《敌后日记》从1942年5月18日赴苏北始至1947年8月在山东止。本来还有部分日记是记载从山东到大连的，可以补充进去，以成完璧。

阿英写的同样有意思的一段日记是1949年夏秋，题叫《平津日记》，是记载他从大连到天津，被留下主管天津文艺工作，又来北京筹备召开第一届全国文代会的情景。也许由于忙了，不像敌后日记写得那么从容详尽，但在极简练的文字中，该写该记的都有了。许多文艺界的老朋友分别多年，又聚首在刚刚解放了的北京，那种真挚亲密的氛围弥漫了字里行间。这几个月的日记最初发表在《新文艺史料》上，后来收入我编选的香港三联书店和上海三联书店出版的《阿英文集》中。记得茅盾同志看到这段日记后曾说，阿英的手很勤快，许多事经他的记载，自己才又想起来。

阿英解放后十几年没有怎么认真地写过日记，只在笔记本上有些工作记事，很难看出作者个人的心态抒怀。我曾问过他为何生活比战争年代安定了，反而不写日记了，他笑着说："用不着我记，历史就明白地摆在那里，活在人们的记忆里。"

1987年4月

柳亚子的诗词

辛亥革命时期的革命诗人中，柳亚子（1887—1958）是其中最重要的一位。郭沫若在《柳亚子诗词选》序文中说：

> 亚子先生是一位典型的诗人。他有热烈的感情、豪华的才气、卓越的器识。他的精神是随着时代的进步而进步的……他以他的诗词鼓吹过旧民主主义革命，颂扬过新民主主义革命。意气风发，声调激扬，中国的文学语言，无论雅言或常语，在他的笔下就像是雕塑家手里的软泥，真是得心应手。

柳亚子最初受康梁维新思想影响，后来转向革命。1903年参加中国教育会，后进入上海爱国学社，同蔡元培、章太炎、邹容等人接触，革命思想从此确立。1906年参加同盟会。1907年在上海与陈去病、高旭等酝酿组织南社。1909年南社成立后，先后担任过书记、编辑和主任等重要职务。曾写过大量的诗文，宣传革命。辛亥革命失败后，他在上海担任《天铎》《民声》《太平洋》等报的主笔和编辑，继续以诗文反对民贼袁世凯。后来，柳亚子坚持革命的立场，拥护共产党和毛泽东同志领导的新民主主义革命。新中国成立后，他又热情歌颂社会主义的新中国，为人民做了不少有益的工作。

柳亚子是革命文学团体南社主要发起、创办人之一。南社是辛亥革命前成立的一个革命文学团体。发起人为陈去病（1874—1933）、高旭（1877—1925）和柳亚子。1907年筹备，1909年11月13日正式成立。活动中心在上海。

南社酝酿和成立的时候，也是孙中山领导的资产阶级民主革命运动逐渐高涨之际。南社，正是在这一形势中逐渐酝酿、组织并发展起来的。柳亚子说：

> 这个时候，孙中山先生和同志们，在海外创设中国同盟会，以三民主义相号召，正在十七次革命失败奋斗的过程中间，而内地所号称知识阶级的人，还是昏昏沉沉，做那“天王圣明，臣罪当诛”的好梦。我们发起的南社，是想和中国同盟会做犄角的。（《新南社成立布告》《南社纪略》）

高旭也说：“于同盟会后更倡设南社，固以文字革命为职志，而意实不在文字间也。”（《元尽庵遗集序》）可见，它是个文学团体，但其目的又不止于文学。

柳亚子从文起步早，辛亥革命时期的柳亚子，是个“年少气锐”的诗人。对祖国命运的关怀和对革命的向往，使他写下了很多激情洋溢、“虽触时忌勿顾”（《变雅楼三十年诗征叙》）的诗，这些诗主要是围绕着鞭挞清朝封建反动统治、鼓吹资产阶级民主革命这一主题展开的。

“伤心民族两重奴”，早在1903年的《放歌》中，诗人就“泪下淋浪”地描绘了在帝国主义、封建主义双重压迫下中国社会的悲惨图景：

> 上言专制酷，罗网重重强。人权既蹂躏，天演终沦亡。众生尚酣睡，民气苦不扬。豺狼方当道，燕雀犹处堂。天骄闯然入，踞我卧榻旁。瓜分与豆剖，横议声洋洋。世界大风潮，鬼泣神亦瞠。盘涡日以急，欲渡河无梁。沉沉四百州，尸冢遥相望。他人殖民地，何处为故乡？

这里，洋溢着诗人对祖国的关怀，也充满了对帝国主义侵略者、清廷封建专制统治的切齿痛恨。

在有些诗中，作者并不仅仅从狭隘的种族主义观点出发，而是体现了一定的民主主义精神。他在诗中高唱平等自由，呼唤民主权利，召唤着人们向封建制度去作英勇冲击。

> 一室难春我亦愁，萧条四海尽悲秋。
> 献身应作苏菲亚，夺取民权与自由。
> ——《读山阴何孟厂得韩平卿女士为义女诗，和其原韵》

当时，许多革命党人是以走法国革命的路为理想的，柳亚子也是如此。他在《元旦感怀》一诗中写道：

> 希望前途竟若何？天荒地老感情多。三河侠少谁相识，一掬雄心总不磨。理想飞腾新世界，年华辜负好头颅。椒花柏酒无情绪，自唱巴黎革命歌。

国家垂危，民族垂危，诗人热望着去创建新世界，去建功立业，去流血牺牲，因而，流行在法国资产阶级革命时期的那首战歌《马赛曲》，得到诗人的强烈爱好。

柳亚子热情讴歌反清的革命武装起义，对起义的失败感到沉痛和惋惜；然而这往往又更加激发了他对清封建统治者的仇恨和继续奋斗的决心。这在他写的许多悼念烈士的诗中表现得尤为集中而典型。他为邹容、徐锡麟、秋瑾、刘道一、熊成基、赵声、杨笃生、周实、宋教仁、宁调元等人都写过悼念的诗。痛惜他们的牺牲："白虹贯日英雄死，如此河山失霸才。不唱铙歌唱薤露，胡儿歌舞汉儿哀。"（《哭威丹烈士》）歌颂他们的慷慨赴义："长啸赴东市，剖心奚足辞。"（《有悼二首为徐伯荪烈士作》）其中写得最为悲壮激越的是《吊鉴湖秋女士》。

《吊鉴湖秋女士》共四首，写于1907年秋瑾遇难后不久。诗人对这位"红颜是党魁"的女革命家秋瑾，表示了深切的哀思和敬意。第三、第四两首尤为动人：

> 饮刃匆匆别鉴湖，秋风秋雨血模糊。
> 填平沧海怜精卫，啼断空山泣鹧鸪。
> 马革裹尸原不负，蛾眉短命竟何如！
> 凭君莫把沉冤说，十日扬州抵得无？
>
> 漫说天飞六月霜，珠沉玉碎不须伤。
> 已拼侠骨成孤注，赢得英名震万方。
> 碧血摧残酬祖国，怒潮呜咽怨钱塘。
> 于祠岳庙中间路，留取荒坟葬女郎。

前一首对秋瑾在“秋风秋雨”的愁人气氛中血肉模糊地牺牲在绍兴鉴湖畔，表示沉痛的哀悼；赞扬她像精卫填海一样有着坚强的革命意志，实现了战死沙场，“马革裹尸”的崇高志愿。后一首转进一层，认为秋瑾虽然死了，却也不需悲伤，因为她已把自己的生命贡献给祖国的革命事业，博得了人们普遍的景仰。这两首诗感情非常深挚，它用了“啼断空山泣鹧鸪”等表现强烈哀思的句子，调子却不低沉。“马革裹尸原不负”“赢得英名震万方”，这是多么豪壮的、鼓舞人们斗志的语言！“碧血摧残酬祖国，怒潮呜咽怨钱塘”两句想象为国捐躯的秋瑾的英灵，化作钱塘江的怒潮，奔腾呜咽。这种浪漫主义的手法，使秋瑾的形象显得更加高大，诗的意境更为悲壮。

表现了柳亚子民主主义思想的另一类诗是他的关于妇女问题的诗。这在南社诗人中，是最为突出的。诗人深深同情妇女所受的压迫，“自从伏羲创婚制，强权举世归男子”，这里，作者批判了男尊女卑的封建婚姻制度。“无才便是德，忍令群雌盲！”这里，作者又批判了封建阶级对妇女所实行的愚昧政策。诗人激烈地反对以妇女为玩物，提倡男女平权、妇女解放，而尤其希望妇女能参加政治斗争。如：

他年亚陆风云起，兰因絮果从头理。
素手抟成民族魂，红颜夺尽男儿气。
——《题留溪钦明女校写真为高天梅作》

辛亥革命后，柳亚子怀着沉重的心情，批判了这次革命的不彻底，并向封建地主阶级的复辟展开了斗争。

1913年，革命党人宋教仁被刺，是反革命复辟的一声警号。诗人敏锐地意识到这一事件的严重性。在《哭宋遯初烈士》中写道：

不用吾谋恨，当年计岂迂？
操刀悭一割，滋蔓已难图。
小丑空婴槛，元凶尚负隅。
伤心邦国瘁，不独痛黄垆！

“操刀悭一割”，正是痛定思痛，对辛亥革命不彻底性的批判。“汉贼宁容并立时，和戎误国至今悲。”诗人激烈地反对过南北议和，在这期间，诗人写了许多追悼被害革命友人、声讨革命敌人、抒发革命失败后的哀痛的诗篇。此后，他就以诗歌为武器投入反对袁世凯称帝、保卫革命成果的斗争中。

正如郭沫若所说，柳亚子的“精神是随着时代进步而进步的”。五四运动后，柳亚子的创作揭开了新的一页。他歌颂十月革命，歌颂马克思主义。如：

十年三乱究何成？喜见南天壁垒更。率土自应尊国父，斯人不出奈苍生。白宫北美推华盛，赤帜西俄拥列宁。我亦雄心犹健在，梦中无路请长缨。

——《五月五日纪事》

1921年5月5日，孙中山在广州就任非常大总统，广州数十万市民举行大会，热烈庆祝，并结彩游行。本诗即写于此时，它开始表现了诗人对列宁所举起的“赤帜”的向往。1924年，诗人又有《空言》一首：

孔佛耶回付一嗤，空言淑世总非宜。
能持主义融科学，独拜弥天马克思。

孔学、佛教、耶稣等都在“一嗤”之列，只有马克思主义才是真正可以救世的科学，柳亚子在经过多年痛苦的探索之后，终于得出了这一结论。

1929年，毛泽东同志在福建红四军工作，当时机会主义路线在党中央居于统治地位，柳亚子怀着浓厚的革命情谊，写了一首怀念毛泽东同志的诗。那时，诗人在上海，误听毛泽东同志遭到不幸，饮痛写下了这首七律：

神烈峰头墓草青，湘南赤帜正纵横。
人间毁誉原休问，并世支那两列宁。

神烈峰即南京紫金山，孙中山先生陵墓所在地。作者曾自注：两列宁是指孙中山先生、毛润之同志。他认为孙中山和毛泽东是中国现代革命史上的两个伟人，但他们又是性质不同的两位伟大的革命家，所以他又用“先生”与“同志”加以鲜明的区分。1932年，他写了《怀人三截》，第一首又是写毛泽东同志的：

平原门下亦寻常，脱颖如何竟处囊？
十万大军凭掌握，登坛旗鼓看毛郎。

“毛郎”，诗人自注即“润之”。亚子先生以后还有不少颂扬毛主席的诗。1950年他填的那阕《浣溪沙》，更是传诵一时。但是，我以为，上面引述的那两首，更是难得又难得，因为它们诞生于毛泽东同志成为我们党的领袖之前，而诗中又对他所从事的革命事业做了高度的评价与热烈的赞称，这在文人的诗作中，大概也是硕果仅存的吧。

诗人对我党早期牺牲了的几位领导人的悼念也是动人的。1931年他写了《哭恽代英五首》。1930年作《题张应春女士遗像》一首。张应春是共产党员，“四一二”反革命政变后被蒋介石杀害于南京。读着这些感情真挚的作品，使人感到，在白色恐怖极其残酷、片纸只字都足以致人死命的日子里，诗人谊重如此，实在令人感奋。

1931年，“左联”成立后的第二年，他写了《新文坛杂咏》十首，用诗的形式对鲁迅、郭沫若、沈雁冰、蒋光慈、叶绍钧、田汉、华汉（阳翰笙）等作家的创作及其对新文学发展的贡献做了评价。例如，咏鲁迅的一首：

逐臭趋炎苦未休，能标叛帜即千秋。
稽山一老终堪念，牛酪何人为汝谋？

咏郭沫若的一首：

太原公子自无双，戎马经年气未降。
甲骨青铜余事耳，惊看造诣敌罗王。

他在《读文艺新闻追悼号感赋》中，对与“左联”五烈士同时牺牲于武汉的张彩真也表示了悼念之情，足见他的心与革命贴得是多么近。

作为诗人，柳亚子的诗有鲜明的风格。他的诗流畅清新、慷慨淋漓，与同时期形式主义诗人堆砌典故、板滞晦涩的风格大有不同。他最擅长写七言律诗和七言绝句，艺术上受龚自珍的影响很深。他的词则受辛弃疾的影响，豪放激越，很有气势。

柳亚子喜爱并擅长写作旧体诗词。五四新文化运动初期对新诗曾持怀疑的态度，经过几年的思考和观察，他转而成为新诗的积极赞同者。1924年，南社的老社员吕天民写信给柳亚子，反对新诗。吕和柳亚子私交不错，但柳亚子仍决定公开反驳。他在《给吕天民底信》中说：“文学是善于变化的东西，中国诗歌既然由四言变为五、七言，由古体变为律诗、词，再变而为曲，那么，现在的变化自然也是可以的。”他谆谆劝诫老朋友说：“二十年前，我们是骂人家老顽固的；二十年后，我们不要做新顽固才好。”他赞美郭沫若的《女神》，尤其是其中的六首《匪徒颂》，认为它描写了古往今来形形色色的革命英雄，“那热烈和伟大的感情，足以激动青年们的心弦而使之共鸣”。唐代的李商隐在赞美韩愈的《平淮西碑》时曾表示“愿书万本诵万遍”，柳亚子声称：对于《匪徒颂》，他也有这种“极端崇拜的感情”。

柳亚子逝世有半个多世纪了。今天，我们纪念辛亥革命百年之际，更加淡忘不了他在革命文学实际活动和诗作等方面的业绩。尤其是他创作的大量的诗词更值得珍视、研究。毛泽东称赞柳诗“慨当以慷，鄙视陈亮、陆游，读之使之感奋兴起”。郭沫若曾把柳亚子比作当今的屈原，他说：“把我的诗和亚子先生的次韵比较一下吧。拿诗来说，那真算是小巫见大巫，拿诗中的情趣来说，亚子先生所表现的就比我积极得多了。”茅盾1979年在第四次全国文代会上将柳亚子的诗称作“史诗”，他说，“柳亚子是前清末到解放后这一长时期内在旧体诗词方面最卓越的革命诗人”，“柳亚子的诗词反映了前清末年直到新中国成立后这一长时期的历史——从旧民主主义革命到社会主义革命的历史，如果称它为史诗，我以为是名副其实的。”

2011年7月

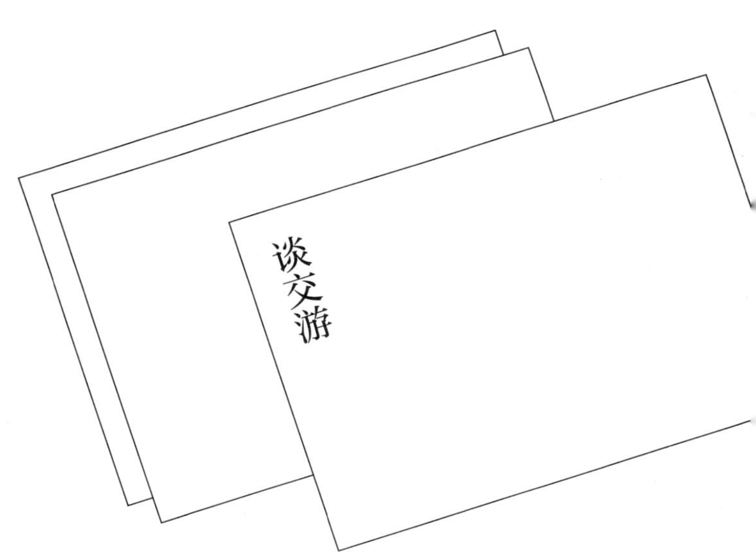
谈交游

“亭子间”里的周立波

上海的亭子间是很小很小的，这是儿时的印象。后来长大了，阅看一些文学作品和电影，才知道亭子间的“小”里藏着许多神奇动人的故事和人生的逼真图画。二十多年前，我从江南水乡来到北京求学，日见大楼矗立，马路加宽，古城的变化，几乎将我童年的记忆冲到不知什么角落去了。

但是，记忆是潜藏着的，有时难以捕捉它，有时它却不知不觉间突然蹦出来，并慢慢地扩展开去，以至淹没了你的脑际。

那是1977年秋天，一天清晨，我应约去西郊探望一位知名的老作家。

他住在被叫作“宇宙红”的住宅区。楼号忘了，快近楼群时，我问了几位年轻的过路人：“请问周立波同志住在几号楼？”回答是不假思索的一个摇头动作，或者用眼睛冷漠地打量一下我，便径直走了。他们对被询问者的名字如此生疏，令人吃惊。然而，无巧不成书，当我正焦急窘迫的当儿，他忽然从小道的那头悠闲地走过来了。

他是我尊敬的人。从中学起我就爱读他的作品。前些年听到过他的悲惨遭遇，他从外地来京养病不久。当我走到他的面前，他仰起那副高度近视眼镜，微笑着说：“这么早你就来了？我在附近走走，一块回家去吧！”我跟着他进入了附近的一个楼里，二层，左边。他说的“家”，我原以为是一个宽绰的住宅哩，可是，一踏进……不知怎的，顿然使我想起儿时见惯的亭子间，又想起曾读过的一本名叫《亭子间里》的书，因为，呈现在我眼前的，是一间不超过十平方米的小屋，这是他的卧室、书房兼会客室，家里人住在另一小间。厨房在进门的过道口，厕所在门外楼道里，公用。这种简易楼，对北京大多数居民来说，是不陌生的。当我坐定，无意识地脱口说出“亭子间”三个字时，他反应很快，忙解释说，那是他的一本旧著，收了一些有关30年代左翼文艺运动的文章，是在上海亭子间里写的，为了纪念那段生活，取了这个名字，谁知遭厄运，前几年“亭子间文学”被说成是“黑文学”，被批得好厉害！……我没有记住他说的其他话，我感到呼吸的压迫。那天原是去约稿的，结果正经事没有谈多少。这个小屋的狭窄憋得人难受，我耳畔不断响着“亭子间”这三个字。

过了些日子，《人民文学》编辑部召开了一次短篇小说创作座谈会，会议的住所是一座古色古香的庭院，幽静、舒适。为了便于吃汤药，他坚持晚上回去。早上我去接他。知道他夜间或凌晨常写作。那时他除了要应付报刊的一些零星约稿，正在酝酿写一部战争岁月的回忆录，他保存了好些当年的日记、笔记。有一次见他在“亭子间”里翻看人民文学出版社刚刚重版的《暴风骤雨》，神情那么专注，我真想透过他的眼神——“心灵之窗”，窥望他此刻的心海，是平静的湖面，还是席卷的怒涛？

1978年夏天，他在西苑饭店参加文联全委扩大会，因工作关系，多次见到他。一次他谈起他很熟悉的一位“左联”时期的亡友，当得知我正在编辑阿英文集时，他深情地说：他文章写得快、好读，多是在亭子间里连夜赶写出来的。他说要写一篇纪念文章，缅怀亭子间时期的生活、友谊。—— 又是“亭子间”，我不禁怅惘了。

后来，他患肺癌住院了。在他住院治病期间，住宿条件有了很大的改善。临死前，他终于向“亭子间”告别了。这个变化，对他来说，已不是现实的存在。他离开我们一年多了。每当乘电车路过西郊时，我总爱透过车窗，注视那个熟悉的方向，寻找绿树丛中那幢熟悉的楼房。今夜，秋雨淅沥，立波同志在《亭子间》后记中的这几句话使我思绪绵绵：“亭子间开间很小，租金不高，是革命者、小职工和穷文人惯于居住的地方。我在上海十年间，除开两年多是在上海和苏州的监狱里以外，其余年月全部是在这种亭子间里度过的。在亭子间里，我加入了中国左翼作家联盟，稍后，参加了中国共产党，又参与了左联的党团的活动，担任过两种刊物的编辑。”像他这样蜚声海内外文坛，与“亭子间”结下了不解之缘的大作家，为什么能够锲而不舍，奋笔如椽，向人民奉献丰盛的精神产品呢？他一生笔耕，面对困难，甘之如饴，却长期困于“亭子间”里，这是为什么呢？ 20世纪30年代不得已困于“亭子间”，后来听从号召，走出了“亭子间”，又被重新投入“亭子间”里，这又是为什么呢？这太发人深思了！

有幸的是，他瞑目前，终于搬出了“亭子间”。四个现代化的曙光，开始照拂到人们身上，也照拂到了这位驰骋文坛一生、成就卓著的老将身上。我们是有希望的。虽然这只是衣食住行的小事。

当我路过西郊的时候 ……

1981年9月

忆念中的诗人小川

我的职业，使我有机会踏足祖国许多地方，大到闻名世界的名山名城，小到地图上不见标记的山湾和村落。有些地方，第一次踏上去也许就成了最后一次的告别。我买过一本地图，喜欢在上面用红笔点出我的足迹。旅行乘火车我爱倚在窗口，面对疾疾掠过眼帘的山峦、绿丛、田野、茅舍……凝思遐想，说不上哪一天我会突然闯入这点点之中。

去上海的火车，过天津西站就拐弯南去了。而这段行程多半是傍晚或夜间通过。远处，一片夺目的火光，把那如墨的夜的空气都烧红了。听说，那片天际下有个大油田，天然气成天白白地在燃烧。每当我接近或远远眺望那块天地时，我的心底总会升起一股熊熊的火光。

说不上那个年月是否真有火光在燃烧。1975年9月的一天下午，当我从天津乘长途汽车来到叫作团泊洼的地方时，已经临近黄昏了。尘土被车轮扰得扬起，与夕阳的余晖混成金色朦胧的一片。

我是在这两年之前，从中央文化部湖北咸宁干校，被打发到河北省一家文艺杂志社工作的。荒疏了多年的业务重新上手，好不积极。这次去秦皇岛组稿，路过天津，一股强烈的看望他的冲动，驱使我跳上了去静海干校的长途汽车。

咸宁干校，1974年合并到河北静海文化部另一干校，那里尚有不少待分配的学友。当我走进这座散落在荒滩上的校舍时，一路遇见不少熟人故旧，招呼不断。我的出其不意的到来，给地处偏僻的干校冷清的生活带来一点欢愉。犹如一个冒失的游人，闯进偏远而与世隔绝的山寨，给那些被生活遗忘了的地方，透进了一点生活的气息。

简单地用过晚饭，便和几位在院子里纳凉，相互之间问候一番，很快感到凉意了。这里离海近，空旷得很，海风无阻地一直吹拂过来。

我是专程来看望他的，他正在接受中央专案组的审查，我已经知道此刻面对着的前排那间闪着光亮的屋子里就住着他。

还是一位和我相处较深的熟人摸着我的心思，快9点了，他凑到我身边悄悄地说："去看小川吧，他在，没关系，我们都同他说话。"

被人猜透心思是何等愉快啊！

我高兴即将见到他，快一年不见了，他好吗？我和他——诗人郭小川不能说很熟，我到《文艺报》工作时，他早已离开中国作协去《人民日报》了。"文革"初期，他被揪回作协机关。1969年秋天，我们同下干校。一点小小的缘故，使我们没少接近。那就是，他爱下象棋，我也爱。每天下湖劳动往返一二十里地，收工走回连队营房，腿部发僵，晚饭后听完训话，高唱"样板戏"和革命歌曲，不少人便早早躺在床上闲聊，能够消遣的娱乐活动，下棋还被默许。这个场合，领导与群众，有名与无名的界限就模糊不清了，谁赢谁就是好汉。小川未动棋之前，总说他学会下棋时，我还穿开裆裤，他在《人民日报》胜过多少人，但每次战绩并不佳，却又从不服输。有时他明明输得够惨，却还要说这是有意让我的，或说话走神走错了一步，而又不愿悔棋，否则准赢我。他说得那么认真，逗得在一旁观战的人个个抿嘴直乐。他就是这么一个童心不泯的人，有人说他是一个十八岁的老革命，与他共事多年的人说，他这种性格，使他在复杂的文艺界没少吃苦头。

1971年国庆节前夕，连里一位领导提高了嗓门在叫，越是放假越要绷紧阶级斗争这根弦。早饭后，雨愈下愈大。小川光着头从前排宿舍跑来找我，一进门就说今天要好好教训我，给我点厉害看看。我们从早饭后一直下到吃晚饭，结果他又吹炸了，气鼓鼓地走去，临了还说："今天过节，让你高兴高兴。"我还没来得及高兴，晚上连队点名会上，这事就被当作新动向提出来了。会后，我下山坡去厕所，想在那里蹲蹲，平静一下情绪。小川跟着也来了，他是否也想寻点安静？路滑，我差点摔跤。小川走近了，他小声说："你别怕，我向连里说了，是我找你的，与你没关系。"停了一会儿，他回头又说："下棋算犯法？什么事！"

不久他回北京，情况渐好，也开始发表作品了。这在当时寂寞的文苑里很引起人们的注目。大家都为他高兴，他也没忘向阳湖畔的一些学友。我到河北工作后还收到过他几封信，有一次在信末还附笔问我是否仍下棋？好景不长，江青蓄意整他，不久宣布第二次专案审查他。他又被带到湖北干校，干校迁徙河北静海时，他路过北京，也不准他停留，可见当时对他的问题，是看得很重的。

眼下，我就要见到他。我推门进屋，他正就着台灯在看书，桌上摊开了新出版的四卷马恩选集。猛一见面，他神情有点局促，他已听说我来了，正等我来看他，或许在琢磨我是否有胆量来看他。他见我第一句话就是：这些年没有认真读马列，最近系统地看了一些，大有收获。他从桌边洗脸盆里拿给我一块切得极不规则的西瓜，我吃西瓜时，他点上了一支烟，气氛松弛了下来。听说，这次审查的材料，他早已写完了。好几个月没事，就这么待着。最初因不知道底细，周围的人对他有点距离，慢慢地私下也往来交谈了。当时，在同志们心目中，他依然是名诗人、老干部。他劈头告诉我，他正准备马列辅导课，无非是叫我宽心。他叮嘱我，要好好读马列原著，问我《反杜林论》读过没有。我望着他不回答，心里好笑，我在大学八九年，这种书还少读过？至于是否真正读懂，就难说了。

夜深了，附近屋子里的灯渐次熄灭。后期干校，纪律松散，常在的人不多，一排屋子，没有几间有人，安静得很。秋草丛里虫鸣不已，也许这种过于静谧的气氛，使我们的谈话深入起来。他微笑着，亲切地希望我开诚布公地谈点什么。他已听说毛主席关于电影《创业》有个批示，但知道得不具体，也不准确。我把前几天在北京听到的，尽可能原原本本地告诉了他，还有文艺界新近的一些情况。他有点激动，大胆地流露了对江青的不满。他对江青可能不再管文艺这一消息，抱有乐观的希望。

他谈起了使他再次罹祸的那首长诗《万里长江横渡》的写作发表情况，我耐心地听着。他有时激动得站起来，猛吸香烟。他不住地说，还是鲁迅看得深刻，青年人未必都可信。他希望我理解他的意思。我深深地同情他——他是一位值得信赖而又容易轻信的人。我离开他时，已是半夜了。他吃了几粒安眠药，我祝他睡好。他紧握我的手说，再过几小时天就亮了，他要送我。

第二天早晨，我还未睡过来，他已站在我的床前，请我去他房里用早点。他用饭盒冲了奶粉，水大概是隔夜的，奶粉冲不开，浮在上面的一层，聚成一小团一小团的。真情厚意使他把糖放得太多了，甜得有点发腻。他笑着说："凑合着吃，反正营养全在里面。"

灰暗的天色。我始终感觉，在离这儿不远处，有成天燃烧着的天然气。也许有了这点感觉，在我的眼中，灰暗的天幕也似乎抹上了一层亮色。正下着浸润的细雨，轻尘不能恣意飞扬了。他出去了一会儿，回来高兴地对我说："算你有运气，有辆吉普车去廊坊，我和政委说好了，捎你到天津。"他一直陪我到开车，挥着手说，北京见！

在"四人帮"刚刚垮台，激动和欢乐还只是暗暗地在一部分人中流荡的日子里，我在《人民文学》工作，从上海出差回来，在小川的挚友冯牧同志家里，读到他刚刚从河南林县寄来的一封信。从信的字里行间看，他已经嗅到这场伟大胜利的信息了。他自信，很快就能回到北京。那天也是阴雨天，室内和窗外同样昏暗。主人激动喜悦的心绪感染了我，使我想起了一年前小川的话："北京见！"也是在这个斗室里，我才得知，由于小川把上次我们在团泊洼的谈话内容告诉了他人，结果被加油添醋上纲上线地端了出来。要不是"四人帮"及时垮台，小川注定要第三次接受审查，后果更难以设想。现在好了，他可以抒发自己的情感和表达自己的意愿了。我迫切地盼望着能在北京早日见到他。然而不久他竟猝然去世了！我从上海出差赶回来参加小川追悼会。那天到的老同志很多，我伫立在他的遗像前，说不出在崇敬与悲伤中，是否还夹有一丝对他性格中某些弱点不可原宥的抱怨？

1983年4月20日

听朱光潜老师闲谈

朱光潜老师八十四岁时曾说过:“我一直是写通俗文章和读者道家常谈心来的。”读过这位名教授百万言译著的人，无不感到他的文章，即便是阐述艰深费解的美学问题和哲学问题，也都是以极其晓畅通俗的笔调在和读者谈心。接触过他的人，也同样感到，在生活中，他十分喜爱和朋友、学生谈心。他的这种亲切随和的谈心，汩汩地流出了他露珠似的深邃的思想和为人为文的品格。可惜，他的这种闲谈，其中许多并未形诸文字，真是一种稍纵即逝的闲谈。

20世纪50年代末，我在燕园生活了四五年，还没有机会与先生说过一句话，别说交谈、谈心了。50年代中期，北大一度学术空气活跃，记得当时全校开过两门热闹一时的擂台课，一门是《红楼梦》，吴组缃先生和何其芳先生分别讲授；另一门是《美学》，由朱光潜先生和蔡仪先生分别讲授。那年我上大二，年轻好学，这些名教授的课，对我极有吸引力，堂堂不落。课余休息忙从这个教室转战到那个教室，连上厕所也来不及。朱先生的美学课常安排在大礼堂，从教室楼跑去，快也要十分钟。常常是当我气喘吁吁地坐定，朱先生已开始讲了。他是一位清瘦的弱老头，操着一口安徽桐城口音，说话缓慢，常瞪着一双大眼，这就是赫赫有名的美学大师。朱先生最初留给我的就是这使人容易接受的略带某种神秘感的印象。

当时美学界正在热烈论争美是什么，是主观、客观……朱先生是论争的重要一方。他的观点有人不同意，甚至遭到批评。讲授同一课题的老师在讲课时，就时不时点名批评他。朱先生讲课态度从容，好像激烈的课堂内外的争论与他很远。他谈笑风生，只管从古到今，从西方到中国引经据典地论证自己的观点。他讲得条理清晰，知识性强，每次听课的除本校的，还有外校和研究单位的人员，不下五六百人。下课以后，人群渐渐流散，只见他提着一个草包，里面总有那个小热水瓶和水杯，精神抖擞地沿着未名湖边水泥小径走去。几次我在路上等他，想向他请教听课时积存的一些疑问，可当时缺乏这种胆量。20世纪60年代初，他仍在西方语言文学系任教，特为美学教研室和文艺理论教研室的教师和研究生讲授西方美学史。我们及时拿到了讲义，后来这些讲义也成为高校教材正式出版了。也许因为听课的人只有一二十位，房间也变小了，或许也因为我们这些学生年龄增大了，在朱先生的眼中我们算得上是大学生了，他讲课时常停下来，用眼神向我们发问。逼得我在每次听课前必须认真预习，听课时全神贯注，以防他的突然提问。后来渐渐熟了，他主动约我们去他家辅导，要我们将问题先写好，头两天送去，一般是下午3时约我们去他的寓所。那时他还住在燕东园。怕迟到，我们总是提前去，有时走到未名湖发现才两点，只好放慢脚步观赏一番湖光塔影，消磨时间，一会儿，只一会儿，又急匆匆地赶去。星散在花园里的一座座小洋楼似乎是一个个寂静筒，静谧得连一点声音也没有。

我们悄声地上了二楼，只见朱先生已在伏案工作。桌面上摊开了大大小小长短不一的西文书，桌旁小书架上堆放了积木似的外文辞典。他听见我们的脚步声近了才放下笔，抬起头来看我们。他辅导的语调仍然是随和的，但我并没有太感到他的亲切，只顾低着头，迅速一字一字一句一句记。我们提多少问题，他答多少，有的答得详细，有的巧妙地绕开。他事先没有写成文字，连一页简单的提纲都没有。他说得有条不紊，记下来就是一段段干净的文字。每次走回校园，晚饭都快收摊了，一碗白菜汤，两个馒头，内心也感到充实。晚上就着微弱昏暗的灯光再细读他的谈话记录。他谈的问题，往往两三句，只点题，思索的柴扉就顿开了。

我曾以为永远听不到他的讲课了，听不到他的谈话了。“文革”期间不断听到有关他受难的消息。其实，这二三十年他就是在长久的逆境中熬过来的，遭难对他来说是正常的待遇，他的许多译著，比如翻译黑格尔《美学》三卷四册，这一卓越贡献，国内其他学者难以替代的贡献，就是在他多次挨整、心绪不佳的情况下意志顽强地完成的。如果说，中国几亿人，在这场“十年浩劫”中，几乎每一个家庭，每一个人都有不可弥补的损失，对于我来说，一个难说很大但实在是不可弥补的损失，就是我做研究生期间记录杨晦老师、朱光潜老师辅导谈话的一册厚厚的笔记本被北大专案组作为“罪证”拿走丢失了。好在我的大脑活动正常，我常常在心里亲切地回想起朱先生当年所说的一切。

1980年，由于一个非常偶然的机会，我和朱先生有了较多的接触。这种接触比听他的课、听他的辅导、师生之间的交谈更为亲切、透彻。作为一位老师，他的说话语气再随和，在课堂上，在辅导时，总还带有某种严肃性。二十年前我们在他的书房里听他两三个小时的谈话，他连一杯茶水也不会想起喝，当然也不会想起问他的学生是否口渴。现在，当我在客厅沙发上刚坐下，他就会微笑着问我："喝点酒消消疲劳吧！中国白酒，外国白兰地、威士忌都有，一起喝点！"我们的谈话就常常这样开始，就这样进行，就这样结束。他喝了一辈子的酒，酒与他身影不离。他常开玩笑说："酒是我一生最长久的伴侣，一天也离不开它。"我常觉得他写字时那颤抖的手是为酒的神魔所驱使。酒菜很简单，常是一碟水煮的五香花生米，他说："你什么时候见我不提喝酒，也就快回老家了。"在他逝世前，有一段时间医生制止他抽烟、喝酒。我问他想不想酒，他坐在沙发上闭上眼睛摇摇头。去年冬天我见他又含上烟斗了，我问他想不想喝酒，他睁大眼睛说："春天吧，不是和叶圣老早约好了吗？"

我记得我1980年再一次见到他，并不是在他的客厅里，朱师母说朱先生刚去校园散步了。我按照他惯走的路线在临湖轩那条竹丛摇曳的小路上追上了他。朱先生几十年来，养成了散步的习惯，清晨和下午，一天两次，风雨无阻，先是散步，后来增加打太极拳。我叫他："朱先生！"他从遥远的想象中回转头来，定了定神，突然高兴地说："你怎么这么快就来了？"

夕阳将周围涂上了一片金黄。我告诉他昨天就想来。他说："安徽人民出版社要我出一本书，家乡出版社不好推却，但我现在手头上正在翻译《新科学》，一时又写不出什么，只好炒冷饭，答应编一本有关文学和美学欣赏的短文章选本，这类文章我写过不少，有些收过集子，有些还散见在报刊上。也许这本书，青年人会爱读的。前几天出版社来人谈妥此事，我想请你帮忙，替我编选一下。"我说："您别分神，这事我能干，就怕做不好。"他说："相信你能做好，有些具体想法再和你细谈。走，回家去。"在路上，他仔细问我的生活起居，当听说我晚上常失眠，吃安眠药，他批评说，文人的生活一定要有规律，早睡早起，千万别养成开夜车的习惯。下半夜写作很伤神！他说写作主要是能做到每天坚持，哪怕一天写一千字，几百字，一年下来几十万字，就很可观了，一辈子至少留下几百万字，也就对得起历史了。他说起北大好几位教授不注意身体，五十岁一过就写不了东西，开不了课。这很可惜。他说，写作最怕养成一种惰性，有些人开笔展露了才华，后来懒了，笔头疏了，眼高手低，越来越写不出。脑子这东西越用越活，笔头也是越写越灵，这是他几十年的一点体会。他说，五十年前他写《谈美十二封信》，很顺手，一气呵成，自己也满意。最近写《谈美书简》，问题思考得可能要成熟些，但文章的气势远不如以前了。这二三十年他很少写这种轻松活泼的文章。他开玩笑地说，写轻松活泼的文章，作者自己的心情也要轻松愉快呵！在希腊、罗马和中国春秋战国时代政治和学术空气自由，所以才涌现出了那么多的大思想家、大哲学家、大文学家，文体也锋利，自如活泼。他的这番谈话使我想起，1978年《文艺报》复刊时，我曾写信给朱先生，请他对复刊后的《文艺报》提点希望，他在两三百字的复信中，主要谈了评论、理论要真正做到百家争鸣，以理服人，平等讨论，不要轻率做结论。他说："学术繁荣必须要有这种生动活泼、心情舒畅的局面。"

我谛听朱先生的多次谈话，强烈地感到他的真知灼见是在极其坦率的形式下流露出来的。他把他写的一份《自传》的原稿给我看。这是一本作家小传的编者请他写的。我一边看，他顺手点起了烟斗。他备了好几个烟斗，楼上书房、楼下客厅里随处放着，他想抽烟就能顺手摸到。朱先生平日生活自理能力极差，而多备烟斗这个细节，却反映了他洒脱马虎之中也有精细之处。他想抽烟，就能摸到烟斗，比他随身带烟斗，或上下楼去取烟斗要节省时间。

我看完《自传》没有说话，他先说了："这篇如你觉得可以就收进《艺文杂谈》里，让读者了解我。"这是一篇真实的自传，我觉得原稿中有些自我批评的谦辞过了，便建议有几处要加以删改。他想了一会，勉强同意，"不过，"他说，"我这人一生值得批判的地方太多，学术上的观点也常引起争论和批评，有些批评确实给了我帮助。一个人的缺点是客观存在，自己不说，生前别人客气，死后还是要被人说的。自传就要如实地写。"时下人们写回忆录，写悼念文章，写自传成风，我阅读到的溢美的多，像朱先生这样恳切地暴露自己弱点的实在鲜见。我钦佩他正直的为人，难怪冰心听到他逝世消息时脱口说出他是位真正的学者。最近作家出版社约我编《十年（1976—1986）散文选》，我特意选了朱先生这篇《自传》。读着他这篇优美的散文，我看到了，也愿意更多的朋友看到他瘦小身躯里鼓荡着的宽阔的胸怀。

在我的记忆里，朱先生的闲谈从来是温和的，缓慢的，有停顿的。但有一次，说到争鸣的态度时，他先平静地说到批评需要有平等的态度，不是人为的语气上的所谓平等，重要的是正确理解对方的意思，在需要争论的地方开展正常的讨论。说着说着，他突然有点激动地谈起自己的一篇文章被争鸣的例子。他有篇文章发表了对马克思主义关于上层建筑与经济基础关系论述的一些理解。他说之所以提出这个问题，就是为了引起更多人的研究，他期待有认真的不同意他的观点的文章发表。他说后来读到一篇批评文章很使他失望。这篇文章并没有说清多少他的意见为什么不对，应该如何理解，主要的论据是说关于这个问题某个权威早就这样那样说过了。朱先生说，这样方式的论争，别人就很难再说话了。过去许多本来可以自由讨论的学术问题、理论问题用这种方式批评，结果变成了政治问题。朱先生希望中青年理论家要敏锐地发现问题，敢于形成并发表自己的见解。

有次他提出要我替他找一本浙江出版的《郁达夫诗词抄》。他说他从广告上见到出版了这本书。恰巧不久我去杭州和郁达夫家乡富阳，回来送他一本。他很高兴，说达夫的旧体诗词写得好，过去读过一些，想多读点。过后不久，有次我去，他主动告诉我这本书他已全读了，证实了他长久以来的一种印象：中国现代作家中，旧体诗词写得最好的是郁达夫。他说他有空想写一篇文章。我说给《文艺报》吧。他笑着说：肯定又要引火烧身。不是已有定论，某某、某某某的旧体诗词是典范吗？他说郁达夫可能没有别人伟大，但他的旧体诗词确实比有的伟大作家的旧体诗词写得好，这有什么奇怪？他强调对人对作品的评价一切都要从实际出发，千万不要因人的地位而定。顺此他又谈到民初杰出的教育家李叔同，他认为李在我国近代普及美育教育方面贡献很大，一直没有得到充分的评价。他说李后来成了弘一法师，当了和尚，但并不妨碍他曾经是一位了不起的音乐家、美术家、书法家。他说现在有些文学史评价某某人时总爱用"第一次"的字眼，有些真正称得上第一次，有些则因为编者无知而被误认为是第一次的。他说很需要有人多做些历史真实面貌的调查研究。我在《文汇月刊》发表了一篇《引进西方艺术的第一人——李叔同》，朱先生看后建议我为北大出版社美学丛书写一本小册子，专门介绍李叔同在美学上的贡献。我答应试试。为此还请教过叶圣老，他亦鼓励我完成这本书。朱先生这几年多次问起这件事。他说："历史不该忘记任何一位不应被遗忘的人。"

朱先生虽然长期执教于高等学府，但他主张读书、研究不要脱离活泼生动的实际。他很欣赏朱熹的一首诗："半亩方塘一鉴开，天光云影共徘徊。问渠哪得清如许，为有源头活水来。"他多次熟练地吟诵起这首诗。

1981年，我请朱先生为我写几句勉励的话，他录写的就是这首诗。他在递给我时又说起这首诗的末句写得好，意味无穷。有次他谈起读书的问题，他强调要活读书。他说现在出书太多，连同过去出的，浩如烟海，一个人一生不干别的，光读书这一辈子也读不完。这里有个如何读和见效益的问题。他认为认真读书不等于死读书。他说，要从自己的兴趣和研究范围出发，一般的书就一般浏览，重点的书或特别有价值的书就仔细读，解剖几本，基础就打牢了。

二十多年前，他曾建议我们至少将《柏拉图文艺对话录》读三遍。他举例说，黑格尔的《美学》是搞文艺理论、评论的人必须钻研的一部名著。但三卷四册的读法也可以有区别，重头书里面还要抓重点，他说《美学》第三卷谈文学的部分就比其他部分更要下功夫读。他说搞文艺理论研究的人，必须对文学中某一样式有深入的了解和欣赏。他个人认为诗是最能体现文学特性的一种样式。他喜欢诗。他最早写的有关文学和美学欣赏的文字，多举诗词为例。新中国成立后，他为《中国青年》杂志写过一组赏析介绍中国古典诗词的文章。20世纪40年代他在北大讲授"诗论"，先印讲义后出书，影响很大，前年三联书店又增订出版。他在后记中说："我在过去的写作中，自认为用功较多，比较有点独到见解的，还是这本《诗论》。我在这里试图用西方诗论来解释中国古典诗歌，用中国诗论来印证西方诗论；对中国诗的音律为什么后来走上律诗的道路，也作了探索分析。”他说我们研究文学可以以诗为突破口，为重点，也可以以小说、戏剧为重点。总之，必须对文学某一样式有较全面、历史的把握。否则，写文艺理论和写文艺评论文章容易流于空泛。

这几年，每次看望朱先生，他都要谈起翻译维柯《新科学》的事。这是他晚年从事的一项浩繁的工程。他似乎认定，这部书非译不可，非由他来译不可。他毫无怨言地付出了晚年本来就不旺盛的精力。他是扑在《新科学》的封面上辞世的。他对作为启蒙运动时期的一位重要的美学代表维柯，评价甚高。早在《西方美学史》中就辟有专章介绍。他在八十三岁高龄时，动手翻译这部近四十万字的巨著。起先每天译一两千字，以后因病情不断，每天只能译几百字。前后共三年。去年第一卷付梓后，他考虑这部书涉及的知识既广又深，怕一般读者阅读困难，决定编写一份注释，待再版时附在书末。家里人和朋友都劝他，这件事先放一放，或者委托给年轻得力的助手去做，他现在迫切需要的是休息，精力好了，抓紧写些最需要他写的文章。他考虑过这个意见，最后还是坚持由他来亲自编写。他说，换人接手，困难更多，不如累我一个人。

有一次在病中，他说希望尽快从《新科学》中解脱出来。他想去家乡有条件疗养休息的中等城市埋名隐姓安静地住一段。但是，对事业的挚爱已系住了他的魂魄。在他最需要静静地休息的时刻，他又在不安静地工作。他逝世前三天，乘人不备，艰难地顺楼梯向二楼书房爬去。家人发现后急忙赶去搀扶，他嗫嚅着说：“要赶在见上帝前把《新科学》注释编写完。”他在和生命抢时间。他在1981年9月10日写给笔者的信中说：“现在仍续译维柯的《自传》，大约两三万字，不久即可付钞。接着就想将《新科学》的第一个草稿仔细校改一遍，设法解决原来搁下的一些疑难处，年老事多，工作效率极低，如明年能定稿，那就算是好事了。”花了整整三年，终于定稿了，是件叫人高兴的大事。我见过该书的原稿，满眼晃动的是密密麻麻、歪歪斜斜的字迹。

朱先生做事的认真，在一些本来可以不惊动他的杂事上也表现出来。这几年，他在悉心翻译《新科学》的同时，又为大百科全书外国文学卷审稿。我在替他编选《艺文杂谈》时遇到的一些问题，他都一一及时作口头或书面答复。入集的文章，不管是旧作还是新作，他都重新看过，大到标题的另拟，小到印刷误排的改正，他都一丝不苟地去做。他1948年写过《游仙诗》一文，刊在他主编的《文学杂志》三卷四期上。他说这篇文章提出了一些见解，叫我有时间可以一读，同时又说写得较匆忙，材料引用有不确之处，他趁这次入集的机会，修改了一番。标题改为《楚辞和游仙诗》，删去了开头的一大段。他怕引诗有误，嘱我用新版本再核对一次。我在北大图书馆旧期刊里发现了一些连他本人也一时想不起来的文章，他每篇都看，有几篇他觉得意思浅，不同意再收集子。他说："有些文章发表了，不一定有价值再扩大流传，纸张紧，还是多印些好文章。"

朱先生很讨厌盲目吹捧，包括别人对他的盲目吹捧。他希望读到有分析哪怕有尖锐批评的文章。香港《新晚报》曾发表曾澍基先生的《新美学掠影》一文，我看到了将剪报寄给朱先生看，不久他回信说该文“有见地，不是一味捧场，我觉得写得好”。他常谈到美学界出现的新人，说他们的文章有思想，有锋芒，有文采，他现在是写不出的。他感叹岁月无情，人老了，思维也渐渐迟钝了，文笔也渐渐滞板了，他说不承认这个事实是不行的。

朱先生的记忆力近一两年明显有衰退。有几件小事弄得他自己啼笑皆非。有一次他送书给画家黄苗子和郁风。分别给每人签名送一本。郁风开玩笑叫我捎信去：一本签两人名就行了。朱先生说原来晓得他们是一对，后来有点记不准，怕弄错了，不如每人送一本。过了一阵，他又出了一本书，还是给黄苗子、郁风每人一本。我又提醒他，他笑着说："我忘了郁风是和黄苗子还是黄永玉……拿不准，所以干脆一人一本。"小事上他闹出的笑话不止这一桩。但奇怪的是，谈起学问来，他的记忆力却不坏。许多事，只要稍稍提醒，就会想起，回答清楚。

1983年秋天，他在楼前散步，躲地震时临时搭起的那间小木屋还没有拆除，他看看花草，又看看这间小屋，突然问我：最近忙不忙？我一时摸不清他的意思，没有回答。他说："你有时间，我们合作搞一个长篇对话。你提一百个问题，我有空就回答，对着录音机讲，你整理出来我抽空再改定。"我说："安排一下可以，但不知问题如何提？"他说："可从他过去的文章里发掘出一批题目，再考虑一些有关美学文艺欣赏、诗歌、文体等方面的问题。每个问题所谈可长可短，平均两千字一篇。"他当场谈起上海同济大学教授陈从周写了有关园林艺术的专著，很有价值。他说，从园林艺术研究美学是一个角度。他说，外国有一部美学辞典，关于"美"的条目就列举了中国圆明园艺术的例子。他答应空些时翻译出来给我看。那天，我还问起朱先生为什么写文艺评论、随笔喜欢用对话体和书信体。他说："你这不就提了两个问题？你再提九十八个题目便成了。"他又说："你还问过我，亚里士多德的《诗学》和柏拉图的《文艺对话集》对后来的文艺发展究竟谁的影响大？这又是一个题目。我在一篇文章中说《红楼梦》是散文名篇，有人认为'散文名篇’应改为‘著名小说’，我不同意，为什么？这里涉及中国古代散文的概念问题。”他笑着说：“题目不少，你好好清理一下，联系实际，想些新鲜活泼有趣的题目。”我们约好冬天开始，叫我一周去一次。后来由于他翻译维柯《新科学》没有间歇，我又忙于本职编辑工作，出一趟城也不容易。就这样，一拖再拖终于告吹。朱师母说，朱先生生前有两个未了的心愿，一是未见到《新科学》出书，一是未能践约春天去看望老友叶圣陶、沈从文。我想，这个闲谈记录未能实现，也该是朱先生又一桩未了的心愿吧！

1986年5月

冰心与邓颖超相会在月季花丛中

冰心爱花，爱多种鲜花，她说，月季一年四季展示浓艳，吐播芬芳，可以美化人的生活环境，增添人的生活情趣。她爱读宋代诗人杨万里咏月季的诗句：“谁道花开十日红，此花无日不春风。”

冰心的几位小朋友创办了“北方月季花公司”，地址就在冰心家附近。他们知道邓颖超和冰心都喜欢月季花，每逢花季，他们都要请两位老人来赏花。

1986年5月，月季花公司的花园里盛开着数万朵月季花。特地邀请冰心到花园里赏花。18日上午，冰心来到绚丽的花园，全国政协主席邓颖超听说冰心去赏月季，也赶来了。

冰心当天下午急约我去她家。她讲，我记，当场写了一则短消息，冰心看了，说可以。她说，邓大姐是全国政协主席，但她和我来观看月季花，是作为两位老人、两位老朋友的约会，标题就称“邓大姐”吧。《文艺报》在头版发表这则新闻，标题是“邓大姐、谢冰心两位老人相会在月季花丛中”：“5月18日上午十时二十五分，冰心应北方月季花公司邀请去花房赏花，邓颖超同志得知这个情况，十时四十分也赶去。她紧握着冰心的手说：早就想去看你，送你一束芍药，是我家院子里的，祝贺你八十六岁生日。冰心连声说：谢谢，谢谢，我生日还早呢。邓大姐说：那就预祝吧！冰心立即回赠了邓大姐一个大花篮。两位老人相互问候，亲切交谈。邓大姐说，她今天才知道吴文藻先生已过世，否则她要表示悼念。冰心说：我和文藻早商量好，不举办遗体告别，不开追悼会，不留遗产给孩子，所以没有把这个消息告诉你。邓大姐说：我和恩来的意思也是这样。她俩一直情意很浓地说到十一时半才依依不舍地分手。邓大姐对冰心说：以后再来看您。冰心这两天常默默地坐在客厅沙发上，望着墙上悬挂的一幅周总理的画像。25日晚她对记者说：'我把邓大姐送给我的一束芍药，插在总理的像前，我默默在祷祝说，这是您家自己院里的花，您觉得亲切吧。' 本报记者　吴泰昌　摄影　陈钢。" 18日晚上，老人在一页稿纸上写了"我把邓大姐送给我的一束芍药，插在总理的像前，我默默地祷祝说，这是您家自己院里的花，您觉得亲切吧"。

文章见报后，老人又叫我去，"今天我要同你谈谈那天与邓大姐相会的详细情况"，好转告巴金，也让他高兴高兴。文藻去世后，他一直担心我的情绪不好。她明知巴金会从《文艺报》上看到新闻，她说，你们发表的内容是听我讲的，是为了公开发表的，有些细节当时我没对你讲。她又缓慢地讲起一些她和邓大姐交谈的细枝末节。

冰心见到邓大姐就说："我真想你！"

邓颖超拉着冰心的手："我也想你，又惦记你。"说着转身从秘书赵炜手中拿过一束鲜花，"这是我家院子里种的花，特意给你带来一束，祝贺你八十六岁生日，愿你像鲜花那样永远年轻。"

冰心激动地接过花束，连声说："谢谢！谢谢！我生日还早呢！"

"那就预祝吧。"邓大姐说。

“你那么忙，还想着我。”

“我很敬佩你，你为儿童、为人民写了那么多好作品。”

接着话题转到了花，邓大姐对冰心说：“我的院子里种的花，开得像盘子那么大，你种了什么花？”

“我住楼房，不能种花，北方月季花公司每星期都给我送鲜花。”冰心回答说。

“你那里成了鲜花的宫殿了！”邓大姐笑说。

邓颖超走进鲜花丛中。冰心由女儿吴青推着轮椅来到花前，冰心迫不及待地让吴青扶她下来：“我要自己走，我要走到花中间去！”

她扶着助步器，大步向前走去，急得吴青在一旁直叫：“慢点儿走，您一看见花就什么也不顾了！”

“真好，真好！看见花，心情舒畅。可惜我的腿不好，如果腿好，我都想飞起来了！”冰心边走边说。

过了一会儿，冰心又非常郑重地对邓大姐说：“政协开会，我都不能参加，我想辞去政协常委……”

“你不能辞，你是民进出的……”邓大姐说。

赏花，使邓颖超、冰心在月季园里重逢，备感愉悦。北方月季花公司把用鲜花插成的两个花篮赠送给她们，两人欣喜地接过，手拉手合影留念。冰心因事先不知道邓大姐来，分别时，她把花篮转送给邓大姐。

次年5月23日上午，邓颖超再次到北方月季花公司赏花，邓大姐到了月季园，发现冰心没有来，便询问冰心的近况。公司负责人说：“可以马上派车接冰心来。”邓颖超说：“冰心的腿不好，下楼不方便，还是我去看她。”

邓颖超让秘书赵炜给冰心家挂电话，问问此时是否可以前去探望。冰心接到电话，感到意外的惊喜。邓颖超很快就驱车到了冰心寓所。冰心扶着助行器在房门口迎候，一见面，冰心就问："我最近写给你的信收到了吗？"

"收到了，大前天我让赵炜给你送花来，我忙得连个条子也没来得及写，很抱歉。我还看过你写的谈如何赏花的文章，最近又看了《人民日报》发表的文章《冰心不老》，还看到你的照片。我说，冰心的确不老，一片冰心在玉壶，冰心是乐观者。"

"我也太乐观了，总理在世时……"

"总理年轻时就喜欢读你的《寄小读者》。我是20年代在北京当小学教师时读的。"

冰心把女婿陈恕、外孙陈钢介绍给邓颖超。邓颖超关切地问："吴青还在外语学院吗？"

"我们俩都还在外语学院。"陈恕回答说。

邓颖超转对冰心说："你对他们来说是一个很好的、经常的鼓舞他们的力量。"

"那我可不敢当。"

"我不是抬高你，也用不着抬高你，你已经很高了。有多少年的成就。"

冰心和邓颖超热烈地交谈着，秘书赵炜提醒邓大姐该回去了。冰心挽留邓大姐吃饭，邓颖超说："我们今天是突然来，下次来吃饭，早一天告诉你。"

临分别时，邓颖超和冰心紧紧地握手，互嘱保重。邓颖超说："千言万语说不完，咱们下回再叙。"

邓大姐去冰心家中看望的消息，《文艺报》也在头版发表了一条短新闻。

新闻内容是冰心在电话中告诉我的，老人讲得多，很细致，她说新闻要简约，把事说清楚就行了。新闻见报前我在电话中连标题一字一句念给老人听，她说同意。我以“山风”的化名写了这条新闻：

邓颖超看望冰心

本报讯　5月23日，邓颖超同志去北方月季花公司赏花，发现冰心没来，随后去中央民族学院冰心寓所，上二楼看望冰心。邓颖超紧紧握住冰心的手，详细询问她的健康和写作。邓颖超还和冰心家人合影留念。

没想到，这次会见竟成了她和邓颖超大姐的永别。

1992年7月11日，冰心在《新闻联播》中惊悉邓大姐去世的消息。冰心大声痛哭，广播员沉重而缓慢的声音，她一句也没听到，这一夜，冰心“像沉浸在波涛怒潮的酸水海里，不知如何度过的”。

第二天一早，冰心就让她的外孙陈钢去取来一篮白玫瑰花，系上一条白绸带，写上自己的悼词。陈钢立刻把这只小小的花篮，送到中南海西花厅大姐遗像前的桌子上，并拍了一张照片回来。

7月31日，在大风雨的黄昏，冰心写了《痛悼邓颖超大姐》一文，文中引用了刚收到的巴金给她的一封信中的一段话，巴金在信中说：“邓大姐走了，你难过，我也很难过，她是一个好人，一个高尚的人。没有遗产，没有亲人，她不拿走什么，真正是个大公无私的人。她是我最后追求的一个榜样。一个多么不容易做到的榜样。”文章见报时编者删去了原文中的这段引文，冰心老人见报后勃然大怒，我少见的大怒，说我怎么向老巴交代，责问报社的领导直至中央负责宣传的主管，定要讨个公道的说法。1993年作家出版社出版冰心《关于女人和男人》一书，冰心在收入这篇文章时，恢复了被删去的这段引语。

冰心对邓大姐的深厚感情寄托了她对周恩来总理的深切怀念与尊敬。

1979年2月12日出版的《文艺报》第2期，头条发表了周恩来总理1961年6月19日《在文艺工作座谈会和故事片创作会议上的讲话》全文。《文艺报》编辑部和《电影艺术》编辑部联合邀请在京的部分文艺工作者举行座谈，学习和讨论周总理这个重要讲话。先后在会上发言的有张骏祥、陈荒煤、阳翰笙、周而复、赵朴初、艾青、李陀、于兰、曹禺、江丰、谢冰心等。冯牧、袁文殊主持了座谈会。

《文艺报》编辑部会前安排我写这次座谈会的报道。我去向冰心要她发言时准备好的几页稿纸，她说，今天我来是学习和缅怀周总理的，临时讲了周总理关心我的几段印象特别深的事，这回你们不要发表了。老人说，周总理刚去世时，我写过一篇悼念短文，没有写充分，有些内容，当时还不好说。有机会再补充，写好。此后，我断断续续听她谈起周总理……

冰心常说，周总理是人民的好总理，是她十分尊敬的一位伟人。冰心忘不了1951年她和文藻全家从日本回到中国，周总理的亲自过问和妥善安排。

冰心和吴文藻回到北京时，根据周恩来总理的交代，有关部门在崇文门内洋溢胡同购买了一所房子，交由他们一家居住。这是一座典型的北京四合院，但已安装上了卫生设备和热水管道，院内铺上了砖，砌了两个花坛，还专门配备了沙发、书橱、写字台等家具，冰心和吴文藻住进来时，生活极为方便。

冰心和吴文藻住进洋溢胡同的四合院不久，周恩来总理派车，接他们进中南海叙谈，并且留他们共进晚餐，那是一顿普通的晚餐，四菜一汤，仅一道荤菜——炒鸡蛋。据后来冰心回忆，总理见到他们的第一句话就是，你们回来了，你们好呵！这“回来”二字，着实令他们感到温暖，顿生一种回家的感觉。吴文藻坐在周恩来的旁边，第一次会见，却没有陌生感。吴文藻向总理谈到自己的经历，原本就是教书的，后来，抗日到了重庆，误入仕途，又去了日本，本想很快就回来，但没有想到国内的局势变化这么快。总理接过他的话题，连声说，没有关系，革命不分先后，吴先生在日本也为我们党做了许多有益的工作，并且称赞他对革命是有贡献的。周恩来又问到冰心的身体，并且以他惊人的记忆，说大概有十几年没有见面了吧。显然，周恩来记住了那次在重庆“文协”会上的见面，仅是一面，作为一个日理万机的总理，竟然会清楚地记起。周恩来还问到孩子上学的情况，冰心一一作答，并且告诉总理，他们回到北京后，都改了名字，儿子叫吴平，大女儿叫吴冰，小女儿叫吴青，吴平在清华大学建筑系学习，两个女儿都在读中学。总理就问，中学之后两个女儿有什么打算。冰心告诉总理，大女儿想学历史，小女儿想学医。总理略作深思，建议两个女儿去学习外语，总理说，你们家的条件好，学习外语有好基础，新中国成立后，与许多国家建立了外交关系，外事活动很多，而外语人才奇缺，希望冰心不仅为国家培养建设大厦的人才，还要为国家培养与外国人打交道的人才。总理说，请他们回去后与孩子们商量一下。此后，吴冰和吴青都按总理的希望，报考大学时选择了学英语。吴冰进了北大西语系，吴青进了外国语学院英语系。

总理在这次会见时，还征求了冰心和吴文藻对工作安排的意见。吴文藻在回国之前，也曾考虑过这个问题，能为新中国做哪些工作。那时，中国与印度的关系很友好，吴文藻对印度的情况熟悉，因而，他曾希望，如果能将自己派到印度，可以发挥他的作用；如果国家不需要他去印度，则可回到学校做教师，这也是他的愿望。冰心则没有具体的想法，只是希望多为孩子写一些作品。

冰心说她忘不了她的老伴吴文藻和她的两个子女1957年被错打成右派后，周总理对她一家的关心。她说我们家当时是右派家庭，我也成了半个右派，那个时候，周总理和邓大姐能想到我们，关心我们，能做到这点，太不容易了。

有一天，周恩来总理让邓颖超大姐派车来接冰心。在中南海的西花厅，邓大姐细细地问到冰心一家的近况，特别询问吴文藻的具体情况。她怀着感激的心情，向邓大姐如实地倾诉了一切。邓大姐关心吴文藻的近况，关切地说："作为亲人，应该多关心他，多安慰他。"

冰心告辞时，邓颖超紧紧地握着她的手，冰心诚挚地向邓大姐致谢。

冰心清晰地记得，1972年，在一次接待外宾的宴会上，她和重病在身的周总理最后的一次见面。周总理说："冰心同志，你我年纪都不小了，对党和人民就只能是'鞠躬尽瘁'这四个字啊。"总理这语重心长的嘱咐，一直激励着她。

周总理逝世后，冰心"笔与泪俱"，及时写了《永远活在我们心中的周总理》，她在"排山倒海而来的关于周总理的回忆"中，"只写出我感受最深的几段"，敬爱的周总理"您将永远，永远地活在我们的心里”。

1980年4月，中国作家代表团由巴金和冰心率团赴日本访问。

冰心与巴金一起，到京都岚山的龟山公园，参谒“周恩来总理诗碑”。诗碑建在一座林木葱茏的山冈上，褐色的石头砌成圆形基座，上面是青色的石碑，用的是京都东郊的坚硬的鞍马山石，上面刻着周恩来青年时代写的《雨中岚山》一诗。冰心和巴金来到诗碑前，以崇敬的心情献花、敬礼。冰心仰望着这座巨大的石碑，默默地咏着《雨中岚山》：

雨中二次游岚山，两岸苍松，夹着几株樱。到尽处，突见一山高，流出泉水绿如许，绕石照人。潇潇雨，雾蒙浓；一线阳光穿云出，愈见姣妍。人间的万象真理，愈求愈模糊；——模糊中偶然见着一点光明，真愈觉姣妍。

这首诗是周恩来1917年至1919年4月在日本求学期间写的。此时的岚山，已不是周恩来青年时期冒雨远眺时那样萧瑟、凄凉；站在诗碑前，可以眺望远处的群峰、山冈前的河川和两岸的田园。冰心由衷地感谢日本朋友，在这值得纪念的山头，建立起这座丰碑，使得中日两国的朋友们，都能把崇敬周恩来总理的心情，呈现在这座能够代表乱流中的一根砥柱、模糊中的一点光明的诗碑上。冰心拾了一块鞍马小石，留作纪念。

参谒诗碑后，冰心步周恩来青年时代的诗作《大江歌罢掉头东》的原韵，当场对众挥毫，写下了参谒周恩来总理诗碑时的心情：

高歌直下大江东，力挽狂澜济世穷。

仰首默吟低首拜，岚山一石一英雄。

邓颖超去世后，冰心写了《痛悼邓颖超大姐》一文。在邓颖超逝世后的日子里，冰心常常想起邓大姐，冰心说:“和我谈过话的外国朋友，都认为邓大姐是个心胸最广阔、思想最缜密、感情最细腻的女性，而且她的思想和感情都完全用在她的工作和事业以及她周围人们的身上。她最理解、最关怀、最同情一切人，是把爱和同情洒遍了人间的一位伟大女性！”

1986年5月29日

含泪忆沈从文

沈从文先生的遗体告别仪式是我这些年参加过的同类活动中最简单不过的。没有要员，文艺官员也少见，都是他的学生和亲友。每人挑选一枝白色的或紫红色的鲜花轻轻地献在沈老的身旁。沈老生前爱听的外国古典名曲柴可夫斯基《悲怆交响曲》的旋律舒缓地在回响。许多人的眼睛里都含有泪珠，但没有人放声大哭。沈夫人张兆和出奇地冷静，当我走到她的身边，一位亲属抑制不住低声哭泣了，只听她刚毅地说，别哭，他是不喜欢人哭的。

兆和是最了解沈老的。也许湘西苗族人生来就讨厌哭泣，也许沈老长年在内心哭泣，眼泪流尽了。当人永远辞世时，他的意愿是应当受到生者充分尊重的。我望了望在鲜花丛中沈老那副安详的面容，紧紧地含住了眼中的泪。

在众多的文学后辈中，我谈不上和沈老熟悉。我知道这位大作家的名字很早，读到和欣赏他的作品也很早，但见到他很晚，去看望他并随意地进行交谈，更是近十年的事。作为读者，我也不是一个忠实的读者。1983年他送我一套十二卷文集，珍惜地放在书橱里，其中部分作品至今我尚未拜读。

我满以为能当上沈老的学生，听他讲授中国小说史。我的一位中学语文老师是老北大的，他常讲起北大中文系有沈从文、杨振声、冯文炳几位教授。当1955年我真的成为北大中文系的学生，才知道沈先生和另外两位已离开学校。这很使我失望。记得在初中时读过沈老写水上文学的一篇文章，谈家乡的河流如何启迪了他的文学幻想，我曾多次傍晚落日未尽时去城边姑溪河畔散步，也想河水给自己的心田滋润些灵感。事后多年，当听到汪曾祺得意地谈起在西南联大时如何幸运地听沈老的课，我真有点羡慕甚至忌妒他。

严文井是不轻易开口称赞作家同行的，虽然他是一位正直忠厚的人。不管什么年月，他谈起沈老，都怀着深深的敬意。他特别称赞沈老作品的语言文笔和情调，他常开玩笑颇有几分得意地说，我虽说不上是沈从文的嫡传弟子，但我开始写小说是受了他很大的影响。文井责怪我说，既然你想听沈先生的课，为什么那么老实不去主动上门求教？20世纪50年代沈老很寂寞，有时间，单独面谈，比听大课受益多。

20世纪50年代的中国，还不是信息的社会。大学几年我就不知道打电话，更不习惯于毛遂自荐拜望名人。大学快毕业时，才知道沈老在历史博物馆工作，住在东城一条胡同里。不知从哪里来的印象，我想象他的住宅庭院里准有株高大的槐树。

1963年，本来有可能见到沈老。那时我已认识了阿英先生。他知道我崇敬沈老。有次我刚踏进他家门，他就乐呵呵地说，“过几天沈从文先生要来看我，你也来，我介绍你认识。”那时阿英先生在故宫筹备纪念曹雪芹逝世二百周年展览会，文物服饰方面一些问题要请教沈先生。沈先生正在做中国古代服饰研究，有些资料也要请阿英帮忙，他俩时有来往。我那时住西郊，临时通知困难，我没能赶上在阿英先生家里见到沈先生。不过，我却意外地得到一帧沈先生的墨迹。阿英先生递给我一张小纸片，他笑着说："这是沈先生前些天留下的便条，你留着吧！"这是一封用毛笔写的短柬："阿英先生，昨托傅杨同志一达，拟特来拜访。顷因得通知，本星期将为突击一新陈列而忙，一连七天，恐都得在馆中库房和陈列室工作，因特来一致歉意。俟将突击工作完成后，当再谋一访请教也。沈从文，8日下午2时"。当时我还不懂珍藏名人的手迹。因想见沈老久久不能如愿，看了他的墨迹，觉得和他似乎也亲近了一些。我高兴地将它夹入阿英先生送我的一本《晚清文学丛钞》中，想不到，几经波折，前两年居然在书堆中冒出了这本书，沈老的信也居然还安然无恙地躺在里面。

我第一次见到沈老，介绍人是沈夫人。1964年春天我到《文艺报》工作，已听说沈夫人张兆和在《人民文学》杂志社，和我在同一幢大楼里。我认识她，她并不认识我。1965年我去京郊参加社会主义教育运动，同兆和在一个生产队。开始有了接触。她知道我是安徽老乡，又是北大的，渐渐交谈起来。因工作关系，个把月我能回趟北京。有次我正走出村口，她在后面叫我，匆匆地递给我一封信，请我去她家，看望一下沈先生，捎回来一点茶叶。看了信封上的地址，心里一愣，原来沈先生家离我住处很近。当天晚上，在浴室里洗了个痛快澡，就去东堂子胡同沈老家。原以为是座独居的四合院，找到门牌，进了狭窄的小门，才知道是座大杂院，一排排小平房，问了几家，走了很长一段才进了沈老的家。开门的是一位年轻的姑娘，非常漂亮的姑娘，至今我还弄不清是沈老的外甥女还是侄女，看样子她在陪伴着沈老。沈老看完信后，才想起请我坐。一间不超过十五平方米的房子，地上堆满了书刊。沈老问我们的伙食怎样，兆和的牙病犯了没有，他说郊区晚上比城里凉，劝我晚上要加件衣服。他知道我也是安徽人后，微笑着说，“你们安徽人就是离不了茶。”他说明天去买茶，送给我。我说后天走，走前我来取。在近大半年里，我为了给兆和捎茶叶，去看望沈老两三次。每次他送我到房门口，那位留着长辫子的姑娘送我到大门口。那时我还没有喝茶的习惯，否则我准向兆和要点茶，品尝品尝沈老给她准备的茶叶。那个年代，文艺界已开始明显不安宁了。沈老完全超脱于文坛，我也无心向他请教关于文学的事。我能记住的只是一位和蔼宁静老人略带微笑的面容。

近十年我见到沈老的次数比以前多一些。其中一个重要原因，是我尊敬的几位文学前辈和沈老都有着深厚的情谊，他们对沈老的惦念和关切时时感染着我。

每次见到朱光潜老师，他都要问起沈先生的近况。朱先生出版了新著，怕邮寄丢失或损坏，几次嘱我送给沈先生。有次他要我转送一本《诗论》给沈先生，我说前不久您送给他了，他说这本是新到的精装本。这些年，沈先生几乎都在病中，虽然房门上贴了“遵医嘱谢绝会客”的字条，每次我去沈夫人都是欢迎的。大约五年前，沈老为我写了一张条幅，兆和来信叫我去取。那时沈老不像后来那样，还能清晰地言谈。我是下午3点去的，谈到4点多，兆和为我们准备了点心，沈老吃着吃着突然心脏病发作，坐在沙发上，吓慌了我们。兆和忙拿药，又用凉手巾敷在他的额上，等稳定后，我才悄声离去。第二天才知道，当天夜里沈老就住院了。从那之后，我就不大敢去看望他，有时去也是默默地坐一会就走。崇文门三居室比起东堂子胡同斗室来，总算有个狭小拥挤多功能的客厅可以安定地坐下来，即使不谈话，也能从容地观察到沈老神情的变化，他仍然常含微笑，但不总是微笑，有时沉默得有点气愤，有时激动得有点紧张。他虽多年自觉地躲离文坛，但文坛的干扰却不断地烦扰他。

1980年，一天上午，当时的《诗刊》副主编邵燕祥来电话给我，我顺便谈起马上要去看沈老。燕祥说，正好，请你转告沈老，《诗刊》最近发表了一篇文章，其中谈到沈老新中国成立前写的《记丁玲》一书不真实等等（至今我还不曾拜读过这篇文章）。他说，他们已听到一些反映，请我代他们作点解释。沈老有不同意见请写文章给《诗刊》。我见到沈老，就转告了燕祥的口信。我估计沈老和兆和已看过这篇文章了。沈老沉默不语，神情严肃，严肃中带有几分压抑。这是我从来没有见过的。兆和在一旁连忙激动地说："没有什么好说，没有什么好写。"在这压抑的氛围里，我坐了十分钟。到我自已也感到异常压抑时，我忘了礼貌，也忘了谈事先想请教的问题，突然起身开门离去。我没乘电梯，从五楼急促地跑下来。

1983年，湖南一家文学杂志以醒目的标题发表了朱光潜的《沈从文的文学地位必须重新评价》一文。湖南是沈老的家乡，沈从文的创作当时已在研究界重新估价，发表这篇文章本是很平常的。但由于作者本人的特殊身份，文章中个别提法确有片面之处，文章流传后引起注意，有些不同意见。加上当时文艺界气氛比较紧，有人认为朱文代表一种思潮，否定现代革命文艺传统。我工作的单位当时就准备发表一篇批评文章，这个任务恰恰落到我的头上。拖延了一阵后，我不得不认真考虑这篇文章如何做。我去朱先生那里问了问该文的写作情况。据朱先生说，是在一次全国政协会上，沈先生说一家出版社要出他一本选集，希望朱先生写篇序。朱先生当时正集中精力翻译维柯的《新科学》，身体又不好，但数十年交情的老友提出的这个要求，他绝不能谢绝。而且他长期感觉沈从文的文学成就很有必要重新评价，所以他草就了一篇短文，请沈先生看看是否合适。待沈先生看后，再斟酌定稿。他拿到那期刊物后，重看一遍，发觉个别提法（如海外现在只认定沈从文和老舍）的不妥。他说他只是希望正确评价沈从文的文学地位，绝不想否定或贬低其他作家的地位，这不符合他对中国现代文学的一贯看法，但他这样引述海外人士的意见，客观上容易造成这种印象，他为此深感不安。那段时间，我为他在编选一本集子，交谈较多，他常常谈到一些作家的成就，如郁达夫、田汉的旧体诗词写得很好，巴金的随想录使他想起鲁迅的杂文，作用、价值不能低估。他笑着说，人老了，有时词不达意，文章拿出去之前要多看两遍，这是个教训。他写的一篇自传，前后有矛盾的地方，我告诉他。他说现在写作思想不像以前集中，写着写着就跑了。那天谈话，他最关心的是不要因为这篇文章给沈先生带来压力，他说他可以写文章公开自我批评，但不希望影响对沈从文创作正常的评价。我说《文艺报》可能发表不同意见的文章，他说这很好。临走时，他又叮嘱我最近去看望沈先生。过了几天，我去看沈先生。关于朱文的反响他可能已听说了，坐定不久，他就说这篇文章发表给朱先生带来了麻烦，他很不安。他有点激动，激动中有点紧张。兆和把我叫到另一间小屋，说湖南来人要稿子，拿去之前原说暂不发表的。她说沈先生听说报纸要发文章批评，觉得对不起朱先生。我说前些天我去看了朱先生，朱先生知道这事了，他欢迎有不同意见的文章，说给沈先生带来了麻烦，他不安。兆和叹道：他们俩……之后，我向《文艺报》领导谈了自己的看法，同意从引用海外人士意见要慎重的角度，指出朱文的不足。我化名写了篇千字文。朱先生、沈先生都看了，不过当时我并没有说明是我写的。

1985年3月，巴老来北京参加全国政协会议。刚在北京饭店住定，和冰心通了一次电话，就急切地提出要安排去看望叶圣老、周扬和沈从文。叶圣老和周扬同在北京医院住院。沈老家当时没有电话，我只好先去和兆和打个招呼，兆和听说巴老要到家里来很高兴，沈老言语已不太清楚，他说了句什么，向我点了点头，招了招手。

巴老上午9时多离开饭店，正赶上四五级大风，巴老全副武装：黑呢大衣，花格子呢帽子和围巾。车子在宿舍楼大门口停下，小林扶着行动不便的巴老顶着风走了一二百米路。兆和已在楼门口等候，乘电梯到五楼。巴老是头一次到沈老新居，他进屋后直奔在客厅等候的沈老。沈老从沙发上站起来，紧紧地握着巴老的手，脸上泛起微笑，舒展的微笑。巴老连声说："你好，你好！"沈老吐词不清地说："好，你好！"兆和准备了好几样点心，她一直在忙着招待，一直挂着笑容。两位老友面对面地开始了交谈。巴老说了些问候的话，由于沈老说话不便，嘴唇很吃力地颤动。巴老突然沉默了。在场的人都为两位老友难得相见又不能随意倾谈难受，兆和只好代沈老说了许多话，巴老仔细地问了沈老饮食健康近况。巴老怕影响沈老休息，待了一个多小时。告别时，他们又紧紧握手，巴老说："下次再来看你，多多保重！"巴老走出房门时，沈老还在招手。兆和送巴老下电梯，汽车开动之后她还顶风站在那里招手。在回住处的途中，巴老说沈老身体、精神都不错，比他想象的要好。

多么希望如巴老所祝愿的那样，沈老的身心愈来愈好。有多少话等待他说，有多少文章等待他写。他却突然走了。望着他安详的遗容，内心震荡的却是长久的不平静。

1988年11月

秋天里的钱锺书

我见到钱锺书先生很晚，但记住他的大名并不晚。20世纪50年代中期我进入北大中文系，常听到老师在闲谈时称赞他才学惊人，是个了不起的人物。我的老师中，有的是他的同学，有的还是他的师辈，都是成就卓著的名教授，平日是难得佩服他人的。老师们的这些话语，对一个刚刚踏入文学门槛的青年，烙下的印记自然是深深的。

对钱锺书先生有了点具体了解，还是在读了他的著作之后。20世纪60年代初，我留校当研究生期间，阅读的选择自由度比本科时大多了。我从校图书馆借阅了钱先生20世纪40年代出版的几乎全部作品：散文集《写在人生边上》、短篇小说集《人·兽·鬼》、长篇小说《围城》、理论研究集《谈艺录》。1958年人民文学出版社出版的《宋诗选注》和1962年在第一期《文学评论》发表的《通感》，是朱光潜老师推荐给我的“不可不读之作”。记得朱先生说过，《通感》比《谈艺录》好读，只有钱锺书写得出。由于自己的学识阅历的关系，当时不可能深入把握钱先生著作博大精深的内涵，甚至有时过文字关也颇费力。不过，对钱锺书先生的崇敬，由此在心底切实地升起。

我初次见到钱先生和他的夫人杨绛先生是在1977年。当时《文艺报》尚未复刊。我在《人民文学》杂志待了一段时间。为了支撑复刊不久的刊物，主编要我们千方百计多约些名家的稿子。我先去求叶圣陶先生。编辑部就在叶老家对面，上班或下班前后，不时去看望他，慢慢熟悉起来。我磨到了叶老好几篇大作，叶老还介绍我去向俞平伯先生求援。有一次叶老从开明书店出版的《谈艺录》谈到了钱先生。他问我为什么不去找钱锺书，还有杨绛，我说一直想去拜访他们，听说钱先生正潜心巨制，不愿为报刊赶写应时之作，去了怕碰钉子。叶老听了我的顾虑大笑着说："别怕碰钉子，他们待人很好，钱锺书有学问，人也健谈，拿不到稿子，听他们聊聊也长见识。"经叶老的鼓气，我决定贸然去看望钱先生夫妇。

在一个金色秋天的下午，我来到三里河南沙沟他们的新居。来开门的是杨先生，当自我介绍并说明来意后，她微笑着轻声叫我稍等，并很快将我引进客厅。只见客厅东头书桌有人在伏案写作，清瘦的脸，戴一副黑宽边眼镜，我知道这就是钱锺书先生。他抬头见我站立着，连忙起身走过来：欢迎，欢迎！我在客厅西头靠近杨先生书桌的一张沙发上坐下，杨先生给我一杯清茶，钱先生在我正对面的一张转椅上坐下了。客厅宽大、明亮，秋阳投照在一排深黄色的书橱上，色调和谐，给人以温馨的感觉。正当我端杯喝茶时，钱先生突然起身摆着手大声地说：写文章事今天不谈。碰钉子我已有思想准备，但没想到碰得这么快，这么干脆。还是杨先生观察细腻，见我有点局促，茶杯在手中欲放不下，便主动岔开话题，问我最近到过哪些地方，知道我刚从上海回来，便急切地问见到巴金先生、柯灵先生没有？他们身体好吗？我将所见所闻一一告知，气氛顿时活跃起来，钱先生的谈兴也上来了。我静心地听他谈，杨先生在一旁也听着，偶尔插话。钱先生关心地问起了阿英先生身后的状况。他那天所谈，主要是中外文学史上一些名著和中国近现代文坛的趣事。跟随他在书海遨游，他的饱学中西，使我大长见识，他的睿智、幽默、诙谐、风趣的谈话，使我获得少有的轻松和愉悦。当室内阳光渐渐黯淡时，我才意识到该告辞了。作为一名编辑，在钱先生面前，初次，不，之后多次，我都是个不称职者，我记不起从他和杨先生那里约到过哪篇大作，但是他们的谈话对我素质修养的提高大有教益，对我具体的编辑业务也有许多宝贵的提示。钱先生未必料到，初次听他谈话时，由于他多次忆及郑振铎先生，我才不忘次年郑先生因公遇难二十周年之际为《文艺报》约请冰心先生写了《追念振铎》一文。事隔多年，还得补谢钱先生、杨先生二位。

十年交往

初见钱先生之后，一年多，与他们没有联系。有时很想再去请教，想到他正忙于《管锥编》的写作，应酬也日益增多，不忍心打扰他们。没想到体衰多病的钱先生还在惦记我这个晚辈新朋友。1978年12月，我突然接到钱先生的信，信中说："去秋承惠过快晤，后来，听说您身体不好，极念。我年老多病，渐渐体贴到生病的味道，不像年轻时缺乏切身境界，对朋友健康不甚关心。奉劝你注意劳逸结合，虽然是句空话，心情是郑重的。""杨绛同候。"钱先生的这句"空话"，却沉甸甸地流入我的心底。虽然读到他的信，我已康愈，但这迟到的问候却给了我持久的温暖。钱先生和杨先生，平时极少交游，却笃于情谊。每次见到他们，总询问一些老友的安康，连小字辈也不放过。李健吾先生幼女和我在同一单位，她的工作、生活近况，时时是他们问起的话题。今年春以来，我身体一直不好，可能钱先生他们又听说了。有次与杨先生通话，请她代向钱先生致候，正要放电话时，杨先生却说："锺书要和你说话。"钱先生在电话中关照我："注意身体，别丢了笔。"我只说了声："谢谢！"还能说些什么呢！钱先生和杨先生性格各异，杨先生对人的亲切初识就能明显感受到，而钱先生待人的亲切初识也不难细心体验到，他们挂念着许多前辈、同辈、晚辈朋友，他们也为许多前辈、同辈、晚辈朋友挂念着。

十多年来，我同钱先生夫妇有着不间断的往来。不频繁，也不稀疏。或书信，或电话，或登门，在春天，在夏天，在秋天，在冬天。最初想去看他们，都是先写信预约。记得1979年5月，钱先生访美归来，我写信去，没几天就收到他的回信，告正集中"总结"，"暂勿枉驾，以免相左"。之后，每次去看钱先生，都是电话同杨先生约，有时也有突然造访的。时间一般在他们午休之后，有次我去西城开会，想起钱先生正在病中，午饭后去看望他。上楼时，发现才下午两点，他们还在休息，便冒雨转身返回报社了。

有一次，我是明知钱先生不情愿而硬着头皮前往的。1985年，当时任中国新闻社香港分社记者的林湄小姐来北京，很想采访钱先生。林小姐在香港和北京采访过大陆不少文坛名将，唯独没有机会见钱先生。她知道钱先生不愿接受记者采访，便托我帮忙。我将她的希望在电话中转告了钱先生，钱先生警觉地说：这不分明是引蛇出洞吗？谢谢她的好意，这次免了。林小姐见难而上，非见不可。逼得我只好建议她采用"突然袭击"的战术，我怕钱先生生气，当场让客人下不了台。原以为会先见到杨先生，求她疏通疏通。在我的印象里，杨先生比钱先生更随和更好通融。偏不巧，开门先见到的是钱先生。关于这次“突击”，林小姐以《“瓮中捉鳖”记》为题发表了专访。不妨抄录一段：“那天下午，我们这两个不速之客突然出现在钱老家门口。一见面，钱老哈哈地说：‘泰昌，你没有引蛇出洞，又来瓮中捉鳖了……’他见我是个陌生人，又是女性，没有再说下去，便客气地招呼我们就坐。说来奇怪，一见之下，钱老的这两句，一下子改变了他在我的脑海中设想的形象。他并非那样冷傲，相反是如此幽默，和蔼可亲。”我是这场“捉鳖”戏的目睹者。林小姐单刀直入，抢先发起进攻，平时大声谈笑、旁若无人的钱先生用沉默来抵挡，在林小姐不断的进攻下，出现了窘态，最后只好无奈而又认真地一一回答。关于《围城》，林小姐问：“钱老，你自己是留学生，小说写的也是留学生，那么小说里一定有你的影子！”钱先生说：“没有，是虚构的。当然，那要看你对虚构做何理解。我在另一部书里曾引康德的话‘知识必自经验始，而不尽自经验出’。说那句话也可以应用在文艺创作想象上。我认为这应该是评论家的常识。”《围城》中主人公读过叔本华的著作，林记者借此又问：“钱老，您对哲学有精深研究，您认为叔本华的悲观论可取吗？”钱先生微笑中又带几分严肃地回答：“人既然活着，就本能地要活得更好，更有意义。从这点说，悲观也不完全可取。但是，懂得悲观的人，至少可以说他是对生活有感受、发生疑问的人。有人混混沌沌，嘻嘻哈哈，也许还意识不到人生有可悲的方面呢。”这台“捉鳖”戏演了近一小时，此外还有不少精彩的答问。告别时，钱先生关照林小姐，若要发表他的所谈，务必先寄给他看看。据知，林小姐写的这篇专访，是在钱先生过目认可后才发表的。事后我也没有听到过钱先生对这次被“捉”的任何不快的话。这次采访的顺利，给我触动不少，使我加深了对钱先生为人的了解，更多地看到了他通情达理的一面。

和蔼可亲

其实，钱先生待人和蔼可亲，处事的知情达理，我是早有实际感受的。1980年，我陪香港书评专栏作家黄俊东先生去看望钱先生，记得黄先生也是临时有空，来不及事先与他们相约。也许黄先生的木讷寡言，引起了钱先生的同情，我们一出现在钱宅门口，就受到了钱氏夫妇礼遇招待。黄先生写过有关钱先生的文章，但他那天纯粹是对仰慕已久的一位大名人的拜望，没有问及任何写作上的问题。彼此心情是松弛的，交谈也是轻松的。临了黄先生提出，想替钱先生夫妇拍照，钱先生欣然同意，并主动提出与在场的人合影留念。这使我感到有点意外。钱先生平素是很不情愿朋友们尤其是新闻界为他拍照的，常开玩笑说，人长得又不好看，有什么可拍的？我当时认识他有两三年了，也才是第一次有机会和他们合影。稍后几年，也就是在他的客厅里，我听他在电话中多次拒绝国内报纸和国外报纸想为他拍照的请求："人都老了，有什么可照的！"日常生活中的钱先生，在待人接物时，往往呈现出的正是这样不甚和谐的状态：有诚诚恳恳、客客气气的推却，有似乎不近情理的拒绝，有勉强同意的接待，有热情的、兴致勃勃的交谈。不同的人，不同的场合，同一人，在不同的事情上，会受到他不同的接待，自然对钱锺书也会产生各种不同的印象。

毁誉淡然

钱锺书是一位淡漠誉毁的人，古人云："誉不喜而毁不怒。"钱锺书也是人，他不可能对誉毁全然无动于衷。他的人生哲学反对的只是自己不应得到的“过誉”“过福”。他常说：“福过灾生，誉过谤至——这是辩证法的规律。”适度的称赞他不仅能接受，往往还会引出他的几分得意的微笑。据我对钱先生的粗疏了解，坦率地说，我不认为他能做到“誉不喜而毁不怒”，但至少可以说他做到了“誉不大喜而毁不甚怒”。钱锺书能有毅力地甚或带有某种自我抑制地去坚持这样做，并不比他写出《围城》《谈艺录》等巨著容易。十三年前，我初次见到钱先生和杨先生，是在金色的秋天。此后几次记忆深刻的交往也多在金色的秋天。我曾请钱先生题词，他为我书写了一首题为《秋心》的旧作律诗，内有一联是：“劳魂役梦频推枕，怀远伤高更倚栏。”友人托我请钱先生在画上题字，他写了有关秋菊的两句古语。我发现钱先生对秋天怀有特殊的喜爱。钱先生留给我的高洁而亲切的印象与我对秋天的感觉又那么吻合。我难忘在金色秋天里的钱锺书夫妇。

附记：此文刊于1990年12月2日《新民晚报》

憾　事

是严寒的冬日，当我冒着飞扬的大雪赶到母校北大校医院时，吴组缃老师心脏病突发的险情刚抢救稳定下来。我紧握着他的手，他操着浓浓的安徽乡音低声地对我说："你来了。"我坐在他的旁边，没有了平日看望他时轻松随意的交谈。他老了，当我专注地凝视他那清瘦疲惫的面庞时，突然感到他的老。

我初次见到他时，是三十七年前。在众多名教授中，他那副绅士派头给我印象颇深。因为是老乡，也算是同宗，使我有勇气而又胆怯地叩开了他居住的院宅大门，一杯黄山毛峰，一番乡情，使我对他逐渐亲近。我爱听他对创作和中国古典小说的漫谈，他也关心我的阅读，时不时考问我几句《红楼梦》《儒林外史》里的细节，弄得我有几回狼狈。

1958年，我已是大学三年级的学生了。学校规定要写学年论文，我拿不准写什么，去请教他。他平日常谈起艾芜的小说，对其描写的严谨和情调的浪漫很是称赞。也许受他的影响，我从图书馆里陆续借了艾芜数量不算少的小说集，看了一本，还一本，还一本，再借一本……那时很穷，买不起书。有次逛西单商场旧书店，见到艾芜的一本《文学手册》初版本，摸摸口袋里还有几角，花两角买下了。晚上回校，急匆匆地去吴老师家。他吃完晚饭，正坐在书房藤椅里悠然地抽烟喝茶。我将刚到手的这本薄薄的书递给他看，他笑了笑，领我进书房，在一排书橱里陈列着好几本艾芜集子，“你爱看，以后就从我这里拿吧！”虽然吴先生很大方，我却只从他那里借过一部，那就是艾芜老在鞍钢深入生活时写的长篇小说《百炼成钢》的排印校稿。

吴先生也是20世纪30年代名小说家，与艾芜、沙汀都是老友。当我向吴先生征求我写学年论文的意见时，他说，“你就写艾芜这部长篇新作吧，我辅导你。”他说艾芜去鞍钢生活了一年多，能这么快写出这部反映新生活的长篇，很不容易。他提醒我留意艾芜小说题材、内容的发展与变化。我在阅览室，就着不算明亮的灯光，几乎花了10个晚上仔细地读完了这部长篇小说。那时读书比现在认真，一边读一边写随感札记。常常是肚子感到饿了，闭馆的铃声响了许久才依依不舍地离去。

我在写《百炼成钢》论文的同时，陆续读了艾芜这一时期写的反映鞍钢普通工人生活的短篇集《夜归》中的一些篇什。写这篇15000多字的评论，用了3个多月的课余时间，习作的稚嫩是可以想见的。吴先生精心的修改使这篇习作立论大体站得住，文辞表述也拿得出手。吴先生批写了几句鼓励的话忘了，但他说我是在用心读用心写，我挺高兴。当年很老实，想不到投寄刊物发表，工工整整地抄写一遍，交给中文系，将吴先生修改的原稿保留了下来。“文革”期间，我被下放到“五七”干校锻炼，仅有的家当，母亲送我上大学时给我的一个布面硬纸壳的破箱子，被机关集中堆放到诗人李季的屋里。

几年后，我从干校回到北京，才知道这间公共仓库数次被盗，我的那个破箱子自然也难逃厄运。箱子里没有一件值钱的东西，除了几本自己购买的图书，几本大学时期和研究生时期老师、导师辅导作的论文和读书札记，便是我发表的作品的剪报，其中最使我伤心的就是经过吴先生亲笔修改的关于艾芜《百炼成钢》的评论的原稿和大学毕业论文、研究生毕业论文原稿。

这些年来我出了八九本集子。热心的编辑曾多次问我为什么不将大学的学年论文、大学毕业论文、研究生毕业论文收集出版，我能说什么？只能默默地感谢他们。

人生憾事何其多。有些当时感觉是憾事，后来渐渐淡忘了，有的不觉得是憾事，有的甚至觉得是幸事；有的憾事，越来越令人感到遗憾。艾芜老和组缃老都早已年逾八旬，是健在的现代文坛可数的令人敬重的前辈，忆及这件小小的往事，深感是我心头真正的遗憾。

1992年5月

忆不尽的冰心

一

和冰心接触过的人，哪怕只是一次短暂的交谈，都能感到面对的是一位充满智慧、和蔼可亲的老人。她谈起大事小事都幽默风趣。在那幽默风趣有时夹有玩笑的话语中，你能真切地感受到她如海似的爱心，如钢似的风骨。

冰心有许多海外的朋友，他们来北京准去看望她。近二十年，我有多次在她家里碰上这种场合。她的老友梁实秋逝世后，梁夫人韩女士来看她，两人谈话持续了两个多小时。

我赶上一次，她接受外国记者正式采访。1987年8月11日上午，时任中国作协外联部主任的金坚范先生陪同英国《泰晤士报》驻京记者葛理福先生来到冰心寓所。头一天冰心家里来电话，叫我参加一下。我提前去了，冰心老人说，万一她精力不济，有些问题，你替我回答一下。记者一坐下，刚上茶，对话就开始了。冰心时用流利的英语时用中文回答葛先生提出的问题。

她抢先问：为什么要见我这样一个老太婆呀？葛：想见名作家。冰心：所谓的。葛：写作的目的是什么？您为什么要写？答：心中有事想说就想写。问：你说刚开始写作时，想写什么就写什么，现在是否仍是这样？答：也是这样，没有一天不写。问：你现在写作是自由的？答：自由。问：你认为应该是为了艺术而艺术呢，还是认为艺术应该反映社会？答：应该反映社会。当葛先生问她对美国的印象时，冰心说：1922年至1926年我在美国威斯利尔学院上学，1936年至1937年又去了一次美国，美国我有许多朋友。但我最恨的是种族歧视，中国就没有。中国有五十六个民族，我所住的中央民族学院，便是没有种族歧视的一个例证。当问起现在中国文坛活跃的中青年作家时，冰心特别列举了一串女作家的名字和她们的代表作，她说推荐年轻作家是老作家的责任。当问到冰心女士在中国文学史上的地位时，老人冲着我笑了笑，她特地用中文叫我回答时"不要替我吹"。

事后想来，老人那次叫我去，实际上是给了我一次难得的听她讲课的机会。姜还是老的辣。

二

冰心很爱整洁。她用两个小书桌拼起来的一张大书桌上，整整齐齐地分类摆列着期刊、文房四宝。平时她穿着雅素，衣服、围巾色调配合得十分协调。花瓶里不断的是红玫瑰。我是个不修边幅的人，头发长了也不及时剪理。最初见到她时，她总先看看我的头，衣着，不说什么。后来熟了，有时我刚理了发去，她一见就说我今天挺精神。有时头发不整齐去，她就说我是名士风度，不好。在她最后住院时期，有次她躺在床上对我说："你出医院赶快去理发店！"

此后，我每次去医院看她，都格外注意自己头发的整齐，衣着的整洁。1994年10月5日，老人过九十四寿辰时，我去医院向她贺寿，她躺在床上，见我就说我今天很精神，提议我和二女吴青教授女婿陈恕教授站在床边合影纪念。

冰心大量的文学作品是为儿童写的，核心内容是母爱。在日常生活中，她对待后辈的教育常用引导启发的方式。往往表扬就包含了提醒、批评。但有时她也会率直地批评。我有事除电话外，给她写信，有次收到她的回信，头一句就说，以后你别写信了，还是通电话，因为你的字迹太潦草，辨认费力。看了信后，我深深内疚。过后她有事打电话问我，我说了半天，她说听不清楚，说你还是写信来吧！这封信我真是下了功夫，一笔一画工工整整地抄了一遍。不久她在电话中说我字有进步，但也不必过于工整，注意笔画看得清就可以了。杨绛先生出版了自己的作品集三卷本，当时钱锺书先生和她都在病中。杨先生托我将书代送给冰心，老人翻开扉页，指着杨先生写的“后辈杨绛敬望”对我说，“她称我前辈，记住杨绛可是你的前辈，辈分不能乱！”她开玩笑地说：你随钢钢（冰心的外孙）叫我姥姥，你也降不了辈！

三

冰心自1980年腿骨折之后，极少出门。我印象中，看望她，先是民院和平楼寓所，1983年后在民院教授楼寓所或客厅或书房。后来几年就是在北京医院病房。难忘的一次，1980年下午，我同吴青、陈恕陪她到楼下散步，在花坛前，陈恕还为我和老人摄影留念。老人说，她以前爱散步、爱出国，到国内各地走走，现在身体不行了。住楼房养花的地方也没有，现在家里四季不断的鲜花多是朋友送的。

据我所知，冰心晚年文艺界同辈朋友中，她去看望过夏衍，夏衍与她同龄，生日小25天，姐弟相称。她去看过叶圣陶先生，叶老比她大，所以她称叶圣陶先生为叶老。她曾写过《我所钦佩的叶圣陶先生》，文中说“叶圣陶先生是我在同时代的文艺界中，所最钦佩的一位前辈”。他们在文学、教育等方面的巨大贡献，在为爱护孩子、爱护祖国未来而几十年如一日地奋斗方面有着共同之点。冰心对人处事热情认真，几乎来信必复，但她还谦虚地称赞叶老做事认真。她曾让我转告叶老长子叶至善，说她寄赠给叶老的著作，叶老收到后每次必回信致谢，她知道叶老晚年眼睛不好，说至善来个电话就可以了，千万别让叶老将这小事放在心上。

四

冰心眼疾手勤。她晚年除了住院卧床不起，常阅读各类期刊，友人赠送的著作，坚持每天写3至4小时，来访的客人又多，她安排得井井有条。我为《文艺报》约请过她写文章，只要她答应写，一般都提前写好。她常说一个作家怎么能搁下手中的笔？她完成了许多写作计划，有些没完成。她了解中国现代文坛风风雨雨、奇闻轶事太多，她说可以写一部《儒林外史》，但不是小说，是纪实性的。

新中国成立后，冰心多次代表中国作家出国访问。她和巴金的深厚友谊多是在一同出国期间深谈结下的。1980年她最后一次访问日本后，因病就再没有出访了。1989年我国台湾有关方面请她和巴金去访问，冰心和巴金多次相商后，同意接受邀请，待天气暖和些时去。后因身体等问题未能成行。冰心老人很惦念在台湾的老友，很关心祖国的统一大业。她在1989年2月3日寄给台湾笔会文友们的信中写道："农历新年快到了！这是我们祖国几十年来最热闹的、传统的家族大团圆节日。脆响的爆竹的声音，使我痛苦地想道：好好的一个完整的祖国，被人为地分成两边，把我们十二亿骨肉同胞弄得如此隔膜！如此生分！""盈盈一水间，脉脉不得语"的日子，不能再延长下去了。我们海峡两岸的文艺工作者，永远是行进在人生道上的十二亿同胞们的吹鼓手和啦啦队。让我们在海岸两边一同拿起手中的如椽大笔，写出真挚深刻的文艺作品，来提醒和引导海峡两岸十二亿同胞一同伸出爱国热情的双手，愈伸愈长，愈伸愈近，直到把美丽的台湾宝岛和祖国的伟大960万平方公里河山连成一片。冰心老人对生死看得坦然，她常说人落地是默默无闻的，走了也该是默默无闻的。她的远行是平和的没有什么遗憾的，她经历了香港回归，得知澳门即将回归，她对祖国统一的惦念完全可以放下。安息吧，为中华子孙引为骄傲的世纪老人。

1999年3月

值得怀念的阿英

如果阿英活到今天，他该是跨世纪的文坛百岁老人了。他七十七岁离去，略微早了些。

阿英，原名钱德富，钱杏邨。阿英是他常用的笔名。他在中国现代文坛活动了半个多世纪。除写作、编著外，他还参与组织过革命文艺发展的许多重要事件，他所做的种种努力是很值得人们记住和怀念的。1942年7月14日，阿英举家从上海抵达苏北新四军军部，陈毅军长初次晤见阿英时就高兴地说："我十年前就读你的批评诸著。"1977年6月28日，郭沫若抱病参加阿英追悼会，这极可能是郭老最后一次参加文艺界老友的追悼会，在前往八宝山途中成诗："你是'臭老九'，我是'臭老九'；两个'臭老九'，天长地又久。"

听说在阿英诞辰百年之际，安徽教育出版社将开始出版《阿英全集》。阿英写作兴趣广泛，成果颇丰，除编著翻译外，其创作部分，还有理论批评、诗歌、小说、话剧剧本、电影剧本、日记、杂文、散文、晚清文学和中国美术史研究专著等。《全集》的出版，是极有价值的事，至少为文艺史研究者全面了解评价阿英提供了便利。

夏衍1978年在《忆阿英同志》一文中说："杏邨同志是一个对人和蔼、律己谨严的人。他平易近人，热情诚恳。他善于在各种不同的处境中团结朋友，打击敌人。因此，不论在上海，在江淮、盐阜，在烟台，在大连，在天津，都有一大批文艺、新闻、出版界的朋友团结在他的周围，共同战斗。也正由于他善于团结人，乐于帮助人，凡是和他接近过的人，都把他看作最可信赖的朋友。”夏公和阿英有着半个世纪的友谊。1927年秋，夏衍从日本回到上海，被编入中共上海闸北区第三街道支部，参加的那个小组组长就是钱杏邨。1930年左翼作家联盟成立，鲁迅、钱杏邨、夏衍又同被选为执委会三人常委。不久夏衍和阿英又被党派到上海电影界，成立党的电影领导小组。1937年抗日战争爆发，郭沫若、夏衍、阿英在上海共同创办了《救亡日报》。夏衍对阿英的为人是深知的。

阿英是1926年入党的老党员，在1927年大革命失败后正式投入革命文艺事业洪流。之前，他在家乡安徽芜湖从事党领导的实际革命工作。李克农将军就是和他从小在一起、早年一起参加革命的亲密伙伴之一。1962年李克农病逝后，《人民日报》约请阿英写了《哀悼李克农同志》一文，人们才知道，这位我们党在隐蔽战线上的卓越领导人早年原来也是一位文学青年，中学时代就写过一篇以鸭子场为背景的短篇小说，发表在上海的刊物上。1928年，李克农还与阿英同在上海革命文学团体太阳社党的支部过着党的生活。阿英署名寒星于1928年出版的1927年日记《流离》中就有当时化名稼轩的李克农的不少记载。

作为长期从事党的文艺工作的组织者，阿英接触过不少圈内圈外的人，他待人热情诚恳，有知识又尊重知识，使他与一些交往过的人结下了深厚的友谊。他和柳亚子先生关系的建立，主要是因为他们对南明历史有同好。上海成为孤岛后，阿英以“魏如晦”的笔名编写了历史剧《碧血花》《海国英雄》《杨娥传》等。柳亚子看了一次戏，提出了一些建议和意见，他们便成了几乎每天有信件往来的朋友。1949年，北平解放后，柳亚子到了北平，知道阿英在天津，常来北平，从此两人书信相约频繁。1956年，阿英找回柳亚子1940年亲手抄写赠他的一本《左祖集》。《左祖集》是柳亚子1929—1932年诗作的一部分，都是怀念共产党人和左翼作家的篇什，当时没有可能发表。时柳亚子先生年高多病，不能提笔。阿英代他选若干首，并作必要的按语，在《新观察》上发表。

他和梅兰芳真正的接触是在1949年首次中华全国文学艺术工作者代表大会召开之际。梅先生从上海来北平，他俩一见如故。据阿英7月30日日记："齐燕铭同志来电话，谈梅先生问题，周副主席要其留下。"齐燕铭当时在周恩来副主席身边工作。周副主席想要梅兰芳不要回上海，留在北平。阿英将周副主席的意思转告了梅先生。8月8日阿英送梅兰芳、周信芳回上海。梅先生8月17日从上海写信给已回天津的阿英（阿英时任天津市军管会文艺处处长）。阿英后来回想起这件事笑着说："梅先生给我寄来一个大信袋，有七八封托我转交。除'周恩来先生'一函外，尚有郭沫若、茅盾、周扬、欧阳予倩、田汉、洪深等。"当时周副主席等都在北平，阿英只好一一设法转致。1951年阿英调到北京，梅先生亦从上海到北京，从此往来不断。阿英成了梅家的好朋友。梅先生的秘书许姬传整理的《梅兰芳舞台艺术生活四十年》一书，成稿前的每章阿英都看过。1961年梅先生过世后，阿英为中央新闻纪录电影制片厂传记片《梅兰芳》写了剧本。阿英在"文革"逆境中，梅夫人福芝芳给他关心、帮助，尤其在1975年冬发现患晚期肺癌治疗期间。1976年春节，梅夫人及子女还到阿英临时住处来祝贺生日。1977年，《一代宗师梅兰芳》大型纪念画册出版后，梅先生的家属深为遗憾地说："梅先生与阿英没有留下一张合影。"

阿英是我国现代著名藏书家。他的所藏以中国近现代文学书籍及报刊为稀珍。解放后郭老不时到阿英家里来看书、查找资料，或信函托代查找。新中国成立后李一氓长期在国外出任大使，他收藏的词集，其中相当部分是托阿英在北京和各地旧书店收集的。连名藏书家郑振铎在借资料上与阿英也有来有往。1937年商务印书馆出版阿英的《晚清小说史》，有着郑振铎的助力。同年上海生活书店出版郑振铎的《晚清文选》，编者在自序中说："阿英先生和吴文祺先生的帮助，我永远不会忘记。阿英先生收藏晚清的作品最多。很难得的《民报》全份、《国闻报汇编》《黄帝魂》等，都是从他家里搬来的。"郑振铎建议阿英编辑《晚清戏曲录》，成书出版时又为该书写了长序。阿英对同辈热情相助，对后辈亦然。1958年，北京大学中文系三年级学生集体编著《中国文学史》，系主任杨晦亲自写信介绍我们去看望正在养病的阿英先生。阿英是中国近代文学资料搜集与研究的拓荒者，阿英先生不仅同我们谈了研究近代文学应注意些什么，还送了我们他编的刚出版的有关近代文学资料集。特别感激的是，他主动将郑振铎送他的《晚清文选》长时间借给我们。杨晦老师后来说，藏书家愿意将这么宝贵的书外借，真没想到。

阿英爱书，眼勤手疾。从他留下的几部日记里可以看出，不管在何种险恶的境遇里，在何种郁闷的时刻，公务再忙，他都坚持看书、读报刊，有用的就抄录下来。保存积累资料、史料，成为他日常的生活习惯。他的这种有心，往往为后人留下了片段的历史真实。1928年，高尔基曾准备写一部关于中国白色恐怖的书。1960年，苏联高尔基研究机构因在本国找不到这一件事情的档案，托人向阿英打听这个资料的出处。阿英根据1928年中国济难会代表从苏联回到上海，在中国济难会传达晤见高尔基谈话时自己的记录加以证实。阿英当时和郁达夫正在为济难会编辑一本公开的文艺性半月刊——《白华》，所以知道这件事。阿英在1929年12月5日写的故事《高尔基与受难者》中就写了这一段。阿英在《敌后日记》（1941—1947年）中记载了新四军陈毅、粟裕、黄克诚、叶飞、张爱萍、曾山等关心重视文化工作的言行。在《津京日记》（1949年）里，记载了新中国成立前夕召开的中华全国文学艺术工作者代表大会筹备、召开过程中，毛泽东、周恩来等党的领导同志对会师的两支文艺大军的高度重视和关心文艺界人士许多感人的场景。

阿英在保存刊印革命文献方面的贡献也是突出的。上海沦陷后，他不顾刀丛的胁迫，受党组织委托，积极传播和保存了毛泽东同志的著作和党的重要革命文献（如方志敏的遗稿等）。1938年，以《西行漫画》（现改名《长征画集》）为书名刊印了黄镇将军（原刊作者误为萧华将军）在长征途中创作的速写24幅，这是当时唯一一部亲身参加者创作的反映伟大长征斗争生活的美术作品集。在瞿秋白英勇就义四周年后，1939年，阿英为亡友编撰《瞿秋白全集》共10卷，后因时局变故未能问世。但编者搜集瞿秋白遗稿之全为以后编辑出版瞿秋白全集奠定了良好的基础。茅盾1949年12月20日在给阿英的信中说："最初编制秋白遗作目录实为兄。"

阿英大脑里储存着丰富的有价值的记忆，可惜其生前未能从容地回忆、录记。20世纪50年代后期，电影史家程季华编写《中国电影发展史》，曾多次约请阿英写有关20世纪30年代党领导电影事业的文字，他因记忆久远一时难以查找史实，怕作为当事人之一的他因回忆有误影响事实真相，所以一直拖延未写。阿英逝世后，

1978年，他的老友于伶在《默对遗篇吊阿英》一文中说，据1927年1月31日上海出版的我国最早的第一本电影年鉴《中华影业年鉴》中记载，他知道“阿英可能是中国共产党人中第一个搞电影的同志了”。

在纪念阿英百年诞辰之际，在回眸他为我国文艺事业做出的多方面业绩之时，我们也为他未能留下一部关于他所经历、所熟悉、所了解的“五四”新文化运动以来的人与事的较完整回忆录而深为遗憾。

2000年1月

我的导师——杨晦

我的老师很多，不是时下习惯泛称的老师。我当学生的年头之长应该说在我同龄人中是少有的。如果从童年在抗战江西儿童保育院算起，有二十八九个春秋了。虽然我的记性还好，毕竟不同时段使我受过益的老师屈指难数，不可能每个都留存下清晰的记忆。今年3月的最后一天，北大中文系庆祝建系九十周年，我回到母校参加庆祝活动，见到了一批四十多年前的同窗，虽然同在京城，多半是数年不见，在这个场合相聚，感触丛生。燕园风光依旧，当年给我们上课的老师，大多先后辞世，连健在的林庚教授也因病未能亲临。岁月无情！我想起了这句话。

在北大中文系学习、生活了近九年，杨晦教授是我跟随学习时间最长的老师。1955年进校时，他是系主任兼文艺理论教研室主任，我听过他的课。1958年大炼钢铁时，我和几位同学去燕东园他的寓所帮他拆毁壁炉取钢条。1960年本科毕业后做他的研究生，他的辅导都在家里，有时在客厅，有时在书房。接触渐渐多了。特别是他辅导我写研究生毕业论文那半年，往往是不预约就贸然而去。多次是他一边用餐一边同我谈。杨老师吃饭简单，一小碗红烧肉，一碗素菜汤。他留我在他家吃过几次，每次同他一样，一小碗红烧肉，一碗素菜汤。进校时，他给新生做报告，记得最清楚的是他激动地说，中文系不是培养作家的，想当作家，别到这里来。也就是那次讲完话散场后，他在一群人中见到了我这个瘦弱的新生，他问我从哪里考来的，在哪个专业。我原是报考中文系新闻专业的，杨老师说，你年纪小，可以重新考虑改学语言文学专业。当时语文专业学制在全国率先改为五年制，新闻专业四年制。又听说语言文学方面名教授多，后来的中国社科院文学所当时是北大文学研究所，名人也多。经他的提醒，不久我就申请改学语文专业了。1964年研究生毕业时，他因病休养，由游国恩教授代系主任。我到《文艺报》工作前，游老师约我去他家谈话，叮嘱我出去要好好工作，国家培养一个人才不容易。游老师是位亲切又严肃的人，在他送别我时，想不到他竟提醒我要去的单位比学校复杂，一切要小心从事。我对他的提醒还不大理解。当我来到《文艺报》上班，主编张光年见我时就说，这是个光荣而危险的岗位。这才使我回想起了游老师的这番用心。离开学校的头天下午，我去看望了杨晦老师，他正靠在二楼书房的沙发上闭目养神，书桌摊满了书，其中一本厚厚的英文大辞典张开地躺在那里。那天他精神不好，劝我去了以后多看多听少写。

1958年，系里同学集体编写中国文学史。我分在近代文学组。杨晦老师亲自写信给阿英先生，请他给予我们这些年轻学生帮助。这封信难得地还存在："阿英同志：听说你身体不好，在养病。疗养的效果，好吗？北大中文系三年级同学，想在最近期间，编写一部中国文学史。鸦片战争到'五四'这一段，想请你帮助，指导进行。我想，你一定很愿意，或者说，一定不会谢绝的吧！并祝健康！弟杨晦八月四日。"阿英先生时在香山养病，他不仅同我们谈了许久，还送了我们他自己编著的有关近代文学书籍，还借给我们难觅的有关图书资料。

杨晦老师不愿谈起自己。我是从一位北大老校工那里知道他是五四运动火烧赵家楼的勇士之一。也是后来陆陆续续听说，他是学哲学的，1917年北大哲学系毕业，与朱自清同班。杨老师去世后，偶然与朱光潜老师闲谈时得知，朱自清对杨晦为人为文的称赞。1948年，上海文艺界为杨晦庆贺五十寿辰。远在北平的朱自清给杨晦写来了贺信："慧修学兄大鉴：这是您的一个同班老同学在给您写信，庆祝您的五十寿辰，庆祝您的创作和批评的成绩，祝您的进步！我知道'杨晦'就是我的同班同学您，远在您成名之后，大概是抗战前的三四年罢，记不清是谁和我说的了。那时我很高兴，高兴的是同班里有了您，您这位同道人！可惜的是自从毕业就没有见过面，也没有通过信，——就是在我的大发现，发现您是我的同班，或我是您的同班之后！但是我直到现在还清清楚楚地记得您的脸，您的小坎肩儿，和您的沉默！我喜欢您的创作，恬静而深刻，喜欢您的批评，明确而精细，早就想向您表示我的欣慰和敬佩，又可惜没有找到一个适宜的机会动笔。今天广田兄告诉我，说是您的五十寿辰，我真高兴，我能以赶上给您写这封祝寿的信！敬祝长寿多福！弟朱自清，三十七年[①]三月十九日北平清华园"。这封信也是朱光潜老师提供给我看的。其时我正在为朱老师编选他的《艺文杂谈》一书。这封信曾发表在他主编的《文学杂志》纪念朱自清先生的特辑中。事后我曾告诉同是作家、学者的杨老师的儿子，他也不知此事，可见杨

① 即1948年。

晦老师日常中的“沉默”。

我常常想念杨老师，特别是他1983年辞世之后。作为一名学生，一直想为他做点什么。上海文艺出版社约请我编《杨晦选集》，我欣然同意了。事后知道，此书的出版得到胡乔木同志的关心。杨老师的老友冯至、臧克家为书写了序文，在杨老师的子女和出版社的支持下，花了几个月的业余时间终于编就顺利出版了。出版社给乔木同志送了书。过了不久，乔木同志身边工作人员曾来找我，说乔木同志希望我送他一本拙集《艺文轶话》。《艺文轶话》是我1979—1980年为上海《解放日报》开的一个专栏的结集。题名是叶圣陶先生写的，每周一篇。1979年全国第四次文代会期间，《解放日报》丁锡满、吴芝麟来会上采访组稿，是他们约我，催我，逼我写出来的。1981年结集成书出版，受到一些前辈的鼓励，后来又忝列中国作协举办的1976—1988年全国优秀散文集获奖篇目之中。我自己长期从事文学期刊编辑工作，尝尽了编辑的甘苦，我在感谢诸多报刊对我的关心、支持时，《解放日报》的这份情谊时时难忘。

我非常怀念大学那段生活。庆幸自己有机会能受到那么多受学术界尊重的名教授的教诲。大约是20世纪80年代中期一个中秋节，我正出差在上海，一位复旦大学中文系的教授陪我去江湾复旦大学看望蒋孔阳教授，下午，正好蒋先生和夫人濮之珍在。蒋先生见到我很意外也很高兴，进门时我叫蒋老师，他连忙摆手。坐定后，他才慢慢地对我说，陪同我来的是他的学生，虽然已是教授了，他叫老师可以，我不能叫。他说：“我1956年去北大进修文艺理论，听苏联专家毕达柯夫的课，杨晦也是我的老师。你是杨晦老师的研究生。虽然我比你岁数大得多，我的学生中也有比你大的，但我们还是师兄弟，这个辈分不能乱。”蒋先生为人谦和，他夫人又是我们安徽老乡，他俩坚持一定留我在他家过中秋。蒋先生很敬重杨晦老师，他说看了《杨晦选集》，很为他新中国成立后写得少惋惜。干了十四年系主任，政治运动不断，哪里有什么时间写文章？我和蒋先生有同感。每当我思念起杨晦导师时就想起了蒋先生说的这个遗憾。

2000年4月24日

朴老在我心中

5月21日，北京入夏以来难得的晴朗天气。然而，下午5时，赵朴初老人却满带着阳光走了！

朴老果真走了？不，他永远活着，在亿万民众心里，在中华民族历史的长河中。

我认识朴老，不断受教于他，大约是在20世纪70年代后期。1978年，朴老出版了《片石集》，这是作者近三十年来诗词曲创作的一个较齐全的集子。中央一家报纸约我写一篇评论。文章见报不久，在《文艺报》召开的一次座谈会上，我见到他，他叫我走过去，对我说："你提的意见我也正在考虑，诗中用典与如何让读者理解，是需要认真结合好的问题。"他平和谦逊的话语，使我感到很不安，他浓重的安徽乡音使我感到亲近。

在粉碎"四人帮"、拨乱反正的年月，朴老诗兴勃发，佳作迭出，当时发表的似乎不多，相当部分在朋友间流传。有件事我是知晓的。1977年8月，在邓小平被"四人帮"诬蔑后再度复出之际，安徽老画家赖少其精心创作了一幅《万松图》。画家的用意明确，画面是万棵松，其中一棵屹立挺拔、苍劲雄遒，像擎天柱。少其想请朴老在画上题诗，托老友彭炎、阮波夫妇将原画送给朴老。心有灵犀一点通，朴老不仅欣赏画作的构思新奇笔力雄健，而且画面所深含的意蕴，正符合朴老的愿望，于是欣然给该画题诗：“着意画万松，天骄如群龙。千山动鳞甲，万壑酣笙钟。中有一松世莫比，似柳三眠复三起，眠压冬云八表昏，起舞春风亿民喜。喧天爆竹是心声，共助松涛争一鸣。枝抒氛霾光觥觥，骨傲霜雪铁铮铮，为梁为栋才难得，老不图安身许国，日月光华华岳高，愿松长葆参天色。”朴老爱用旧体诗形式，但诗意却充溢着鲜活的现实意义和犀利锋芒，是有“诗史”的价值。

1977年9月，朴老曾书写了一首他缅怀周总理的条幅给我。他写道：“1974年国庆前夕，周总理出席国宴。时总理久病，中外悬念，致辞时声音洪亮，满座宾朋，掌声雷动，经久不息。西园寺公一喜泪盈眶云：总理恢复健康了。又云：像这样伟大的总理，世界历史上是少有的。并嘱余即景赋诗。是夕适值中秋，因拈此调为赠：掌声如海如潮涌，翘首听雷音。灯辉国庆月圆人寿，万象欣欣。倾杯吐臆，良朋喜泪，成我衷情。愿君长健，观山观海，不厌高深。”

1979年秋，范曾送我一幅《梦蝶》。这是画家满意之作。有次我去和平门南小栓胡同看望朴老，将《梦蝶》带去。我不便明说请朴老在画上题诗，但朴老知道我的心思，笑着说：把画留下吧！没几天，朴老秘书电话约我去。一进门朴老夫人陈邦织就大声对我说：给你题了，快去看。画已挂在客厅里，只见朴老在画左上角写了几行清秀的字：“方其梦也不知梦，复于梦中占其梦，周欤蝶欤两不知，画者观者皆入梦。入梦为蝶蝶恋花，蝶梦为人恋乌纱，恋花但惜一枝折，若恋乌纱害万家。泰昌同志嘱题戏为绝句二首一九七七年十月赵朴初”。当我诵读最末二句时，联想到当时国内政治形势，不禁赞叹朴老“戏为”之妙、“戏为”之绝。

1990年以后，朴老身体一直不太好，经常住在医院，但他对同在病中的老友不时挂念。李一氓和他同在一所医院，1990年岁末一氓老去世后，他得知一氓老生前同意我为江苏美术出版社编辑《李一氓藏画选》，曾数次表示关心。1992年书出版后出版社在北京人民大会堂开首发式，朴老抱病前往，并热情讲话。他对这位20世纪30年代相识于上海的老友诸多方面业绩是熟知的，但他尤对一氓同志历经艰难为国家保存众多珍贵文物的贡献大为称赏。他说，现在如不及时抢救，保存历史文物，谈不上继承发扬中华民族文化传统，对子孙后代是没法交代的。当他得知“画选”中录用的数十幅石涛精品一氓生前已捐赠给故宫博物院时，说：这就放心了。“画选”中部分佳作一氓生前捐赠给了家乡成都博物馆，朴老笑着对我说：“一氓的乡情很重！”

是的，人情、乡情本是一个善良的人所应具有的感情。没有人情，谈何乡情。其实，赵朴老本身就是一位人情、乡情极厚重的长者。他是书法大家，许多单位和个人求他墨宝，他都尽量满足。安徽省马鞍山市当涂县是李白归终之地，青山太白墓、采石太白楼和全椒县吴敬梓纪念馆恳请他题词，他都一一应允了。

赵朴老身居要职，在宗教界、文化界德高望重。作为晚辈与他相处时能领受到他的关爱。为不打扰他，多年来，每年岁末我都只是寄贺卡，敬祝他和夫人健康。而每年他都给我寄自制的铅印贺卡，上面还亲笔写上几句话，或抄写一首近作。1993年，给他的贺卡迟寄了，却先收到他的贺卡，他在贺卡上写道：“泰昌同志：新年祝福德日增，妙愿圆满。”托他的福，这些年我虽有负于他的祝愿，但还健康地活着。而他，却“福德日增，妙愿圆满”地走了。

朴老没走，在我心中。

2000年5月

断忆白尘

一

1964年我被分配到《文艺报》工作，至1975年，中国作协机关先后安排我在北京四处居住。虽然条件难说好，但都与一些名作家在一处。对学文学的青年人来讲，平日只能从作品中了解作者，一下变成有机会在日常生活中接触他们，也够幸运。最初我住在贡院西街1号，一栋小洋房，20世纪50年代初丁玲主编《文艺报》时的社址。一楼是诗人阮章竞，二楼是翻译家陈冰夷。冰夷一家人待人随和，有时叫我去坐坐，他很爱喝酒。我在三层阁楼里，没处烧开水，冰夷岳母叫我把竹壳暖瓶放在她家门口，晚上回来给我装满。第二次搬到大佛寺13号一座大四合院，当年没有考证，准是一位王爷或富商的旧宅。北屋一排主人是赵树理，我住在一间紧靠厕所的厢房里。赵树理当时因小说《卖烟叶》正在被批判中，他很少谈话，晚饭后爱在庭院里独自散步，不断吸烟。1964年底他回山西去了，他的住处主人后来换成张天翼。第三次住处有所改善，在和平里一栋新楼，有厨房、厕所。就我所住的那栋门里，就有诗人李季、散文家丁宁，还有一位颇带神秘色彩的老人，20

世纪30年代著名女作家白薇，她与世隔绝，足不出户。我只见过她一次，那是机关要我带包邮件给她，敲了半天门，她才开，好奇地注视着我，问明白了来意之后，才请我进去。印象最深的是她的卧室里摆放了一棵常青树，相信不是假的，是有生命的树。

我第四次搬到北京东城区顶银胡同15号，是一座小四合院。说小，是相比而言，北屋一排也还阔气。我住在南房一间小屋。那是1973年，我从湖北咸宁中央文化部五七干校被借调到河北省一家杂志社工作。北屋的主人长期是老剧作家陈白尘，南屋主人长期是文学组织工作者张僖，不过我搬进去时，白尘早已不是这座四合院的主人了。他解放初期从上海来北京，陆续担任中国作协秘书长，《人民文学》杂志副主编，十几年间，都住在这里，讲起在北京的白尘就会想到顶银胡同15号。这所院子一墙之隔就是东总布胡同46号那所深邃的大宅。前进小院是严文井住，中进是刘白羽，后进是张光年。光年当年是《文艺报》主编，有时我去他那里，光年告诉我，墙那边住的是白尘，并说白尘夫人金玲会做一手地道的淮扬菜。那个年头不兴开后门，如果开个小门，光年与白尘家相距就几步之遥了。

我到《文艺报》之后，很少见到白尘。“文革”前夕，文艺界紧张的空气，别说老作家，老领导了，就连我们这些从学校初来的也感到有点压抑。我接触白尘两次都是偶然的。第一次是在作协党组召开的一次批判“写中间人物论”会上，虽然主要是帮助赵树理，与白尘关系不大，但他靠边坐着，毫无喜剧大家那副悠然的神情，烟一根接一根地抽。散会下楼梯时，我去搀扶了他，他问我从哪里来的？在哪个刊物工作？哪里人？当他知道后，说你的老师吴组缃是我的老朋友。

第二次见到他，是在邵荃麟家里。荃麟当时是中国作协党组书记，因“大连会议”处境很不妙。我去他家，是《文艺报》副主编侯金镜叫我取回一篇关于美学论争的送审稿子。荃麟和夫人剧作家葛琴都是江苏宜兴一带人，说话有浓重的乡音。荃麟的女儿邵济安是我北大不同系的同学，因同在学生会工作比较熟，就在我得知研究生毕业后将分到《文艺报》的消息后，有次在一个舞会上，她告诉我要去《文艺报》。当时我并不知道她爸爸就是我将要去的单位的头头。葛琴待人很热情，我还未坐定，就给我倒了一杯茶，是绿茶。荃麟烟瘾和白尘一样，一根接一根，不同的是白尘是抽烟，荃麟是烧烟，他习惯地点上一根，说话时烟放在烟缸上，烧到半支就用手掐灭，再烧一支。白尘抽什么牌子的烟我没注意，他是从口袋里摸一根抽一根，荃麟抽的是大中华，满装的空盒散乱地放在茶几上。在干校与白尘闲聊时，他颇有感慨地说：“文艺界朋友之间的人情，变动无常，足够写一部多幕闹剧。”他说荃麟一天抽好几包好烟，三年困难时期烟从哪里来？除每月特供的两条外，其余都是他的老朋友将自己的特供烟让给他的。后来这些人在批判他时，用词下语之凶狠，使人难以想象他们之间曾有过的友情。荃麟正同我谈文章修改意见时，白尘来了，叼着一支烟，估计他是常客。我猜领导之间肯定是有话谈，自觉地匆忙告辞。我只听荃麟说，我帮你考虑了，还是回老家江苏好。白尘1964年秋去山东曲阜参加“四清”运动，1966年春节前，他就离京回宁了。

1949年7月，白尘从上海来北平参加第一次全国文代会。他是南方代表第二团第一副团长，团长是冯雪峰，另一位副团长是孔罗荪，团委中有巴金、吴组缃、陈望道、靳以等。他们抵达北平火车站时受到的欢迎之热烈有文记载。可1965年他的离京，是带着郁闷的心境。他全家不可能坐飞机，火车又不像现在K65次那般舒适、快速，我很难想象他这一天一夜旅途生活是怎么熬过来的，我想他会一支接一支地抽烟，凝视窗外远近的村落。我甚至暗地为他高兴，叶落归根，漂泊了几十年，风风雨雨，能够回老家安居写作，饱享乡情，吃上真正可口的淮扬菜了，吃上老家淮阴的土菜了。

二

万没料到，十年之后，再次见到白尘，是在湖北干校，我俩在一个连队。他被从江苏省文联揪回审查。

应该说，军宣队对他似乎不太了解，安排他去放鸭子，看管明显不严。白尘是写戏的高手，他不断变换场景，鸭群放在这里又赶到那里，他喜欢离群独处。我因在伙房做挑夫，送水送饭，知道他的行踪。他还是那般凶地抽烟，也喝点酒，也吃点零食，托我进县城购买。有次他幽默地说：我真感谢把我揪回，否则在江苏文艺界，我要成为头号靶子，在这里同类太多，目标不大，落得个清静。

好景不长。这位年过花甲的老人并未被人真的淡忘。军宣队虽然对他不甚了解，但连排级干部中，不少人熟知他。有天突然使白尘成为连里的头号靶子、大红人，起因是金玲给他寄来一包扬州酱菜，白尘又好客，不时分送给一些人。连里抓住了这个阶级斗争的动向，先点名，又展览。多年后从深知内情的人口中得悉，白尘因与攻击林彪的侯金镜交往过密，而金镜是被盯得最严的。我为金镜采购，给他时也是偷偷的。金镜1954年来《文艺报》，他与白尘本是两个路子汇进当代文坛的。白尘从国统区来，金镜从华北解放区来，而且长期在部队从事文艺领导工作。有一个命运他们相同。

“文革”前夕，在白尘调回江苏的一时，也已安排了金镜全家调往广东省作协。白尘有次说，如果金镜那时走了，也不至于后来的厄运，过早地惨死。他说金镜这个人根子好，政治上过于自信，没有我经历那么多的沧桑。白尘对金镜的怀念是十分诚挚的。1978年，《文艺报》复刊后，他多次提醒《文艺报》要发表纪念金镜的认真文字。1978年12月27日，他在给我的信中说:“光年兄等为金镜同志写悼念文章，这才像话！只登那么一首诗，我是很生气的，都已准备自己动手写了。如此，我也心安了！我也可以放下笔。”

1981年，他在青岛休息时，写了纪念金镜的文章。他在8月20日给我的信中说:“对金镜同志负疚至深，写了篇文章纪念他逝世十周年。他不是大人物，怕别处不肯要，《文艺报》如不用，也请你替我随便塞给什么报刊，或者退还给我。”白尘是实在人，说金镜同志不是“大人物”是真话，按资历影响讲，金镜比白尘这些知名老作家是晚辈，但白尘对金镜的为人正直敢于发表自己见解、热情扶植年轻作家特别赞赏。他说过，茹志鹃小说在有争议时，金镜有胆识有力量地支持了她。我知道他指的是金镜1961年3月在《文艺报》发表的《创作个性和艺术特色——读茹志鹃小说有感》一文。金镜从不同意“题材决定论”角度充分肯定了茹志鹃小说的价值。其实，金镜与茹志鹃并不熟悉。

1977年，《人民文学》杂志召开全国短篇小说座谈会，这是沉寂多年的文学界的首次聚会，茅盾亲自参加。我去火车站接茹志鹃，她一到住处就详细问我金镜同志惨死的经过，一再谈金镜同志当年对她的支持一直使她不忘。后来我将茹志鹃对金镜的怀念之情告诉白尘，白尘说：“人就应该这样。”

1971年“九一三”事件后，干校连队的空气突然松弛下来。军宣队撤走，连里的干部也先行一步纷纷回北京等地。新上任的连指导员竟然是一直被审查的严文井。白尘要回江苏了，我也为照顾爱人被借调河北。在与白尘分手时，白尘风趣地说：我这个老反革命自由了，你这个小反革命也自由了。有机会去南京，你还没尝过金玲的手艺呢。

三

白尘晚年，就其创作而言，话剧《大风歌》和长篇回忆录《云梦断忆》是其最重要的收获了，而这两部大著的问世，多少与我都有点干系。

1977年酷暑，白尘完成了史剧《大风歌》。那时我在复刊不久的《人民文学》杂志工作。他签名送了我一本打印稿。我看后很兴奋，极力向编辑部推荐。但结果却使我失望，迟迟不见答复。有次我去找一位副主编，也是白尘的老友，他沉吟了半天，对我说篇幅太长了！《人民文学》编辑人员多数以上是白尘20世纪60年代任副主编时的人马。他只给我寄了一本，我颇纳闷，不少他当年的部下对这个本子的态度更使我纳闷。我不便向白尘说明内情，他也再没过问。1979年这个本子荣获国庆三十周年献礼剧目一等奖，他来北京，我向他表示了这个歉意。他说：“这怎么能怪你，你当年只是个普通编辑，我这个文艺黑线上的人物在文艺黑线尚未得到彻底清算时，我的作品在《人民文学》上发表别说你定不了，就连我的老友你的领导也不愿去冒这个风险。”他又说：“其实，当时

《人民文学》许多是我的熟人，之所以寄给你，投石问路而已。”

20世纪80年代中期，白尘致力完成了反映干校的长篇散文《云梦断忆》，其中部分篇章在刊物上先披露，影响瞩目，也带来了些争议。我看了尤为亲切、兴奋。他在给我的一封信中说：“写了篇干校的《断忆》（《收获》第3期）颇引起波澜，某某甚至怀疑我骂他，冤哉！不知你读过没有？它可能毁誉交加，不知《文艺报》有无反应？”《文艺报》有肯定的积极反应。我后来在一次座谈会上发表意见，认为反映“文革”中知识分子命运的两部散文最为珍贵，一是白尘的《云梦断忆》，一是杨绛的《干校六记》。1989年中国作家协会举办1976—1988年全国优秀散文集评奖，这两部作品都名列前茅。白尘在电话中感谢我对这部作品的看重与关照。我向他说明这次评奖与我毫无关系，因为我也有《艺文轶话》参评并也获此项殊荣，为回避，我没有参加评委。白尘说：看来，人们对真实的东西还是感兴趣的。

四

20世纪70年代中后期至80年代中期，白尘居住在南京大庆路高云岭，我每次去南京，都去看他。

1978年，他受聘为南京大学教授兼中文系主任，似乎也不太忙，每次他知道我来，都尽快约我去他家里玩。

我在他家里吃过多顿饭，有一次简直是奇宴。我从上海到南京看望了正在病中的老母，行装简单，中午下了火车就直奔白尘家。他问我上海之行收获如何，我说只看了老母，安排了一突然的袭击，使金玲措手不及。白尘说泰昌不是外人，弄点新鲜的菜蔬，吃个便饭吧！金玲忙着去他们的小菜园摘茄子、丝瓜、青菜、辣椒……我们在喝啤酒，一道道素菜上来，极为新鲜可口。白尘说：今天请你吃素，也许你以后再也吃不到这样的素餐。我回北京后，多次向我上小学的儿子说起在南京的这顿素食。前些年，他去南京，在吃足盐水鸭、沙河鱼头之余，居然来电话问我，那年我吃的素餐饭馆在哪里？弄得我开怀大笑。我说是在白尘爷爷家吃的。他记性好，记住了有年白尘曾来我家吃火腿炖老母鸡，他说，爷爷并不吃素，荤菜吃得并不少。其时，白尘刚过世一年，我想起了他说的“以后再也吃不到这样的素餐”，人世就是这样无情严峻，逝去了的就逝去了，能留在人们记忆中的片刻只是悠悠岁月浪击冲刷的斑痕。

2000年10—11月　黄山·北京

走进叶圣陶家大院

前不久，我们大学同班同学相聚，在西城一位同学家里，约定中午11时。大家陆续会齐，已近13时了，不是交通堵塞，而是他的居处周围新楼耸立，原来熟悉的小道也拓宽了。明明知道那小院在哪里，偏偏就是难以走近它。大家在刺骨的寒风中，深切地感到北京城市的快速变化。

但也有些城市角落变化的足迹极小。还是我四十多年前来京时的印象。像东四一带那十几条胡同里那一座座幽深的四合院。

东四八条，是我跑得较勤留下记忆较多的一条胡同。1975年秋天，《人民文学》杂志复刊，我从河北回到这家刊物工作，编辑部就在八条一幢小楼里。楼的对面，就是一座大宅院。这座四合大院是东城区旧居保护单位，可想它的年头，它居住过的主人的名声。这些我从未探询过，至今我也不清楚。我只知道1958年叶圣陶先生就住在这里。当时我们年级同学正在集体编著《中国文学史》《中国小说史稿》，我参加近现代部分写作，曾冒昧地写信向叶老请教。叶老很快回了我一封信，约定了时间在东四八条71号接见我。后来因叶老临时有事取消了这次接见，但八条71号我却牢牢地记住了。当我第一天到《人民文学》杂志上班时，自行车刚停放下，转身就见到门牌上的“71”，我暗自欣喜。二十年后，我准会有机会见到他，我崇敬的叶老，准会有机会听取他的教诲。

新中国成立后，叶老长期担任教育部副部长兼人民教育出版社社长。我有几位师弟在他手下做编辑工作，多次提醒我叶老对编辑出版工作要求极为严格，他的工作作风是一贯的严谨、认真。

我带着这点心理准备登门去向叶老求稿了。中国作家协会所属的《文艺报》《人民文学》《诗刊》，在“文革”初期就被迫停刊。《人民文学》是最早复刊的，中国作协当时尚未恢复，刊物归出版局管辖。编辑人员多半是《人民文学》原班底的，原《文艺报》的有阎纲和我，又外调了一些。在那个年代，那个特殊的环境里，《人民文学》的复刊，给文艺界带来一些希望。刊物领导动员我们积极组织一些可以亮相的名人的稿件。副主编严文井一再催促我，赶快去向叶老求援。

我勇敢地敲开了叶家大门，径直走向后院。我知道叶老有早起的习惯。最初我多选择清晨上班前去，经常见到的是，叶老戴耳机在听广播，至善在伏案工作。叶老几乎每次都满足我们的请求。我常常带着对庭院里的那棵时而茂盛时而光秃的海棠树的印记，兴冲冲地跑回编辑部。

1976年10月24日，首都人民在天安门举行庆祝粉碎“四人帮”盛会，我请叶老为刊物写首词。第三天上班时，我就收到他送来的大作，并附了一封给我的信：“泰昌同志：承嘱写稿，勉成《满江红》一阕，今送上请同志们审阅。排版时希望照此式样，校样来时，让我看一下，想都能办到。即请刻安。叶圣陶10月29日上午。收到时希来一电话，我处电话号码为四四二四八八。”

读着叶老的这封信，既感动又不安。感动的是，德高望重的叶老字斟句酌之作，还要请“同志们审阅”，足见他对晚辈编辑工作的尊重。“排版时希望照此式样，校样来时，让我看一下”，足见叶老办事之认真，为人着想。作为一名合格的编辑，叶老这些要求，理应主动去做的，为什么叶老要强调说明他这些要求，“想都能办到”。就因为，我们曾编发叶老大作时没有做到。

在此之前不久，叶老曾给我一封信，他在这信中说：“刚才接到《人民文学》九月号，看了目录，十页魏作，三十四页晓星作，五十八页拙作，题下都加括弧，内排‘诗’。这三题都标明词牌，是‘词’不是‘诗’显然可知。现在看报上文章，听人口头说话，我从而知道有些人已经不分‘诗’和‘词’了。《人民文学》在目录里这样写，将会推进不分‘诗’和‘词’的趋势。这好不好，似乎可以考虑。我懒得去查以前各期，不知道以前在目录里对于‘词’怎么处理的。还有三十三页光未然之作是‘诗’，目录里没有标明。叶圣陶十月六日下午。”

说实话，如果不是我当时已感受叶老为人的大度宽容，对晚辈的爱护，读了他这封信后，我是绝没有脸面去请他再赐稿。叶老自己的作品发表前反复斟酌。1976年11月1日上班时，我刚收到他家里人送来的一篇文章，不到一小时，又收到他送来给我的一封短信：“拙稿匆促送上，经重新斟酌，有好几个字需要改动。因此，待排样送到时，务希交下，容我自己校必。不胜盼祷。顺请刻安。叶圣陶十一月一日上午。”我记住他常说的这句话，写作、编辑，为的就是读者。在日常交谈时，叶老的言语也是十分认真的。有次我听他谈文坛新发生的一些事，我前脚回办公室，刚沏上茶，就收到他派人送来的一封信，告诉我刚刚他谈的有个情况人名记错了，叫我别再外传。至善长期与叶老生活在一起，他的工作、写作、为人的严谨、认真，深受其父的影响。1983年，至善、至诚兄弟编辑出版了《叶圣陶散文》（甲集），校刊之精细不说，内容之丰富令人对散文大家叶老有了更充实新鲜的认识。编考花了很大功夫，查找到了叶老解放前用各种笔名发表的散文有50多万字，又经叶老本人和编者筛选，甲集里收录了近40万字。江苏教育出版社出版的多卷本《叶圣陶集》，是叶至善、叶至美、叶至诚编选的，在我有限的阅读近些年各地出版的诸多《全集》《文集》中，我以为《叶圣陶集》至少在注释交代之翔实、说明扼要准确方面是突出的。

叶老是位非常念旧重感情爱憎分明的长者。他与长篇小说《风雷》的作者，估计没有太多的往来。但他知道陈登科“文革”中因《风雷》遭难，这个“难”还殃及该书责编江晓天，非常气愤。1978年5月，登科从安徽来京，要我向叶老代求墨宝。叶老很快就写了《书赠陈登科》：“诬指《风雷》是谤书，到今魑魅竟如何？料因皖境新猷富，正喜挥毫绰有余。”上海魏绍昌先生，是位对文艺史料痴迷的收藏家。20世纪70年代后期，赵丹和白杨书画合作，为他搞了本《红楼梦咏菊诗意图》，赵丹画菊花，白杨录书中诸人之诗。魏先生请京沪文化界一些名人为该“图册”题诗词或跋文。1979年5月，当“图册”传到叶老处，他很快题了诗：“舞台联璧群称久，艺苑交辉我见初。老眼睛窗洵一乐，赵丹画与白杨书。红楼分咏菊花诗，诗与其人才性宜。此是雪芹高手笔，不徒对话耐寻思。”赵丹去世后，有关单位在北京首都剧场为他开了个纪念会，请叶老出席，叶老时在病中，他执意要去。那天上午至善正好有个会议必须参加，叫我和叶老长孙媳兀真陪叶老去。会进行一半时，叶老发烧了，赶快回家。上车前，叶老叫我同会议主持人说明，他请假先走了。1984年，上海《文汇报》曾约我写《书山偶涉》专栏，第一篇我写了《最早评论〈子夜〉的文字》，说的是1933年1月出版的第三十一号《中学生》杂志的扉页上有一则介绍茅盾《子夜》的提要。我在文中说这则提要很可能出自同是出版《子夜》的开明书店和《中学生》杂志的主要编辑叶圣陶之手。叶老看了拙作后对我说，这则提要是徐调孚写的，叫我以后有机会时更正一下。我告诉他有文章说他当年看重《子夜》，特意题签。叶老说，看重是事实，题签也是事实，但特意就未必了，因为当年开明出版的不少书的书名都是我书写的。

1978年《文艺报》复刊后，我又回到《文艺报》工作。办公地点离叶老家稍远，但骑自行车还顺路。复刊之后的《文艺报》，急需一些有分量的文学评论。促使我想去请叶老写评论，是因为叶老写过大量的现代名著的评论。最直接的因素是，1962年我的大学同学孙幼军出版了童话《小布头奇遇记》，受到叶老赏识，并发表《谈谈〈小布头奇遇记〉》，我决心去试试。当时作家于敏刚出版了长篇小说《第一个回合》，是写解放初期经济恢复时期，东北某个钢铁基地的故事，《文艺报》想评论一下。我向叶老提出这个请求，叶老说现在眼睛越来越不管用，看书报戴了老花眼镜还得加个放大镜。听了他的话，我顿然感到我这个请求太不近情理，虽然叶老当场并未拒绝。回报社谈起，都说太难为叶老了，别再催。此后我几次去叶家，都不再提及此事。

5月下旬，全国文联在西苑饭店开会，我在大会工作，突然收到叶老通过大会办公室转寄给我的信："泰昌同志：我参加出外参观学习，未能出席文联的会。你嘱我写《第一个回合》的介绍，已经勉力写成，请驾临我寓取去。为陈登科同志写的字，可以同时取去。下月中旬末回来，届时希望来谈谈，即问近佳。叶圣陶五月二十六日。"取回介绍《第一个回合》的文章，才知道叶老是从收音机里陆续听完这部小说的，一天半小时，听了3个来月。所以作者用的题目是《我听了〈第一个回合〉》。文章不短，数千言。叶老对小说中的情节、人物、描述均有细致的分析。可以想见，他每天听半小时，一边听，一边记。为何叶老那般有毅力有热情地评价这部小说呢？他在文中写道:“这部小说写的是国民经济恢复时期，题目叫《第一个回合》，也很有意思。现在，咱们正面临着一个前所未有的更大的回合，这就是实现四个现代化，把咱们中国建设成为伟大的社会主义强国。在这个时候，回顾一下解放后‘第一个回合’，回顾一下‘第一个回合’的胜利是怎么得来的，将会鼓舞咱们的斗志，坚定咱们的信心。所以我几乎逢人就介绍这部小说，现在写这篇文章的目的也在于此。”1979年《文艺报》约请一些作家写创作谈。江苏方之的短篇小说《内奸》荣获1979年中国作协主办的全国优秀短篇小说奖。我清楚他和叶至诚志同道合私交甚笃，写信给同在南京的至诚，请他们俩分别或联名为我们写一篇。第10期《文艺报》发表了方之、叶至诚的《也算经验》。

不久，方之因病去世了。听到这个不幸的消息，编辑部叫我物色一位合适的作者写篇纪念文章，我想到了至诚。我写信给至诚，很快他就寄来了《方之的死》。他在寄文章的同时给我的信中说:“《方之的死》我也以为在《文艺报》上发表的好，与《也算经验》相呼应，向读者交代20世纪50年代初露头角的一位有才华、有良心的青年作者的结局。写这篇短文，心中有一种愤慨，谁说十七年的文艺路线完全正确呢？把事实摆出来看看。”《方之的死》1980年第1期的《文艺报》刊发后反应很好。这不仅是至诚散文创作中的佳作，也是1980年散文创作中的硕果。有次我去叶老家，同他谈起至诚的这篇文章，他说，好文章不在长短，重要的是要有感而发。由此我联想起，叶老的挚友夏丏尊先生1946年怀着满腔忧愤去世，叶老写了300多字的短文:《从此不再听见他的声音》。1988年，叶老去世后，每当我走进“71”号大院，叶老那洪亮的声音依然在回荡。

2001年

拜见张恨水先生

记忆时而活跃时而沉睡，在某种特定的环境里，受某种因素的挑拨，活跃的记忆会更活跃，沉睡的记忆会苏醒活跃起来。我有这种人生体验。

去年10月，“迎驾文学笔会”安排我们在潜山县停留了两天。除天柱山外，作家同行们话题最多的就是关于通俗小说作家张恨水了。

对于张恨水先生，我曾拜见过一次。虽然已隔四十多年，但至今记忆犹新。1958年，北大中文系三年级学生在集体编写《中国文学史》的同时，又着手编写《中国小说史稿》《中国现代文学史》，这几项活动我都参加了。由于写作上的需要，我设法打听到了张老家的住址，并且获知他自1949年中风休养后已逐渐恢复，并开始动笔了。近中午，我从学校坐公共汽车到动物园，步行到西四，四处打听找到砖塔胡同他家那座小四合院，已近3点。好在当年年轻体健，不感觉劳累。张老安静地坐在一张椅子上闭目养神，对贸然造访的不速之客，他没有明显的反应，只睁开眼睛示意请我坐下。我说明来意，想听取他关于章回小说和他自己几部通俗小说的看法，他沉默不语。我以为他在思考，像老师准备给学生讲课一样，但等了长久，他仍是不开口。当我告诉他我很喜欢读他的《啼笑因缘》，他开口了，他摇摇手说：随意写的东西，不值得你花时间去看。那天在他家待了近两个小时，时光在寂寞中流逝。回到学校，同学问我此行的收获如何，我无言相告，脑子里留存的只是他的沉默和院落的冷清。前些年，我在成都向我的大学同学、戏剧评论家张羽军提到这次拜见恨水先生的事，他笑着说，主要不是因身体不好，他是有顾虑。由此我想到，北京其时正在创办一份普及文学知识的杂志，编辑约我写稿，我曾想写篇谈《啼笑因缘》主题社会意义的文章，编辑说等向领导汇报后再定这个选题，从此未有答复，不了了之。现在回想起来，姜还是老的辣。张恨水毕竟久经沙场，谙知气候的冷暖，什么时候该开口，可动笔；什么时候可开口，该动笔，他心中有数。看来我唯一一次见到张老时他的沉默不语，正赶上不该开口的气候，他有顾虑是正常的。羽军是他的亲侄，对他的了解自然是深切的。

1988年，第一次张恨水创作研讨会在潜山县召开。我编发会议综述在《文艺报》发表时，发现学术界对张恨水这位创作数量惊人、社会影响广泛的通俗小说大师的评价正在趋向公允。我想是张老该开口的时候了，遗憾的是，1967年他早已凄凉辞世。

1994年我去安庆参加一个会议，应黄梅戏新秀韩再芬的邀请，去她的老家潜山县玩了一天。当地主人热情地陪我去参观刚刚落成的张恨水纪念馆。他们说：天柱山下次再去，这次先去看看张老的纪念馆。这正合我的心意。当时馆藏还不够丰富，但能让人比较全面地了解张恨水创作的一生，观赏到昔日他创作的辉煌。2000年10月再去参观时，馆藏内容就丰富充实多了。老舍对张恨水的评价："恨水兄就是最重气节、最富正义感、最爱惜羽毛的人。所以，我称为真正的文人。"令人对张恨水先生备加敬重。展出的一张照片上，在张恨水的衣服上画了一个箭头，说明:“张恨水身上穿的呢料上衣是毛泽东主席所赠。”据知，这是抗日战争胜利后不久张恨水在重庆时的事。毛泽东托周恩来送给张恨水一件延安自制的蓝呢上衣，同时还送了红枣、小米，张恨水解放后曾穿过这件上衣外出开会。说实话，看到这张照片，联想起我见到张恨水时的情景，油然而生的是欲哭不能的心酸。

人生如潮汐，起起伏伏。有过的辉煌或活跃或沉睡在人们的记忆中。这是我体验到的人生百味中的一“味”。

2001 年

含笑的艾青

一

1996年5月3日，我见了艾青最后一面。

近中午，艾老夫人高瑛，请人打电话找到我。我知道艾老近日病情严重，急忙买了一束鲜花，赶去北京协和医院。

高瑛大姐疲倦地坐在休息厅的沙发上，她冷静地对我说："大夫担心他今天熬不过去了。叫你来，最后看一次吧！"护理人员怕引起病人的病情恶化，不同意探视，经高瑛磨口舌，最后准许我在床边站一会儿。

艾老在昏睡，他的心脏在急速地跳动，如海潮在大起大落。

中午，我陪高瑛大姐在医院对面一家上海饭店用餐。她已多日饮食不正常了。她说艾青生命力坚强，今天准能顶过去。我相信高瑛的话。艾老患冠心病多年，不时住院。前几年有次病危，我从病房看望他出来，被一家电视台拉去采访，颇有点准备后事的架势。不久艾老又缓过来了，又健康地活了几年。1995年3月27日，众多亲朋好友聚集在他家里，为他过了八十五岁生日，我们举杯祝他长寿，他却笑着说："你们说了不算，该走的时候就走了。"

5月5日凌晨，电话铃声将我从熟睡中唤醒，我预感到是艾老家里来的：艾老，凌晨4时15分走了，一个伟大的诗人走了。

我展阅着1991年在北京召开的“艾青作品国际研讨会”期间，他签名送我的一套精装《艾青全集》，凝视着每册卷首张得蒂为他所做的雕像的照片：艾青含着微笑。我在心底里默诵着他在《我爱这土地》这首献给祖国的名篇中的诗句“为什么我的眼里常含着泪水？因为我对这土地爱得深沉！”

艾老很喜欢这句格言：“时间顺流而下，生活逆水行舟。”我见过几位向他求墨宝，他书写的就是这句。联想起艾老坎坷的一生，数次起落的风雨经历，永远乐观的博大胸怀，我明白这句话的深长意味。

艾老曾赐给我两张墨宝，一张是我求的，一张是他主动给我的。两张内容都是这句格言。

1982年，我去苏州参加一个会议，朋友送给我几袋当地名产太仓肉松。回京后我去看望艾老，分送了一些给他。过了一阵，我再去看他，临别时，他说为我写了一张字。字体依然较大，潇洒遒劲，内容还是那句格言。我欣喜地展阅，发现他把我的名字写成“太仓”。我正发愣时，他风趣地说：“谁叫你让我品尝了美味的太仓肉松！”我明白，他是以这种方式再次提醒我要牢记这句格言的真谛。

艾老话语不多，简短的话语中充满了智慧幽默。有次一位境外记者采访他，要为他拍照，记者正要摁快门时，艾老招招手，叫我过去，让我去问照相人，相机里有没有胶卷。我去问时，弄得这位记者莫名其妙，连声说，胶卷是刚装的，是柯达的好胶卷。事后我才了解，这位记者采访过艾老数次，每次拍照都说回去后寄来，但都没有下文。看来艾老是不喜欢做事有头无尾的作风。

艾青晚年腿脚不便，必须外出参加活动时，他都坐在轮椅上。有次他去北京图书馆出席一位老作家创作生平事迹图片展览开幕式，他的轮椅出现时，人们蜂至，向他问候，拍照的闪光灯交相辉映。艾老叫我们将他赶快转移到一个僻静处，他说："今天我不是主角，不该这么热闹，人最怕站了不该站的位置。"

二

我第一次见到艾老，大约在20世纪70年代末，他全家住在北京东城区史家胡同一座不大的宅院内，那时我已回到刚刚复刊的《文艺报》工作。

艾老在新疆石河子待了十九年。回京后，1978年4月30日上海《文汇报》发表了他的诗作《红旗》，这是他复出后在报刊上发表的第一篇作品。

艾老家里的客人渐渐多了。除了文学界的，特别是写诗的，美术界的老画家也不少，艾老自己说过："我在美术界的确有一些较好的朋友。"

艾老是学美术出身的，从小爱好绘画，十八岁考入杭州国立西湖美术学院绘画系，次年经院长林风眠动员去法国学绘画，1932年1月回国。1932年5月在上海参加中国左翼美术家联盟，7月被捕，在狱中失去了绘画创作条件，开始"借诗思考，回忆，控诉，抗争"。他在牢狱里写了许多诗，名篇《大堰河——我的保姆》就是1933年1月他在狱中写成的，1934年第一次以"艾青"笔名发表的。此后，艾青登上诗坛，他的精神活动主要是写诗。

艾老第二次与美术界发生密切联系，是1949年春北平解放之后。他被北京市军事管制委员会下属的文化接管委员会作为军代表派到中央术学院做接管工作。

当时美院院长是徐悲鸿，院内拥有齐白石等一批名教授。5月，艾青又参加了第一次中华全国文学艺术工作者代表大会的筹备工作。现在人们只注意到艾青在第一次全国文代会上当选为中华全国文学艺术界联合会全国委员会委员、中华全国文学工作者协会（即现在的中国作协）全国委员会委员、中华全国美术工作者协会（即现在的中国美协）全国委员会委员，其实，艾青在大会的筹备、召开期间作为美术界的代表人士做了大量的组织、联络工作。他是大会主席团成员，大会诗歌组委员，美术组委员，艺术展览委员会委员，提案委员会委员。1949年10月，新中国成立后，《人民文学》创刊，茅盾任主编，他任副主编，从工作上说，他又回到了文学界。

在与美术界朋友的交往中，艾青对齐白石印象是深的。1953年，他就在《文艺报》上发表了优秀的散文《白石老人》，三十年后他又发表了《忆白石老人》。他在1980年发表的散文《母鸡为什么下鸭蛋》中说："我特别高兴的是我有机会欣赏齐白石的画，我从心眼里赞叹他的艺术。"他细致地描述了初见白石老人时的情景，"我曾约了沙可夫同志和江丰同志去拜访了齐白石。他开始用疑惑的眼光看这几位穿军装戴蓝色袖章的来访者，我为清除他的不安，向他作了自我介绍：'我从18岁起就喜欢你的画。''你在哪儿看过我的画？''西湖艺术学院，那时我们的教室里挂着几件你画的册页。''院长是谁？''林风眠。'他才恍然大悟地说：'他喜欢我的画。'他才相信来访者不会找他的麻烦，而且不经要求，就主动地一连画了3张画，送给我们3个人。应该说，给我的是最好的。从此之后，我和他有了友谊。”1980年初，艾老曾一度住在南城北纬饭店，有一次去看他，他突然问我，喜欢谁的画？我不及回答，他抢着说：“白石老人的画我就是喜欢。”1999年，我在编辑《文艺报创刊50周年图集》时，去向高瑛大姐借艾青与白石老人的合影，在《图集》中，除选用了艾老与文学界朋友的合影外，特别刊用了他与白石老人的合影，并配有《白石老人》文章的书影，还有艾老夫妇与吴作人夫妇的合影。高瑛见到《图集》后对我说：“这样安排很合艾老的心意，他若见到，会高兴的。”

三

1987年5月，霍英东先生邀请以萧军为团长的中国作家代表团访问香港，这是我初次去香港。之后，应马万祺先生的邀请，代表团又访问了澳门，澳门也是我初访。抵达澳门的当天，《澳门日报》友人告诉我，艾青夫妇正在澳门，他们是应澳门文化学会邀请的。好不容易与高瑛联系上了，他们住在新开张的五星级东方酒店，距我们下榻的葡京大酒店有些路程。高瑛说他们很快要回北京，约我次日下午去。

艾老精神很好，忙碌几天，他在静静地休息，眺望着窗外的大海。当时许多国家邀请他去，他均以身体不好为由，婉谢了，单单他选择了到澳门。他说：“我今年77岁，属于我的时间不多了，在有生之年，看看澳门这块将要回归祖国的土地。”他说，“你都高兴来，我更该来了。”

艾老在澳门一周，轰动了澳门这个美丽的小岛。报纸天天以显著的位置在介绍他，艾老此行最满意的一件事是《艾青选集》中葡文对照本出版，发行仪式非常隆重，当场签名了六七十本。他感动地说："我的诗集，已有法、英、意、瑞典、日、俄、马来西亚、尼泊尔、泰国、朝鲜、世界语等文字的翻译，但是没有像今天这样隆重地举行过仪式，这是第一次。"

高瑛说："你没有口福，艾老前两天在就餐的一家百年老字号饭店点了一份德国烧猪蹄，极可口，一大盘，足够三四个人吃，你没赶上。"艾老接着说："你住在葡京大酒店，能观赏这个东方最大的赌场，我们这次没有这个机会了，有点遗憾。"不过，他说："我有口福，你有眼福，人生有得有失，总是会有遗憾的，谁好事不能都占了。"

四

1992年，《文艺报》为纪念"中国左翼作家联盟"成立50周年，约请几位老同志写文章。我去艾老家时，已近中午了，当我说明来意，他笑着说："你怎么找到我？当年我是'左联'的年轻普通成员。"经我再三恳求，我甚至说："您是中国作协的副主席，领导能不支持自己的报纸。"他松口了：不过，现在活着的，我也算老的了。高瑛说："你别走了，今天陪艾老吃顿便饭，你们饭桌上再聊。"在艾老家我吃过多次，不过每次人员不少，今天高瑛只安排艾老和我，她在忙着照料，不时也来。艾老爱吃的家乡金华火腿，自然缺不了，还有熟食凤爪，艾老也挺爱吃。我们喝着黄酒，艾老谈兴渐渐浓起来。艾老说："如果，我不参加左翼美联，就不会被捕入狱，没有牢狱生活，就不会写诗，就不会从习画改作诗，成为一个写诗的人，一个老诗人。”他说，绘画对他写诗很有好处，绘画是彩色的诗，诗是文字的绘画。他劝我，在搞文学的同时，也要喜欢点其他艺术形式。他说，我写了一本《诗论》，是从创作实验角度谈的，朱光潜也有一本《诗论》，主要是从学术研究角度谈的，看来，你的这位老师，不仅对中外诗歌有研究，对绘画、音乐等艺术也很有研究。第二天，高瑛给我电话，告艾老文章已经写好，叫我们去取。高瑛特别对我说，艾老大清早为你们赶出来的。

五

艾老晚年，常在病中，海内有许多朋友在惦念他，他也在惦念、怀念着朋友们。

1988年5月中旬，我去上海，艾老对我说："若见到巴金，代我问候他，叫他保重身体。"巴老托我带《随想录》赠艾青，巴老在签名的扉页上写道："我长期患病，几年不见您了，请多保重！"

1985年，艾青失去了两个朋友，6月胡风逝世，8月田间也走了。岁末，我去他家，他还沉浸在对老友的思念之中。他说，我正在为《人民日报》写篇怀念他们的文章，田间还不足七十，去得太早了。

艾青1936年在上海结识田间。又通过田间结识了胡风。诗情使他们联在一起，成了多年的朋友。20世纪70年代中期，我曾在河北省《河北文艺》杂志工作，田间是我的领导，省革委会文艺组组长，由于我们同是从中国作协出来的，又都是安徽人，他对我各方面关照，相处也随和亲近，他对我谈起过与艾青半个世纪的友谊。

田间虽在河北工作，1980年后他常在北京家中居住，他曾要我陪他去看艾青，约过几次，不是他有事，就是我有事。田间逝世前不久，艾青夫妇曾去友谊医院看望他和同住一个医院的胡风。在路上从司机小霍口中才得知，胡风已于昨天去世了，只见到了田间。事后我去看田间时，他高兴地告我，艾青来过了。艾老在《人民日报》发表的《思念胡风和田间》一文结尾时沉痛地说："可怕的癌症又夺走了我的两个朋友。"

六

去年夏天，高瑛大姐约我和几位文艺界人士去金华参加一项活动。浙江我去过多处地方，金华没去过。之所以乐意去看这座浙江的历史名城，其中主要是因为想去艾老家乡，去瞻仰艾老纪念馆。

我去过不少文化名人的家乡，但像艾青在金华那般深入人心是罕见的。

金华人以家乡出了艾青自豪，在市少年宫举办的纪念活动上，数百名中学生朗诵着艾青的诗。我去参观艾青纪念馆前，先去参观太平天国一处纪念馆，在那里，我突然感到中暑了。陪行人员急忙为我去找药，有人出主意用当地土治法刮痧子，说这样见效快。一位中年妇女，知道我是从北京来的，马上又要去参观艾青纪念馆，主动替我刮，疼是疼，但确实立竿见影，人很快轻松起来。我想表示感谢她，她却摇摇手说："不用了，精神好了，赶快去看艾青纪念馆吧！"

我没去过石河子艾青纪念馆，金华的这座纪念馆，规模很大。在宽敞的大厅里，陈列着主要由家属提供的众多珍贵的实物和图片资料。从这里，可以清晰地看出，艾青从这块热土走向全国，走向世界，成为20世纪中国乃至世界一位伟大诗人的艰难历程。

参观后，馆长问我有何感想述议，我本来有点儿话想说，但我凝视着艾青雕像时，我感到没有什么可说，含笑的艾青永远在诉说……

2001年

陈学昭二三事

一

我在北大学习时，对人的称呼简单，同学直呼其名，老师就叫老师。被我称作老师的并不全然是年长的教授，与我几乎同龄的只要辅导过我的，也都以老师相称。如袁行霈教授，我1955年入学时，他刚留校做助教，跟林庚教授辅导过我们隋唐文学史，我就叫他袁老师。这种称呼，有时也带来尴尬。按班级严家炎本是与我同出自杨晦教授门下的研究生，我叫他师兄，但他1958年转到现代文学教研室任教，辅导过我，我即改口叫他严老师，弄得他不好意思，直摆手，说，还是叫我家炎吧！

1964年5月，我被分配到《文艺报》工作，报到后，回学校清理行装，在海淀镇巧遇《文艺报》的阎纲。《文艺报》有个专写文学评论的阎纲，我知道他，他也知道将要与我共事。他拉我在一家专售羊杂碎的回民小馆共餐。当他向我介绍《文艺报》领导时，我留意他的称呼，张光年他称“光年同志”，侯金镜他称“金镜同志”，冯牧他称“冯牧同志”。“同志”，我记住了，我要在多年习惯地称谓“老师”的同时，养成叫“同志”的习惯。我上班没几天，一个上午，我所在理论组副组长谢永旺突然告诉我，光年同志来看你了。没等我从座椅上站起，光年同志就推门直入，他大步冲我走来，我还没来得及叫他“光年同志”，他就大声豪爽地说:“欢迎你，泰昌同志！”从此我见单位的人或外出约稿，“同志”不离口。有次，使我突然醒悟到，“同志”也不是随意可叫的。我工作后，编辑部不断分派我写作任务，我写作上有个算不上好也说不上不好的习惯，稿子写成后，总想请人先看一遍，再交出。我的办公室隔壁，是中国作协研究室，所谓“室”，平日只有唐达成一人在，我常去他那里串门，他总在翻阅文学新著和期刊。他是《文艺报》的老人，写作、编辑经验丰富，我不时将原稿请他过目，起先他客气不愿提意见，慢慢就比较率直了。他建议我评论文章一定要注意用语的分寸感，几次修改意见都提得很中肯。有天中午，我正要下楼去食堂吃饭，在过道里我叫他，“达成同志一起走”，不巧，正好碰上一位好心的管干部的同志。事后他悄悄地提醒我，唐达成是摘帽右派，公开场合称呼要注意。我明白他的意思，从此我将“达成同志”改成“达成”，他听了并不介意，反倒高兴。20世纪80年代，他先后任《文艺报》副总编、中国作协党组书记，我对他的称呼始终是“达成”。

感到称呼上的真正为难是在“文革”的十年。1969年秋天下湖北干校后，与那些尚在接受审查的领导、名作家同在一个连队，同住、同吃、同劳动，朝夕相处，时时相遇。有时在公开场合，有时在私下场合。好在当时我做采购员、伙房挑夫，单独与人接触的机会较多。叫声“同志”，“同志”的声音消失在山村旷野，只有他或她能听到。侯金镜当时是“现行反革命”，他常托我替他买香烟、点心，我悄悄递给他，叫他“金镜同志”，他告诫我，有人时千万别这样叫，就叫我侯金镜。我平生只叫过冰心老人一次“同志”，她在看菜地，我每天要给她送一次开水，我叫她“冰心同志”，她惊奇地睁着眼睛看着我。事隔多年后，她还记着这事，有次她幽默地对我说，现在你怎么不叫我“冰心同志”了？连里一次召开批判大会，一位与被批判的对象私交甚笃的人，指定出来揭发批判，他在一篇写成文字的发言稿中虚张声势、压着边际地大批一通，最后正告诉这位名诗人必须彻底交代罪行才有出路时，居然冒出了一句“××同志”，弄得全场愕然。好在主持会议的连领导颇富阶级斗争经验，在小结会议时撂上一句：看来我们这场斗争相当复杂艰巨，有的人本来就同走资派是一丘之貉！吓得这位“批判者”魂不附体。会后他在昏暗中对我说：稿子上明明写的是“×××”，怎么发言时变成了“××同志”。我小声对他说，你忘了，昨天晚上，我们三人同上厕所时，我俩不都是叫他“××同志”吗？他忙解释说，那是私下。

我逐渐加深了对“同志”这个称呼内涵与使用的理解与重视。冯牧同志在接受审查前，送过我两张他在昆明军区身着军装的照片，什么字也没写。1972年他结束审查后回到北京又送了我一张近照，背面写着“泰昌同志，存念”。我和老诗人臧克家在干校有过合影，平时我就叫他克家。1972年9月，他结束审查回京，签名送我一张与夫人郑曼在寓所庭院的合影，背面也写了“泰昌同志”。可见，在那个特殊的年代，巧妙地运用“同志”这个词对谁都要费一番心思的。

上面提到的这些“同志”都是我工作部门的领导和前辈。由此联想到的她，是位令人尊敬的文学前辈，自我1979年初次见到她之后十余年，或当面，或书信，她都叫我“同志”，我也称她“同志”。

1980年她在给我的一封信中说:“泰昌同志:您已收到我的信了么?没有您的消息，也没有小林同志的消息，我想您和她都是忙人!”称呼我这个初识的文学后辈为“同志”属正常，称她的老友巴金的女儿李小林为“同志”，并不正常。可见她对“同志”这个称谓有特殊感情与在意。

二

陈学昭，是“五四”新文学时期涌现的女作家群星中的一颗亮点。她比冰心、陈衡哲、凌叔华等年岁略小，在文坛出名也稍后。她早期出版的小说集《南风的梦》和散文集《倦旅》，奠定了她在新文学史上的地位。她的作品当时颇受文坛注视，大多以自身体验和见闻实感为主，文章细腻委婉，让人读来感到亲切自然。自传体长篇小说《工作着是美丽的》影响一时，使她在文学史上的地位更显著。

学昭同志本来就是“同志”“老同志”。她长期追求革命，亲自领受过鲁迅、瞿秋白、茅盾等的教诲与鼓励。1938年到延安，在一片“同志”声中，她满怀热情投入了延安新天地的大量采访工作，如实地写了毛泽东、朱德等党的一批领导同志。1945年成为党内一位优秀的作家。

新中国成立后不久，她回到家乡浙江工作。她是浙江省文联副主席。我见到过一张照片，1951年，丁玲同志陪苏联作家爱伦堡到杭州，陈学昭以主人的身份陪同游览西湖。

习惯了在“同志”声中工作、生活、写作的学昭同志，突然在1937年失去了给予和承受“同志”的信任、温暖的权利。虽然1962

年她已摘除了“右派分子”的帽子，1980年见她时组织上已对她作出了改正“右派”的决定，但长期被社会另眼相视，对这位个性倔强的老人，精神上留下的创痕一时难以抹去。她在1980年11月给我的信中谈道：“人们（有的）还在悄悄议论‘改正右派’这个名字，去年在杭州曾行过。”正是在这种压抑的痛楚中，她希望人们对她这位“同志”有如实的了解，又不情愿让人们对她这位“同志”有更多的了解，她常常处于这种矛盾心态之中。1979年《文艺报》复刊后，曾开辟“我怎样走上文学之路”专栏，约请了一批知名作家撰写。学昭同志原是同意写的，后来她又失约，她在一封给我的信中说：“如果写这些，好像有点发牢骚，又好像有点自吹自擂，影响不好，烦你帮助我向《文艺报》编辑部同志说一声，请求他们宽恕我！”

学昭同志晚年疾病缠身，除冠心病，又增添了糖尿病和腰脊全部增生。她每天只能坐两小时，在长年与多种病魔的搏斗中，完成了小说《春茶》《工作着是美丽的》的续写和回忆性散文《天涯归客》的写作。

三

20世纪80年代以来，我去过杭州不下十次。几乎每次都要去看望她。她的住宿条件得到改善，从最初的杭州大学河东一宿舍二〇一一间小室搬到龙游路四号一座旧式小楼上。她谈起自己的创作，最动情的就是长篇小说《工作着是美丽的》。

我很早就读过她的这部小说，我很喜欢小说的名字。工作着是美丽的，即使我在工作中碰到自己并非感到美丽的事时，我也愿将它想象是美丽的。这种感觉，犹如寒冬，北京户外的树叶全已凋零，但那一株株光秃的树木，我总以为那上面还飘动着片片西山的红叶。

学昭同志同我多次谈起写作《工作着是美丽的》的构想。她在1981年给我的信中说："我写的不是烈士，不是英雄，而是在我们这个国家不受重视的'臭知识分子'怎样走上革命道路，在思想改造和求得进步中，受到了些什么困难。"

这部小说1946年开始创作，1949年3月由大连新华书店出版。在当时文艺界片面强调写"工农兵"的氛围里，学昭同志能以"知识分子"为主角，应该说有相当的胆识。小说出版后，在读者中影响不小，但在评介上不够被重视，或受到某种冷落。我读过不少中国现当代文学史，就有这种印象。这种不太公正的印象至今我还留有。作者本人也感到这种不公正，偶尔也流露些许愤愤不平。她在1981年说过："报纸上曾介绍、评论这本书那本书，但没有提到过我这本东西。"我曾劝她要相信历史的公正。她说，她的一生就是坚信历史最终会如实。1979年10月浙江人民出版社将她晚年续写的这部小说第二集与早先出版的合在一起出版，其反响之大给她带来喜悦。她在信中对我说："《工作着是美丽的》出版后，销路是很大，上海《收获》和上海《青年报》都曾要我写过一点东西，已发表过，我收到很多读者来信。"关于这部小说，她说，第二集"写得简略些"。1980年她正在续写小说的第三集，并准备1981年小说再版时放进去，不知她的这个设想后来是否如愿。

四

每次看望晚年的学昭同志，她面对人生的坚强给我印象尤深。

她对友人，无论年长年幼、官职大小、成就高低，均诚挚悉心以待，令人感动。

她居然对我的一些作品也过目、关注，并一再长辈般地加以鼓励。1981年，我将拙集《艺文轶话》奉寄给她求教。很快收到她的信："谢谢您赠我《艺文轶话》，当即翻阅，读了《阿英的最后十年》和《寸心耿耿红如丹》，我心情非常激动、难过，很久不能平静！'十年浩劫'，这样惨痛的历史，不能，永远不能也不该重演了！您写的是真实的事迹，特别感动人！"后来她又在来信中说："读到您很多文章——有发表在香港《新晚报》上的……您写的文章有感情、思想、内容，文字也好！"我在给她的一封信中说，我很爱读她的作品，尤其是《天涯归客》，真实、质朴、生活中的洁净，是我想学而难以学到的。

1990年秋天去杭州，是我最后一次见到她。她忍受坐骨神经痛的阵阵发作，仍在不停地写回忆录，她说，往事如烟，趁自己的记忆还好赶快写出来。她郑重地对我说，"泰昌同志，以前我是为活、为生存而写，现在我是为写、为责任而写。"我告别她走到楼下，她叫女儿亚男又将我叫回，说已准备好了送我一盒青春宝，叮嘱我千万注意身体！她还托我送一盒给于若木同志。营养学专家于若木同志是陈云同志夫人。她叫我按她写的北京信箱地址先去封信。回京后，我给于若木同志去了信，说待她回音，我送去。有天下班回家，孩子说下午一位奶奶来家里将东西取走了。晚上我电话告诉学昭同志，她在电话中急促地说，"我正要告诉你，才发现送你和若木同志的两盒青春宝拿错了，是过期的，你别吃，明天一定要去信给若木同志说明，拜托！拜托！"

1991年10月8日，我从北京直飞宁波，参加一个会议。行前已听说学昭同志9月20日突然病倒住院，计划会议结束后去杭州看望她。10日下午会议进行中间，会议主持人递给我一张字条：学昭同志不幸今日凌晨辞世！会议12日结束，下午匆匆赶到杭州，才知道她的遗体当天已火化。亚男告诉我，妈妈身前遗嘱，身后不开追悼会，不举行告别仪式。我来到学昭同志书房里，向她的遗像深深鞠躬，回想起她坎坷的一生，心里不禁默叫起“学昭同志”。当晚给《文艺报》值班同志打电话，请他们编发这则消息时，务必注意在这位“五四”新文学时期成长起来的著名女作家陈学昭名字后面加“同志”两字。

2001年9月

盛会之际忆茅盾

中国作家协会第六次全国代表大会召开这几天，北京天气虽说严冬，但会内会外，并不使人感到寒冷。来自祖国各地的几代作家在这里再次相聚，彼此激动、兴奋，热气腾腾，话语不止。此时此刻，此情此景，面对新世纪祖国更美好的未来，极容易使人回忆、沉湎于半个世纪的风雨历程。特别是怀着无限崇敬的心情怀念中国作家协会第一任主席和《文艺报》的创始人茅盾。

在中国作协全委会上，见到从江苏来的陆文夫，我问他还喝不喝酒，文夫摇摇头，他的身体已经不允许他豪饮了。我认识他是在20世纪70年代末，那时他是中年作家，但我最初读他的作品时，他还是青年作家。1964年，我来《文艺报》工作，最新读到的是6月号的刊物，那上面就有茅盾《读陆文夫的作品》及《陆文夫给〈文艺报〉编辑部的一封信》。茅盾自20世纪50年代中期以后，常以文学评论方式，推出文坛新人新作，小说家陆文夫的作品就是他热心推出的。会上我又见到王安忆，祝贺她刚当选上海市作协主席，由她，我又想起了她的母亲、过世了数年的小说家茹志鹃，茅盾称赞过她的短篇。从茹志鹃，我又忆及1977年底《人民文学》杂志社召开的茅盾等出席的全国短篇小说创作座谈会时，我去北京火车站接她的情景。我们初识，她住定就关切地询问起《文艺报》副主编侯金镜在“文革”中惨死的详情。金镜同志很认真地写了《创作个性和艺术特色——读茹志鹃小说有感》，发表在《文艺报》1961年3月号上，茹志鹃一直很感激金镜同志对她创作的理解与帮助。

参加作家自己的会议，作为一名老编辑，我想起了自己在《文艺报》近四十年的日日夜夜。

1999年，受文艺报社委托，我主编了《〈文艺报〉创刊50周年纪念图集》（作家出版社出版），走访了文联和作协一些老领导，询问《文艺报》一些老人，翻找了一些有关资料和图片，使我对《文艺报》的历史有了较多的了解。在作协第六次全国代表大会的会场上，我不止一次地涌起先辈们开拓道路、后来人不断前进和“前人栽树、后人乘凉”的情怀。

中国作协第一任主席、《文艺报》《人民文学》的创始人、伟大的革命文学家茅盾去世已整整二十年，我们在心里永远尊称他为“茅公”。

1949年2月1日，北平解放，2月下旬茅盾到达北平。3月，各解放区和国民党统治区及香港的文艺界人士陆陆续续汇集北平。3月22日，郭沫若、茅盾出席华北文化艺术工作委员会和华北文协举办的招待茶会，郭沫若提出发起召开全国文学艺术工作者大会以成立新的全国性的文学艺术界的组织，全体到会的文学艺术工作者都热烈赞成。3月24日，筹备委员会宣布正式成立。筹备会委员会由郭沫若、茅盾、周扬、叶圣陶、郑振铎、田汉、曹靖华、欧阳予倩、柳亚子、俞平伯、徐悲鸿、丁玲、柯仲平、沙可夫、萧三、洪深、阳翰笙、冯乃超、阿英、吕骥、李伯钊、欧阳山、艾青、曹禺、马思聪、史东山、胡风、贺绿汀、程砚秋、叶浅予、赵树理、袁牧之、古元、于伶、马彦祥、刘白羽、陈荒煤、盛家伦、宋之的、夏衍、张庚、何其芳42人组成。郭沫若任筹委会主任，茅盾、周扬任副主任。就是在这次会上，决定出版周刊《文艺报》，并由茅公负责筹划。

1949年5月4日《文艺报》第一期出版，至7月28日第13期，在文代会筹备和大会召开期间总共出了13期，除第一期外，余均为周刊。1~8期编者署名为“中华全国文学艺术工作者代表大会筹备委员会文艺报编辑委员会”，9~13期署“中华全国文学艺术工作者代表大会文艺报编辑委员会”，由于版权页上未公布《文艺报》编辑委员会的人员，所以，长期以来，少有人知道创办《文艺报》时期《文艺报》编辑委员会的带头人就是茅盾。据《中华全国文学艺术工作者代表大会纪念文集》载：“文艺报编辑委员会委员是茅盾、胡风、严辰（厂民）。”茅盾当时是文代会主席团副总主席、文艺作品评选委员会主任，胡风是筹委会委员、大会主席团成员，严辰是诗歌组委员。

茅盾为《文艺报》诞生费尽精力，大小事多亲自过问。出版《文艺报》用纸，茅盾甚至惊动了周恩来副主席。1979年第四次全国文代会和第三次全国作代会召开前夕，文联及各协会恢复筹备领导小组负责人冯牧、张僖曾派我和刘梦溪去茅盾家取回他改定的在第三次全国作代会上作的题为《解放思想，发扬文艺民主》报告稿。茅公顺便询问起会议准备的一些情况，他感慨地说，现在客观条件好多了，第一次文代会用纸，包括《文艺报》用纸，都得去麻烦总理解决。阿英1949年5月13日日记中有一段记载可以印证茅盾的记忆：“晚8时，（袁）牧之来车，同去中南海。（潘）汉年、夏衍、许涤新、周扬、沙可夫、萨空了、茅盾、何其芳，亦先后至。10时许，恩来同志来。首先谈文代会问题，次新闻纸问题，又次上海文化工作问题。第二部分谈完后，夜饭，旋继续谈至3时半完。”

茅盾强调版面上要促进文艺界在为新中国基础上的广泛团结，在遵循党的文艺方向上的思想统一，他善于用交流的方式实现这个意图。1949年5—6月，《文艺报》曾召开三次文艺界座谈会，茅盾主持过两次。第一次出席的有冯至、臧克家、柯灵、杨晦、黄药眠、卞之琳、钟敬文、张骏祥、焦菊隐、杨振声等。第二次座谈会的主题是《关于新文协的诸问题》，出席的有张瑞芳、白杨、赵沨、许广平、徐悲鸿、郑振铎、曹禺、戴爱莲、田汉、骆宾基、舒绣文、戈宝权、葛一虹、洪深、凤子、马思聪、蒋牧良等。座谈会发言经记者整理后，茅盾亲自仔细改定，详细报道。

茅盾为《文艺报》撰写了多篇文章。如代编委会起草了《发刊词》，《发刊词》中说：“多少年来，从事文学艺术工作的朋友们都希望有这么一个定期刊物，作为交流经验、交换意见、报道各地文学艺术活动的情况，反映群众意见的工具。然而由于客观形势的阻隔，此种希望，迄今未能成为事实。现在，全国文学艺术工作者代表大会即将开会，各解放区以及解放区以外各地的文艺工作者陆续来到北平，对于这样一个小型的定期刊，固然更其感到需要，而出版这样一个刊物的客观条件也大体具备了。这便是全国文学艺术工作者代表大会筹备委员会决定要改进这一个《文艺报》的原因。”5月26日出版的第四期发表了茅盾5月23日赶写的《关于〈虾球传〉》。第十一期头条发表了茅盾的《为工农兵》。

茅盾还在百忙中多次写信为《文艺报》约稿，或者帮助编辑部年轻编辑考虑合适作者。如6月30日出版的第九期庆祝文代会召开的专栏中，叶圣陶的《划时代》、赵树理的《会师前后》、柯仲平的快板《文代会上“数来宝”》。编委胡风的《团结起来，更前进！》

在本期头条发表时，标以副题“代祝词”，代表《文艺报》对文代会召开的祝贺。

关于《文艺报》报头设计，茅盾用心选定。创刊号报头是茅盾让严辰去请画家丁聪设计的，第2期起至第8期，《文艺报》报头是茅盾亲自书写的，第10期至13期，正值大会期间，报头又改用铅字。1949年7月19日文代会结束后，《文艺报》作为全国文联机关报于9月25日正式创刊，报头系集鲁迅字体，一直沿用至今。《文艺报》报头用鲁迅字体这个主意，也是茅盾建议最终被采用的。鲁迅是我国现代新文化运动的伟大旗手，第一次文代会会标上就镌有毛泽东和鲁迅的头像。

1949年7月19日，中华全国文学艺术工作者联合会（全国文联）宣布成立，郭沫若当选全国文联主席，茅盾、周扬当选副主席。7月23日，中华全国文学工作者协会成立（1953年改称中国作家协会），文协主席茅盾，副主席丁玲、柯仲平。1949年9月25日，全国文联机关刊物《文艺报》正式创刊；10月25日，中华全国文学工作者协会机关刊物《人民文学》杂志创刊，茅盾任主编，艾青任副主编。

茅盾在《人民文学》发刊词中指出：《人民文学》的主要任务，是“通过各种文学形式，反映新中国的成长，表现和赞扬人民大众在革命斗争和生产建设中的伟大业绩，创造富有思想内容和艺术价值，为人民大众所喜闻乐见的人民文学，以发挥其教育人民的伟大效能”。同时，《人民文学》还要在“培养群众中新的文学力量”“建设科学的文学理论与文学批评”等项工作中起到与所处地位相应的积极作用。为此，他呼吁“站在毛泽东旗帜下的全国文艺界的朋友们，请一齐来负起这个庄严的责任，使本刊一期比一期更精彩”。

在《人民文学》创刊号中有周扬的专论《新的人民的文艺》，何其芳抒写开国大典的诗歌《我们最伟大的节日》，巴金、胡风等纪念鲁迅的文章，刘白羽、康濯、马烽反映解放战争与农村现实的小说。

虽然1949年10月19日茅盾已出任文化部部长，加上创办《人民文学》，工作骤忙，但《文艺报》1949年9~12期实际上仍由他在兼管。这几期《文艺报》版权页上编者仍署“中国文学艺术工作者联合会文艺报编辑委员会”。在《文艺报》正式创科号上，茅盾改定了社论《庆祝中国人民政协》，并发表了《一致的要求和希望》，他指出：在革命彻底胜利，新中国即将诞生的新形势下，文代会几百件提案表示了文艺界同仁的一致要求和期望，归纳起来是：(一)加强理论学习；(二)加强创作活动；(三)加强文艺的组织工作，强调文艺组织工作和理论工作与创作活动同样是文艺运动的主要工作；(四)继续对封建文艺及买办文艺、帝国主义文艺展开顽强的斗争。他还要求文艺理论工作者以新的观点来研究编写《中国文学史》和《中国新文艺运动史》，并把它们提到工作日程上来。在正式创刊号上，茅盾还决定发表《全国文联关于出版〈文艺报〉致各地文联及各协会的通知》。到1950年第一期《文艺报》才公开亮出主编丁玲、陈企霞、萧殷的名字。丁玲当时任中宣部文艺处长、中华全国文学工作者协会副主席。1954年全国文联决定委托中国作协主办《文艺报》，后来才逐渐明确《文艺报》由中国作协主办并成为中国作协机关报。可以说，茅盾是新中国最早诞生的两大文艺报刊《文艺报》和《人民文学》的创办者。

茅盾1953年7月不再兼任《人民文学》主编，作为全国文联副主席和中国作协主席，对《文艺报》《人民文学》既是领导又有特殊的亲情。新中国成立后，他的一部主要文艺理论著作《夜读偶记》

就是1958年1月起在《文艺报》连载的。他的长篇文学评论《一九六〇年小说漫评》，在《文艺报》1961年4至6期连载。1963年，为纪念曹雪芹逝世200周年，茅盾在《文艺报》发表了《关于曹雪芹》。1965年6月，《文艺报》被迫停刊。1977年底，茅盾在刚复刊的《人民文学》召开的一次座谈会上，公开以中国文联副主席和中国作协主席的身份讲话，他说，“四人帮”不承认文联和作协，我们也不承认他们的反革命决定。他建议尽快恢复全国文联和各个协会的工作，并建议《文艺报》复刊。1978年5月底，茅盾出席全国文联第三届全国委员会第三次扩大会议，他在大会上庄严宣布：“中华全国文学艺术工作者联合会、中国作家协会和《文艺报》，即日起恢复工作。”

晚年多病的茅盾，从1978年起，在着手写长篇回忆录《我走过的道路》的同时，不忘给《文艺报》多方指导和积极支持。1978年8月，他在《文艺报》发表了《培养新生力量》，同年11月发表了关于《坚持实践第一，发扬艺术民主》的文章。1979年12月，又发表了庆祝国庆30周年的纪念文章，这是茅盾1981年3月27日辞世前，为《文艺报》撰写的最后一篇文章。

每天开会我回到房间，都能看到一张当天出的《文艺报》，彩色印刷，琳琅满目，比起当年茅公创办《文艺报》时还要为纸张找总理解决的情形，现在的条件要好多了。特别是从报纸上看到很多介绍青年作家的文章，我就想到茅公编《文艺报》时对文学新人的关怀和扶持，茅公的思想和精神继续在新出版的《文艺报》上传承。

2001年12月

听孙犁聊天

我与孙犁有过一次长谈，我是作为《文艺报》记者专程前往天津专访孙犁的。这次谈话的结果，就是《文艺报》1980年第六期、第七期连载的孙犁长篇创作谈《文学和生活的路》。

1980年春节期间，在与《文艺报》副主编唐因的一次交谈中，我向他提出专访孙犁的想法，我说了几点理由：一是孙犁创作有生命力，许多读者喜欢；二是孙犁既是创作家又是创作理论家，写过创作理论专著和大量有关文学理论的短文；三是孙犁自1965年大病后，虽经“文革”磨难，现在身心均好，已开始恢复写作。唐因很支持我的这个想法，他说，现在文艺创作上许多问题急需拨乱反正，既需有文艺理论家出面谈，也需有经验、有胆识的作家出面谈。他提醒我，要做好准备，寻找一个孙犁愿意谈的话题，请他敞开地谈。

唐因这个提醒很重要，我有过一次对孙犁采访不顺利的教训。在此稍前，我计划请几位老作家谈写作长篇小说的经验。第一个对象就是孙犁。当我写信向他提出这个请求时，他很快给我回信，他在信中说：“关于长篇小说，我经验太少，且不成功，很难谈出什么中肯的意见。近来，我有一个想法。我们的评论家，多研究作品成功之处，这当然是主要的。但如果除此之外，研究一下我们几十年来，在长篇小说的创作上，一些失败的经验，即其失败的原因，或者说在当时好像是成功了，经过一段时间，又证明并非成功——其原因何在，其失败之点，有无共同之处，有无思想上的或生活上的原因，有一条规律性，可作借鉴？我想，如切实研究，排除成见，前事不忘，后事之师，对于初学者是会很有用处的，不知你以为如何？”我以为孙犁这个看法有道理，但当时要总结创作教训，时机又不太成熟，我这次采访便戛然终止了。

给孙犁写了两封信，又请天津其他熟悉的几位编辑朋友促进，孙犁终于同意了《文艺报》对他采访，用他的话说，不叫采访，是与《文艺报》的同志做一次对话。孙犁自1949年后，长期主持《天津日报》文艺副刊工作，他布置过无数次对文艺界人士的采访，但他本人并不乐于也不习惯接受报刊的采访，他多次婉谢过新闻媒体。这回不同，他同意并约定了时间，我对这次采访的收获抱有信心。

1980年3月27日下午两点半，百花文艺出版社一位编辑陪我准时来到孙犁的寓所。我与孙犁不熟，只见过一次面。大约是1974年夏天，当时我从文化部五七干校被借到石家庄《河北文艺》杂志社工作。有一天，田间派人叫我去他的办公室，原来是孙犁从天津回河北老家，顺路到石家庄，他俩，还有李满天正在聊天。田间向孙犁介绍我，他是《文艺报》的，也是我安徽小老乡。我坐在一旁，听他们老友叙旧，记得孙犁曾风趣地说，有人说我有出世思想，搁笔不写了，简直是笑话，我入世还不够，还要写，多写。孙犁记性好，又善于调节气氛，这天他一见我就说，北京虽好，咱河北也不赖吧！

孙犁早做好准备在门口等候我们。方桌上放了几张谈话提纲，一碟水果糖，一盒天津出产的恒大牌香烟。他递给我一粒糖，对话就这样开始了。半年后，他在为我的散文集《艺文轶话》写的序言中，曾具体地记述了这次对话的细节："我是很不善谈的，特别不习惯于录音。泰昌同志带来一台录音机，放在我们对面坐的方桌上，我对他说：'不要录音。你记录吧，要不然，你们两位记。'泰昌同志不说话微笑着，把录音机往后拉了拉。等我一开讲，他就慢慢往前推一推。这样反复几次，我也就习惯了，他也终于完成了任务。"没有对话，六十八岁高龄的孙犁一人，没用提纲，有条不紊地一口气谈了三个小时。这次采访的直接结果，就是《文艺报》1980年第六期、第七期连载的孙犁《文学和生活的路——同〈文艺报〉记者谈话》。我们根据录音整理后的稿件送他改定，他细心地改了几处。《文学和生活的路》长达一万多字，作者结合自己的创作、阅读，从中到外，从古到今，就文学与生活、文学如何艺术地反映生活，文学与政治，文学体裁、主题、题材、创作的艺术准备，风格流派的形成，文学与人道主义等方面，发表了许多深刻、切实、有卓见的意见。孙犁对《文学和生活的路》比较满意，事后他在不同场合数次谈起，这篇文章是他自己阐述创作理论比较充实、表达比较充分的一篇。

《文学和生活的路》标题是孙犁拟定的，副标题原是"同《文艺报》吴泰昌谈话"，在付印时，我向编辑部提出，略去我的名字，改为发表时的"同《文艺报》记者谈话"。这种改动，事前未征求孙犁的意见。想不到，在半年之后他为我的散文集《艺文轶话》写的序文中，却详细地写出了我与他这次采访谈话的情景。《艺文轶话》1981年出版，有些报刊的有心编者因此知道我与孙犁有联系，托我向孙犁求稿。

我对孙犁的第二次采访，也在1980年，是秋天。上海《文汇月刊》编者发现孙犁在《文学和生活的路》中涉及人道主义这个当时十分敏感的问题，孙犁在文章中说："凡是伟大的作家，都是伟大的人道主义者，毫无例外的。他们是富于人情的，富于理想的。他们的作品，反映了他们对于现实生活的这种态度。把人道主义从文学中拉出去，那文学就没有什么东西了。"《文汇月刊》委托我请孙犁就这个问题进一步展开谈。这次委托，使我有点为难。我知道孙犁是不愿多谈的人，他在《文学和生活的路》发表后给我的一封信中曾说："老谈不好。也要注意多言多败之诫。"但经不住《文汇月报》的诚意，孙犁表示可以考虑，但所谈不要局限在人道主义问题上，他要我事先列出所提问题，等看了所问，再定是否能谈愿谈。我依据《文汇月刊》的要求和自己有限的水平，提了十二个问题寄他，半个月没有音讯。9月末，突然接到他寄来厚厚的一封信，工工整整或繁或简地回答了我提出的十一个问题。他对人道主义、人性、人情等问题做了比《文学和生活的路》更进一步的论述。

《文汇月刊》发表时，编者加了正标题，突出了人道主义、人情、人性问题，将孙犁拟定的标题"答吴泰昌问"作副标题。文章刊出后，责编请我向孙犁解释一下他们对标题做了调整。孙犁回答说，编者在标题处理上有权在不违背文章内容的基础上，做某些方面的强调，作者与编者应该相互理解和尊重，愿望只有一个，"拿出好作品"。但孙犁在1982年百花文艺出版社出版的《孙犁文集》中，将此文的标题又恢复为《答吴泰昌问》。孙犁在"答问"中，对长篇小说《风云初记》、中篇小说《铁木前传》为何未能写完，为什么造成这种情况，首次做了坦率的回答，他说："实事求是地说，《风云初记》没有写完，是因我才情有限、生活不足。你看这部作品的后面，不是越写越散了吗？我也缺乏驾驭长篇的经验。《铁木前传》则是因为当我写到第十九节时，跌了一跤，随即得了一场大病，住疗养院二三年。在病中只补写了简短的第二十节，草草结束了事。”

“现在大家关心这部‘后传’，情况当然不同。但还是没有。对于热心的读者，很可能要成为我终身的憾事了。”

“你现在为什么不能把它写出来呢？”或许有人问。

“我的想法是：在中国，写小说常常是青年时代的事。人在青年，对待生活，充满热情、憧憬、幻想，他们所苦苦追求的，是没有实现的事物。就像男女初恋时一样，是执着的，是如胶似漆的，赴汤蹈火的。待到晚年，艰辛历尽，风尘压身，回头一望，则常常对自己有云散雪消、花残月落之感。我说得可能消极低沉了一些。缺乏热情，缺乏献身的追求精神，就写不成小说。”

“与其写不好，就不如不写。所以，《铁木后传》一书，是写不出来了。”

我以为，孙犁的上述回答，不仅对了解他的创作活动，而且对长篇、中篇小说创作的经验、教训总结都具有重要价值。

1981年3月，复刊不久的大型文学双月刊《收获》，在京召开过一次办好刊物的座谈会。主编巴金出席并讲了话。那天与会的中青年作家居多，老作家也不少，如沙汀、陈荒煤、周而复、孔罗荪、朱子奇、冯牧、吴祖光、韦君宜、秦兆阳等。会上，《收获》在希望中青年作家大力支持的同时，也恳请刚恢复写作的老作家多关心、多赐大作。他们很自然地想到在天津的孙犁，并请我代向孙犁求助。

孙犁的中篇小说《铁木前传》，1957年由天津人民出版社出版，天津百花文艺出版社1978年的再版，也许与此有关。当时文坛传说孙犁正在写《铁木后传》，所以《收获》首先希望发表这个"后传"。《收获》编辑李小林，1980年8月23日在给我的信中说："听说孙犁同志要写《铁木后传》，不知写了没有？希望能给我们。"

我去天津，当面向孙犁转达了《收获》的想法。他摆摆手说，没有"后传"，当初写"前传"时，想过写"后传"，现在看来完不成了。继而《收获》又想让孙犁给他们写点散文，我又向孙犁转达了他们的这个意思。孙犁说，写篇散文不难，但我的散文短小，《收获》是大型文学刊物，怕分量不够。当时，他正准备写一组"小说杂谈"，他曾考虑过是否将这组文章给《收获》，但他又说《收获》主要是发作品的，给他们理论文章使人为难。他嘱我转告《收获》，文章一定写，写什么内容他考虑再定。

1981年1月7日，《收获》副主编萧岱来信给我，说已收到孙犁交给他的小说，他们将在3月15日出版的第二期上刊用。2月7日孙犁来函告诉我，共给《收获》小说五篇。这五篇小说孙犁冠以"芸斋小说"总题，分别是《鸡缸》《女相士》《高桥能手》《言戒》《三马》，每篇一二千字，最长的不超过三千字。从写作时间上看，是1981年11月至1982年1月初赶写的。作者署名"孙芸夫"。孙犁原名孙树勋。孙犁是他长期固定的笔名，孙芸夫也是时用的笔名。

孙犁晚年经常写散文、杂文，他认为"这是一种老年人的文体，不需要过多情感，靠理智就可以写成"。孙犁对我诙谐地说，芸斋小说是被逼出来的！自《收获》首发芸斋小说五篇后，孙犁1981—1991年又陆续写了三十多篇。芸斋小说最初五篇，收入1982年12月天津百花文艺出版社出版的孙犁《尺泽集》中，并排在卷首，可见作者本人对这组小说的看重。1990年人民日报出版社出版了孙犁芸斋小说的绝大部分。

芸斋小说是孙犁晚年创作硕果中一个重要的部分。关于这组小说与孙犁以前的如《荷花淀》等短篇小说相比，在内容上、艺术上有何特殊，不少研究者如金梅有过较细致的评说。我想提供一点情况，或许对深切了解作者写作芸斋小说的初衷有所助益。一是作者本人就认为芸斋小说“严格地说应该叫作小品”（1981年2月27日孙犁给作者信）。二是芸斋小说在《收获》发表后，1983年，孙犁在寓所同我谈过这组小说的特点，为何发表时不标短篇小说，而是标芸斋小说。他的这个意思，1984年在《读小说札记》第五段谈汪曾祺小说《故里三陈》中有准确的表述：“我晚年所作小说，多用真人真事，真见闻，真感情。平铺直叙，从无意编故事，造情节。但我这种小说，却是纪事，不是小说。强加小说之名，为的是避免无谓的纠纷。”孙犁一向主张所写的内容是要作家亲历感受的，写作的文体、表达方式要适应内容的需要。我想，从这个角度看，芸斋小说是孙犁对小说文体创新的一次有意尝试。三是我想介绍《收获》编辑部在阅读了芸斋小说原稿后的反映，资深编辑家、作家萧岱1981年1月7日在给我的信中说，孙犁小说“文极短，具有特色，我们决定第二期刊用。他用芸斋小说为总题，每篇末端有芸斋主人评语，颇似《聊斋》写法”，“希望这类小说专给我们。我们想辟专栏。听小林说，已将此事和您谈过，便中望去信时提及一下。拜托，拜托”！孙犁告诉我，芸斋小说作为专栏，在《收获》上集中刊发，太招眼，还是分散在一些报刊上发为好。最后一次当面听孙犁谈话，是在生活·读书·新知三联书店20世纪80年代初，先后出版了一些谈“读书”“藏书”的名家著作，内中有陈原的《书林漫步》、唐弢的《晦庵书话》、黄裳的《榆下说书》、郑振铎的《西谛书话》、李一氓的《一氓题跋》、冯亦代的《龙套集》等。其时我刚编写《一氓题跋》，三联要出孙犁一本，委托我联系，孙犁同意，他和书店又托我和该店董秀玉同志编选。这就是1983年出版的孙犁《书林秋草》。

在编选《书林秋草》过程中，孙犁的认真、细心、谦虚，对编辑的尊重给我的记忆非常深刻。

他意不为该书作序了，嘱我写篇后记。我去天津，当面将后记原稿、封面设计、篇目送他审定。他让我在客厅里喝茶、抽烟，自己回书房去了。大约一个多小时，他从书房出来，笑嘻嘻地对我说，篇目就这样定了，封面也好，书名就定这个（他拟了两个：《书林秋草》和《陋巷书语》）。

在后记中，我写了两处有点拿不准，一处说："孙犁不是一位藏书家，他也不想当一名藏书家。他是20世纪40年代解放区成长起来的作家。他之好读书，好收藏书，完全是从写作、喜爱出发的。他不同于郑振铎、阿英等老一辈的作家兼藏书家。他的这一经历，决定了在他的有关书的文章里，较少版本知识和书人书事的趣闻轶话。他过眼的书多是常见的普通书，他的特点在于，结合自己的创作体验和人生阅历，用心地读，认真地咀嚼，在普通的书里尝出自己的滋味来。可以说，他的这本'书话'是一位诚实的有独到见解的作家读书的实感。"另一处说："孙犁对作品有自己的看法。他坚持从作品出发，力求用正确的观点作具体分析。因而常有深刻精辟的见解。例如，孙犁的《〈红楼梦〉的现实主义成就》一文，虽写于1954年，今天重读，使人觉得比当年影响一时的某些文章内容扎实有见解得多。当然，这并不是说，孙犁对他所谈及的全部作品都有正确的认识，偏颇甚或个别不够正确之处总是难免的，有谁会做这样不近人情的要求呢？"孙犁说后记他没有意见，不必改动，他特别叮嘱上面两处说他的不足处不要删去。

我最后一次听孙犁的谈话是在电话声中。1996年12月16日，全国第五次作家代表大会在京召开，不少老作家因身体问题不能出席，《文艺报》临时决定在大会开幕当天出版的报纸上开设“文坛前辈寄语五次作代会”专版。

孙犁在天津，本该去看望他，因时间紧迫，只好违反他平日不接电话的规矩贸然闯关了。当我向孙犁家人说明意图后，在病中的孙犁接过电话说，请你们代我表达对大会的一点祝愿：“希望大家同心协力拿出好作品。”

我爱听孙犁的谈话，记住孙犁的所谈，长远！

2003年6月22日

陪巴老的两次杭州之旅

我有机会两次随巴金老人去杭州小息。1981年4月1日，上海是阴雨天。巴老启程去杭州。他在当天的日记中记着:“八点半动身去车站，泰昌、小林、小棠同行，9点20开车，12点20到杭。”旅途整整三小时，巴老和我们同在一间软席车厢里，他常对着窗外闭目养神。真正的江南春天，车窗外一片菜花金黄。我离开江南水乡快三十年了，童年、少年时期记忆中储存的青山、绿水、菜花……已成了一幅幅剥落的油画。猛然见到野外这春的喧闹，我惊喜异常。我拿起随身携带的傻瓜照相机，连连对着玻璃窗拍照，不知拍下的是那几寸厚的车窗玻璃，还是那玻璃窗之外的鲜活的世界。巴老看我这股傻劲笑了，我看着窗外凝思。我抢着为他拍摄了一张旅行生活照。当我替他拍完照片后，他转过脸来，同我谈起我国现代文学史上的一些趣事，有些是我知道的，有些是我第一次听说的。他说，现代文坛很复杂，需要很好地清理和研究。首先要摸清、摸准史实情况，再加以细致地分析，否则得不出合理的符合事实的评价。

我和李小棠不时去车厢过道里抽烟、闲聊。车过嘉兴时，只听李小林手指窗外对巴老说，嘉兴！我随手替他们父女“咔嚓”了一下。巴金的原籍是嘉兴，自高祖起才定居成都。车到杭州，巴金老友黄源和女婿祝鸿生来车站接巴老。巴老下榻在西湖边的新新饭店小楼二楼。我们和巴老同住在一幢楼里。

巴老说，来杭州是为了“休息的”，“我的身体好比一只弓，弓弦一直拉得太紧，为了不让弦断，就得让它松一下。我已经没有精力游山玩水了，我只好关上房门看山看水，让疲劳的身心得到休息”。在与巴老相处的六天里，我感到巴老多少得到了点休息，但也没有完全放松。社会活动虽没安排，也到西湖附近去散步，但来看他的友人并不少，每天都有。黄源家离新新饭店很近，步行不到十分钟，他和夫人巴一榕几乎每天来看巴老，有时一天来两三次。巴老爱在饭店用餐，能喝点啤酒。

4日上午，黄源夫妇约巴老去孤山散步。约11点，我去巴老房间，静悄悄地，只见他一人坐在阳台上，望着雨中的西湖。我走近他的身边，他才发现我。我也搬了一张椅子坐在他对面。当时的氛围，恰如巴老次年写的《西湖》篇首所说:“房间面对西湖，不用开窗，便看见山、水、花、树。白堤不见了，代替它的是苏堤。我住在六楼，阳台下香樟高耸，幽静的花园外苏堤斜卧在缎子一样的湖面上，还看见湖中的阮公墩、湖心亭，和湖上玩具似的小船。”我将巴老从凝思和遥远的回想中拉回来，问他，写完了吧？他点点头。昨天晚饭后，小林、鸿生、小棠和我陪他散步，途中听说巴老整个下午在写《随想录》。他上午散步回来写完了的，就是《现代文学资料馆》。

倡议成立中国现代文学馆，是巴老晚年最大的心愿，是除写作《随想录》外，“最大一件工作、最后一件工作”。倡议成立现代文学馆的事他思考了很久。他在1980年12月写的《创作回忆录关于〈寒夜〉》和《创作回忆录后记》中透露了这个想法。1981年3月

12日，《人民日报》副刊发表了《创作回忆录关于〈寒夜〉》，将他倡议成立中国现代文学馆的这个想法正式公布了出去。他说："我建议中国作家协会负起责任来创办一所中国现代文学馆，让作家们尽自己的力量帮助它发展。倘使我能够在北京看到这样一所资料馆，这将是我晚年的莫大幸福，我愿意尽最大的努力促成它的出现，这个工作比写五本十本《创作回忆录》更有意义。""出版这本小书，我有一个愿望：我的声音不论是微弱或者响亮，它是在替中国现代文学馆的出现喝道。让这样一所资料馆早日建立起来！"

巴金的这个倡议就如扔下了颗石子，在文坛激起了强烈的回响。病中的茅盾非常赞成这个建议，并表示要把他的全部创作资料提供给文学馆。茅公说20世纪30年代初创作长篇小说《子夜》，原来的题目叫《夕阳》，是讽喻国民党日趋没落的光景。原以为这部原稿已毁于上海"一·二八"的战火中，后来才发现《夕阳》原稿居然还保存下来了。这部写于半个世纪之前的原稿还能幸存，实在感到无限的庆幸。他说，文学馆成立的时候，他将把自己全部著作的各种版本、包括《夕阳》在内的原稿都送由文学馆保存。叶圣陶、冰心、夏衍等也热烈支持。

曹禺说："中国老一代的文学家的手稿和资料自然应该广为搜罗、研究、珍藏起来。目前，只有为数不多的几位杰出的作家有专人重视。但在这些前辈作家中，有多少知名或不甚知名的作家的文章，已经流落散失，没有个定处珍藏。好的文学是时代的镜子，是正史不能替代的。"臧克家在《人民日报》上发表《建个文学馆，好！》，他说："成立一个中国现代文学馆，有几点好处，保存资料，避免遗失。个人保存，只供一己；集体保存，有利大众。这不但便于参考，而且等于一部活文学史，使广大群众从中认识各个时期新文学的发展史、流派史、斗争史。”

罗荪在《人民日报》上发表《一项重要的文学建议》中说：“巴金同志深信文学馆的建立一定会得到全国作家的支持，他认为这是作家自己应该做的事情，而且也一定会全力来支持它的建立。特别是这些与文学有关的资料，保存在每个作家自己的手里，是很容易散失的，而在文学馆里，不仅有了很好的保障，特别是为现代文学研究工作提供了作家的第一手资料，文学馆便成为一个十分重要的现代中国文学研究资料中心了。”

正是得到了那么多文坛朋友的热情支持和建议，巴老认为有必要把自己倡议成立中国现代文学馆的思考和意见再说透些，说明白些。因此，他写了《现代文学资料馆——随想录六十四》。这篇随笔，是巴金最早一篇专谈现代文学馆的文章。在这篇文章中，他认为“要加强我们的民族自豪感，提高对我们民族精神的认识”，必须“建设”和“开采”我们自己文学的“丰富的矿藏”。他说：“我设想中的文学馆是一个资料中心，它搜集、收藏和供应一切我国现代文学的资料，‘五四’以来所有作家的作品，以及和他们有关的书刊、图片、手稿、信函、报道等。这只是我的初步设想，将来文学馆成立，需要做的工作可能更多。对文学馆的前途我十分乐观。我的建议刚刚发表，就得到不少作家的热烈响应。我心情振奋，在这里发表我的预言：十年以后欧美的汉学家都要到北京来访问现代文学馆，通过那些过去不被重视的文件、资料认识中国人民优美的心灵。”

巴金这篇《现代文学资料馆》就是在这次杭州之旅期间写的，是1981年4月3日至4日在杭州新新饭店小楼二楼卧室里写完的。《现代文学资料馆》发表后，巴金的倡议很快得到了中央及中国作协的重视。1981年4月20日，中国作协主席团举行第三届五次会议，代理主席巴金主持了这次会议。会议专门研究了现代文学馆的问题。将要建设的“中国现代文学馆”具有国家档案馆的性质，它将逐步成为中国现代文学的资料中心和若干位中国现代文学大师的资料、研究中心。藏品的时限要求，从五四运动起，迄中华人民共和国成立。藏品所涉及的文学家，主要应是在这一历史时期中对新文学运动产生过重大影响的作家、评论家和翻译家。藏品种类包括手稿、信札、日记、手迹、照片、画像、资料影片、录音、录像、书籍、报刊等；对若干位已故的文学大师，还将收藏他们的一部分遗物。

会议决定成立筹备委员会，负责建馆的筹备工作。巴金捐献的十五万元建馆基金已汇至北京。他表示还将继续为文学馆募集资金，他热切盼望文学馆早日建成。6月16日，中央批准由中国作协负责建立中国现代文学馆。10月13日，由中国作协主席团会议决定成立中国现代文学馆筹备委员会，巴金、冰心、曹禺、严文井、唐弢、王瑶、冯牧、罗荪、张僖为委员，罗荪为主任委员。中国现代文学馆的筹建工作由此正式艰难而有序地开始了。

话再说回来。我见巴老的情绪开始活跃，将随身带的理光傻瓜相机拿出，他笑着说，可以，你拍吧！巴老平日不太爱拍照，但此刻他却很配合。我从不同角度给他拍，闪光灯不停地闪动。

小林他们回来对我开玩笑说，你今天大丰收了！午饭后稍事休息，小林他们陪巴老冒雨去游龙井等处。我很珍惜为巴老拍的这组照片，想让大家尽快看到，他们外出时，我冒雨去街上冲洗胶卷了。万没料到，照相馆师傅告诉我，胶卷没装好，顿时我急得要命，白照了，浪费了巴老那么多的表情。平时在北京，我都是在照相馆里冲洗一卷，再买一个胶卷请他们帮助装上。这次在上海为巴老和其他人拍的及在火车上拍的整整一卷，我自己将它倒回取出，打算回北京去中国图片社冲洗，到杭州的当天晚上，我自己又装了一盒带来的富士胶卷，结果出了这样的事。下午5点左右，我们随巴老去黄源家吃饭，小林让我把上午拍的照片拿出来看看效果如何，我只能以实情相告，弄得大家都笑。巴老说，看来做任何事，再简单的事，也都要有技术，要用心地学，他的话使我深深自责和不安。过了两天，终于逮到一个机会，我替巴老和小林在新新饭店门口和西湖等处拍了几张。我正要拍时，小林又开玩笑问我，胶卷装上没有？

这次在杭州待了六天，7日巴老赶回上海，稍事休整，9日赴京出席茅盾追悼会，我也随机返回。

1986年10月6日，巴老去杭州休养。小林、鸿生陪同，我也同行。

这次我跟巴老去杭州，是特意安排的。10月4日上午，中国作协党组书记、书记处常务书记唐达成交代一项任务，他说，作协12月将召开全国青年文学创作会议，希望巴老在大会上有个讲话，同巴老联系过了，巴老说身体不好，不能出席会议，至于能否在会上做个书面致辞，等他从杭州回来后再定。达成说，这次全国青年文学创作会议，来的人多，是继中国作协1956年、1965年与共青团中央联合召开的全国青年作家创作会议后，规模最大的一次盛会。巴金一向热情关心、扶植青年作家，热情发现和肯定青年作家和他们的好作品，一定要动员巴老在会上讲个话，对青年作家提些要求和希望。当天晚上，我去电话给李小林，将达成讲的意思对她讲了，请她转告巴老。小林叫我别挂电话，很快又告诉我，巴老同意，到了杭州再说。

10月5日下午，我飞抵上海。晚上去了巴老家，约好次日上午先到他们家，一同去火车站。这次巴老和我们三人坐在一间软席包厢里。当时正逢秋天，巴老穿着简单，在列车上一路精神都很好。

巴老下榻在大华饭店分部，在南山路上，是独处的一座别墅小院。当天晚饭时，巴老说，你的任务别着急，我是来休养的，你也休整一下，逛逛西湖，看看朋友。

第二天上午，我去看望老作家陈学昭。前两年我和李小林一同去看过她，小林一见面就代巴老致候。学昭同志也非常惦念巴老。她在1982年7月14日给我的信中说："上次小林同志伉俪陪了巴金同志来杭，留杭日子很少，巴金同志身体不大好。我正在发烧，吃坏了，引起肠炎，没能去看他们。他们托省文联的李秉宏同志带来给我书及补品，实在使我受之有愧！书是巴金同志的译作，我很高兴！"

省里对巴老的生活、活动安排十分周到，派了司机，身边有一位工作人员。但巴老不希望安排更多的应酬活动，他喜欢在住处吃饭，愿意到西湖附近几处风景点看看。同上回一样，文学界的人来看望的也不少，黄源仍是常来。巴老还饶有兴趣地去观看了一场职工业余演出。巴老早起，常常一人在凉台上或院子里散步。有几次我看他散步或陪他散步，还为他拍了几张照片。

10月14日早饭时，巴老说他的意见都对小林谈了，上午你们一起碰碰。在此之前，巴老已零星地谈了一些想法。根据我当时的笔记，李小林转达了写这份讲话稿的几层意思：一、先从1956年召开的全国青年作家会议谈起，二十年时光的流去，经验和教训都说明要爱惜人才。今天的气氛、创作环境来之不易，要珍惜，共同维护、创造一个更好的创作环境，促进文学事业更加发展，青年作家队伍要更扩大。二、强调作家是生活培养的。可以举点例子。三、现在的青年作者队伍变化快，一浪赶一浪，这是好事，文学队伍就是这样建立起来的。同时要提出，学习的重要，作家要多读书。四、作为一名文坛老兵，期望并相信，中青年作家超过我们，对中国作家队伍的未来非常乐观。

10月16日，在返回上海的列车上，我将冲洗出来的在杭州拍摄的照片给巴老看。他一张张看，说这张还好，这张把我拍老了。他说，看来你的摄影技术有了进步。讲话草稿后来经巴老亲自修改定稿，这就是1986年12月31日全国青年文学创作会议开幕式上宣读的巴金的书面贺词《致青年作家》。

巴金在贺词中热情肯定了新时期青年作家的成长，他说："我始终想念那句老话：生活培养作家。生活本身（不是别的）培育了一代又一代的新人。不过这不是说生活会自然而然地造就出作家，作家必须对自己熟悉的生活进行深入的思考，要善于从生活中挖掘和发现。要用自己的脑子指挥拿笔的手，说自己想说的话，写自己真实的感受。不要人云亦云，违背自己的良心，说自己不愿说的假话。"他深有体会地对青年作家说："每个作家从不同的道路接近文学，都是为了寻找到一个机会接近人民；划时代的巨著不是靠个人的聪明才智编造出来的，它是作家和人民心贴心之后用作家的心血写成的；要做一个好作家，首先要做一个真诚的人。文品和人品是分不开的。"他殷切希望"青年作家必须不断学习，提高修养，继承我国文化遗产，学习外国的各方面的成就"，"我们的文学事业会大放光芒，一代一代的作家将为它作出自己的贡献，更大的希望还是在你们的身上"。

《致青年作家》刊于1987年1月3日《文艺报》头版。1987年3月13日，巴老在寓所对我说，《致青年作家》是他写的最后一篇长文章了。

2003年11月

情深意切的臧克家

“与鸡共三人”

我与老诗人臧克家相识、交往乃至有了忘年交的友谊，完全得益于那个特殊年代里一个偶然的机缘。

1969年10月，中国作家协会人员全部下放到湖北咸宁文化部干校。我与克家老在一个连队。连队住在向阳湖边一个山村。他是大诗人，我是小编辑，但，我们同是受审查、被改造的对象，唯一的区别，就是年龄的差异，他是位父辈般的慈祥长者。在下干校前，我是克家诗作的读者，从工作上说，他是令我们敬重的作者。

1965年春天，我来文艺报社不久，有次午后去向克家求稿，他正在休息，只好怅怅地离开赵堂子胡同。想不到几年后，我俩会住在一家农舍的小土屋里。与我们同眠的，还有鸡笼里囚着的一只爱啼叫的公鸡。当时克家已逾花甲之年，他和年轻人一样下湖垦田，风雨不歇。下工后他还兼管连队阅览室，他将稀少的书刊整理得井井有条。我当时在伙房，除下湖送饭、挑水，还常去贺胜桥、汀泗桥一带买菜，不时给他捎些点心。北伐时期，他曾在叶挺部队，在这两个小镇打过仗，他常常回忆起青年时那段从戎的岁月。他的爱人郑曼在干校另一个连队，相距二三十里，小女苏伊在县城上小学。克家有时请我去看看她们，捎点他省下来的咸鸭蛋。每次郑曼都叮嘱我提醒克家自己照顾好自己。克家有早睡早起的习惯。为了不影响他，我也慢慢习惯了早睡。有天晚上，大约10点钟，我刚进入梦乡，就被浑浊的声音弄醒，我打开灯，只见克家面部出现极度紧张痛苦的神情，他用手紧紧捂在胸口上，吃力地对我说："心脏病犯了，快去帮我找大夫。"我顾不得穿好衣服，急忙摸黑去找来连队里的医生。医生给他吃了救急药。连里医务室药品短缺、设备简陋，怕万一，我又去五六里地外的校部医院找值班大夫。经校医院大夫仔细检查、治疗，他的病情才渐渐稳定下来，安详地入睡了。这时，黎明已悄悄到来。事后才知道，他平日心脏就不好，这次突发，是由长时期的劳累引发的。

这是三十多年前一个夜晚发生的事。我已渐渐淡忘了，克家却一直挂在心上。1994年6月23日，我收到克家托人带给我的一封信。信是22日写的，并附有22日写的一首赠我的诗作手抄稿，他在诗的附记中说："午梦泰昌，醒后即兴草成十六句以赠。"《赠泰昌》不久在《诗刊》发表，作者后又收入了他的一本诗词选集中。一年后，文艺界隆重庆贺克家九十华诞之际，他又特意将这首诗书写了赠我。诗的前8句是忆旧，后8句是对我的鼓励与期望："老来常忆旧，江南联床亲。土屋天地窄，与鸡共三人。夜深心病发，赖君报急音，转危蒙天相，健在九十春。饷食十里外，一挑二百斤。扁担压弓腰，吱呦作呻吟。五年六万里，磨难炼真身。双肩成钢铁，于今当大任。"诗人在条幅上还题注："俚句抒真情，往事两心知。"

与毛主席谈诗

克家老在中国现代文坛活跃了半个多世纪，他的文学生涯中有着许多有趣的故事。同毛泽东主席谈诗，是他最珍惜最爱忆及的一段美好回忆。

1956年，臧克家调任中国作家协会书记处书记后，负责筹办《诗刊》。10月，副主编徐迟倡议，给毛主席写信，把他们搜集到的8首毛主席诗词送上，请求他校订后在明年1月创刊的《诗刊》发表，臧克家和全体编委及全编辑部的同志都举双手赞成。大家静静地等待着毛主席的回音。1957年1月12日，臧克家收到毛主席写给他和《诗刊》编委诸同志的亲笔信以及经他亲自校订过的8首，另加上10首，共18首旧体诗词。毛主席在信中说："《诗刊》出版，很好，祝它成长发展。"并自谦地说："这些东西，我历来不愿意正式发表，因为是旧体，怕谬种流传，贻误青年，再则诗味不多，没有什么特色。"毛主席的信和18首诗词在《诗刊》创刊号上发表的喜讯，到处哄传，创刊号一出版，热情的读者排长队争购，一时传为佳话。

1957年1月14日上午11点，毛主席约见臧克家等人。毛主席安详和蔼地同他们握手，让座，自自然然地从烟盒里抽出支香烟让臧克家，他说："我不会吸。"主席笑着说："诗人不会吸烟？"并以赞许的口吻说，"你在《中国青年报》上评论我的咏雪词的文章，我读过了。"臧克家趁机问："词中'原驰腊象'的'腊'字怎么解释？"主席反问："你看应该怎样？"臧克家说："改成'蜡'字比较好，可以与上面'山舞银蛇'的'银'字相对。"毛主席说："好，你就替我改过来吧。"

毛主席每有新作，常先送一份给臧克家。《词六首》在《人民文学》发表之前，送到臧克家手，臧克家改动了一点点，马上收到毛主席1962年4月24日的回信，其中有这么几句:“你细心给我改的几处，改得好，完全同意。还有什么可改之处没有，请费心斟酌赐教为盼。”“还有什么可改之处没有”一句，下面还画了重点符号。主席先后给臧克家7封信，1961年11月30日来信，想约臧克家和郭沫若同志去谈诗。无奈他太忙，抽不出时间，未能实现。1963年《毛主席诗词》正式出版前，先印了少数征求意见，送了克家一本。不久，在钓鱼台召开了一次座谈会，克家带去了23条意见。《毛主席诗词》正式出版时，毛主席采纳了他13条意见，例如，《七律·登庐山》中的“热风吹雨洒江天”一句，“热风吹雨”原作“热肤挥汗”，是毛主席接受克家的建议修改的。臧克家说，毛主席是诗人，品格高，重感情，虚怀若谷，不耻下问，每当他回想起和毛主席谈诗的这些交往时，他感觉他和毛主席“更近”了。

热情于“杂事”

克家老在不大的一间卧室兼书房里显眼处放着一份日历牌。他勤奋地看书，在书上密密麻麻地写了读后的心得，他勤奋地写作，晚年多写散文，每天收到大批新老朋友寄赠的新著和一大堆新到的邮件，他没有写日记的习惯，他想到的事和相约的事都会随时记在当天的日历牌上。克家老晚年常头晕，心脏又欠佳，但他却一直怀着巨大的热情诚挚地去处理这些“杂事”。1979年1月中旬，我去看望臧克家，他兴冲冲地朗诵一首旧体诗《赠巴金同志》给我听，原来是他刚收到巴老从上海寄赠给他的、新版的《家》，诗云:“四十六年见故家，可怜人已老天涯。闻道纷纷还原职，为问如何复韶华？”作者附记说明:“巴金同志以新版见赠，距写作时已四十六年矣，不禁感慨系之！非绝非古，即兴成句以赠。1979年1月11日凌晨灯下”。这首诗克家初收《友声集》中。

克家晚年，写了大批怀念文化界友人的文字。这些篇章不仅情深意切，还保有丰富的文献史料价值。1983年，杨晦教授病逝。上海文艺出版社邀请我主编《杨晦选集》。我请了克家和冯至先生写序。克家当时身体不好，但他满口答应了。他说：“杨先生是我中学时期的老师，他为新文艺事业做过不少事，现在许多年轻人都不太了解了，我要好好地写他。”他一写就写了数千字，初稿出来后，又仔细改订。克家在文中除了详细地回忆了他们的交往，还对杨晦为人为文作了中肯的评价，他说：“杨先生对文艺问题，对文艺创作，常有个人的独立见解，不苟同于别人。”

1988年，我参加中国文艺期刊代表团访问苏联。到达莫斯科的当天没有休息，就去红场参观，晚餐又喝了不少伏特加烈性酒，深夜心脏突然早搏，吓得团长吴强和大夫忙了一阵。这是我头一次感到自己一向以为好的心脏居然也有了点问题。回国后，不知克家从哪里听说，专门约我去他家，他劝我，要调整好自己的生活规律。他一再叮嘱我，少喝酒，不抽烟。要珍惜健康，生命不只是属于自己的。

2003年12月21日《新民晚报》

忆柯灵

老作家柯灵，晚年写作的最庞大计划就是准备构思一部反映上海百年变化的长篇小说，零碎时间多花在为友人写序，或写些回忆性的散文。但《钱锺书创作浅尝》却是他用心写的一篇文学评论。他曾告诉我，为写这篇文章，他用了两三个月时间。

《读书》杂志1983年1月号刊登了这篇长文。文章的副题是“读《围城》《人·兽·鬼》《写在人生边上》”，他是就钱锺书这三部作品进行研究探讨的。柯灵看重这篇文章，在《读书》杂志刊登的同时，又在1983年1月12日香港《星岛日报》加以刊载。

作者对这三部作品作了综合性的评价，他说：

> 《写在人生边上》是散文集，篇幅不多，而方寸之间别有洞天，言人所未言，见人所未见。《人·兽·鬼》是短篇小说集，收《上帝的梦》《猫》《灵感》《纪念》四篇。如集名所提示，这里写了人，写了兽，写了鬼，还写了上帝；但“目送归鸿，手挥五弦”，归根到底是写人。《围城》却是人物辐辏、场景开阔、布局繁复的巨幅写真，腕底春秋，展示出某一时代某一社会的横断面和纵剖面。
>
> 散文也罢，小说也罢，共同的特点是玉想琼思，宏观博识，

妙喻珠联，警句泉涌，谐谑天生，涉笔成趣。这是一棵人生道旁历尽春秋、枝繁叶茂的智慧树，钟灵毓秀，满树的玄想之花，心灵之果，任人随喜观赏，止息乘荫。只要你不是闭目塞听，深闭固拒，总会欣然有得——深者得其深，浅者得其浅。

柯灵认为钱锺书创作的基调是讽刺。他说，社会、人生、心理、道德的病态，都逃不出他敏锐的观察力。他那支魔杖般的笔，又犀利，又机智，又俏皮，汩汩地流泻出无穷无尽的笑料和幽默，皮里阳秋，包藏着可悲可恨可鄙的内核，冷中有热，热中有冷，喜剧性和悲剧性难分难解，嬉笑怒骂，"道是无情却有情"。

柯灵写作这篇文章的想法，他曾在给我的一封信中有所透露。1983年1月，也就是刊登柯灵散文的《读书》杂志刚出版时，他在10日从上海写给我的信中说："《读书》1月号刊拙作谈钱锺书一文，盼抽暇一读，告以尊见。如听到什么反映，也烦见告。现代文学史视钱氏作品如无物，现在也谈得少，只承认《围城》艺术成就，而以'政治性'为由排斥之。我想发点不同的声音，不知有同感否？"

收到柯灵这封信时，这期《读书》刚刚到手。柯灵老的文章我爱读，又是如此认真地谈钱老的创作，更使我尽快地拜读。其时报刊上评钱锺书的文章正逐渐多起来，我很想听听柯灵老发的"不同声音"。

文章第四节有段文字特别吸引我，作者是有感而发的。一位正直的作家在为同样正直的一位作家的优秀作品长期被忽视、不公平对待，说些真话。他说：

《围城》问世以来，有种种不同的评论。因为《围城》不是“一览而见的大字幼稚园读本”，轻松中有凝重，精巧中有厚实，笑噱中有隽永，粼粼的微波下潜伏着汹涌的暗浪。咸酸异味，不同的食性，可以有不同的品评。但是从来华丽的褒义词无助于作品的寿命，苛刻的贬义词和轻佻的限制词也无损于作品的价值，《围城》在长期弃置和众说纷纭中，无可置疑地验证了自己强韧的拉力和抵抗力。

钱锺书的散文和小说创作，特别是《围城》，在中国新文学史上应占有什么地位，可以有种种不同的看法，但是谁也无法改变它们在读者心里的分量。对锺书创作的存在假装没有看见是不难的，我们迄今为止的现代文学史已经毫不费力地做到了这一点。但抹杀客观事实，最后必将受事实的调侃。有一种意见，以为海外评论家盛赞《围城》，乃是有意和国内评论闹别扭，这种说法当然有很巧妙的战略意义。有些海外评论家有政治偏见是无可否认的，但以偏见对偏见，却正好证明，在这一点上倒是“五百年前共一家”。麻烦的是海内外的广大读者，特别是外国读者，对艺术虽可以有偏嗜，却不会有偏见。评论家自以为掌握着裁判员的哨子，拥有优势地位，但是和作品角力的结果，反而使自己处于下风，是常有的事。托尔斯泰对莎士比亚吹毛求疵，丝毫无损于莎氏。如果说这也无损于托翁，那因为他毕竟是托尔斯泰的缘故。而且托尔斯泰并不自居于评论家，除了发表自己的见解外，也毫不夹着任何外加的因素。

在文学创作中，比喻手法的运用自如，是天才的鲜明标志。因为文学的工具只是文字符号，以形象化手段而论，这正是文学区别于其他艺术而独有的秘密武器。钱锺书作品中万花筒一般闪烁变化、无穷无尽、富有魅力的比喻，我们在新文学作品中还很少看到。而这种能力并不是从天而降的。其深厚的基础是人情世态、人物心理的熟知深察，知识、艺术涵养的充裕储备，加上丰富的想象力，思想和哲理的闪光。

阿班纳史（J.W.Abenenthy）在《美国文学》中说，没有一个人读华盛顿·欧文的书而不感到欢乐的。锺书的作品，至少同样地使人欢乐——当然不仅仅是欢乐。

我正想给柯灵老写信，告诉他我读了这篇文章后的真实感受，也准备告诉他我听到的一些反映，又收到他的来信，说即将来京出席民进中央的一个会议，他希望会议期间找个机会面谈。

柯灵与钱锺书、杨绛夫妇20世纪40年代在上海交往甚密。《围城》在《文艺复兴》连载时，每期去钱家取稿的员工是柯灵的亲戚，《文艺复兴》与柯灵主编的《周报》又在同一处出版，故柯灵在《围城》连载发表前，常常能提前读到。他曾神秘地对我说，健吾以为他是第一个读者，其实我常有机会比他先读到《围城》的原稿。1991年，柯灵老在上海寓所对我讲，他以"向勤"的化名在1946年12月8日《文汇报》"浮世绘"副刊上发表了《钱锺书与杨绛》一文，文中谈到《围城》连载时，"风魔了读者，尤其是在学校里"，《围城》"其趣味之浓郁，描写之生动，与其写作技巧上的成就之高，在国产新小说中显然就是一个异数"。钱锺书在《谈艺录》《围城》初版序文中，都曾对柯灵关心、帮助这两部书的出版表示过感谢。

我阅读有限，就我所知，《钱锺书创作浅尝》之后，柯灵还写过几篇有关钱锺书的文章，如1987年《谈〈谈艺录〉》，1989年的《促膝闲话锺书君》，1990年的《浅论钱锺书》《从小说到电视剧——柯灵谈〈围城〉》。

钱先生和杨先生十分惦念柯灵。我每次从上海回来，他们总关切地问起柯灵的近况，特别关心他多年准备写作的长篇小说的进展情况。在钱先生和柯灵先后辞世后，有次杨先生较多地谈到她对柯灵这位老友的印象。2001年，浙江绍兴县电视台为了纪念家乡出来的柯灵这位大名人，拍摄了一部《插入梦乡》的专题片。

两位年轻编辑来到北京，他们采访了我后，恳切地希望能拜望杨绛先生。杨先生和钱先生一样，从不愿接受媒体采访，当我向杨先生再三说明，这才终于同意了。据采访者后来告诉我，杨先生对他们很热情，对采访很支持。下面引用的是据录音整理出来的谈话。

记者：您对柯灵先生印象比较深的有哪些？

杨绛：他是自学成才的，他很用功，他是一个勤奋好学的人，他不太喜欢出头露面的，虽然他做的许多事情是出头露面的，但是，他是一个很谦虚的人，有时候受到委屈就委屈了，胸怀比较宽的。

记者：您能谈一下柯灵先生的文风吗？

杨绛：我给他写过一篇序文，他曾经叫我写他散文的一篇序，那序文里就说到他的文风了。他反映事情，文笔清楚，就是像自己说的那样。他不但创作，他还是编辑，他是能鼓励人，能提拔人的。而且他不是一个关着门写作的人，他创作电影、搞报业、编杂志等等，我弄不清楚他是什么“官”，反正做很多很多事情，锺书知道得清楚。

记者：钱先生生前和柯灵先生交往特别多吗？

杨绛：也不是特别多，因为钱先生和我都是躲在家里的人，不太出来，除非去上班。钱先生和柯灵说话说得上，大家谈得来。我们到了北京以后，见面和聊天的时候就不多了。不过他总是每年当作一件事情，他一定来，一定来北京看我们一次。另外，他俩也通通信。

我送柯灵老去过钱家一次。1983年，就是柯灵老约我面谈《钱锺书创作浅尝》那次，柯灵在京开会的住处离钱先生家很近，是个下午，我将他送到钱家楼下，他上楼后我才离开，我们约好晚上我从北大回来时再去他住处。那天柯灵与钱锺书、杨绛促膝畅谈的内容我不清楚。晚上我去看柯老时，他不无感慨地对我说，他之所以写了这篇关于钱锺书文学创作的文章，直率地发表了自己的一些看法，并不是全然出于同作者的友谊，他认为《围城》是“五四”以来长篇小说名著之一，他写作此文的目的是想对现代文学史家们提出一个建议，要客观地对在社会上有过影响的作家、作品，加以公心的研究、公正的评价。他说，为何《围城》重印后，引起海内外的《围城》热，虽然钱锺书自己对这部小说并不很满意，也不希望有这个“热”，但为什么会出现这种热闹的反响，这就需要仔细研究。

1991年，我去上海，有次和柯灵老谈到林默涵同志最近在《人民日报》《文艺报》上发表的文章中谈到对小说《围城》的评价，林说他很早就看过这部小说，认为《围城》是一部“很好的作品”，一部“批判现实主义的杰作”。柯灵说，1948年香港发表了几篇批判《围城》的文章，默涵同志时在香港，虽然事隔近半个世纪，今天他对小说《围城》能有这样的评价，恰恰说明了好的文学作品是经得起历史风雨检验的。

2005年4月

可敬可亲陆文夫

7月9日，我从崇明开完会后回到上海市区，中午上海文艺出版社几位朋友请吃午餐，席间谈起陆文夫。文夫从去年起就住院，前一阵中国作协党组书记金炳华专程从北京去苏州市第二人民医院看望他，后来听说他的病情稳定了些。老陆从2001年之后，由于多年的肺气肿病缠绕，精力每况愈下。2003年，鲁彦周策划在安徽宣城举办首届“敬亭绿雪笔会”，大家都盼望老陆去，彦周亲自电话邀请，先说来，临时又说不来了。事后，我曾和他通过电话，他说，本来是想去会会老朋友，但体力实在不支，手头还有许多事得抓紧去做。傍晚我飞回北京，到家就接到苏州《姑溪晚报》凡晓旺手机告知，老陆今晨走了。陆文夫今年刚七十七岁，圈子里的人习惯叫他“老陆”。我同他相识近三十年，时有联系。他的小说重人物塑造、情节营造、细节刻画，极富地方特色和个人风格，我爱读。而在日常生活中，他的情趣、平实、睿智，使我更爱与他交往。

美食家的《美食家》

陆文夫从20世纪50年代初开始写作，1956年发表的短篇小说

《小巷深处》一举成名，茅盾曾著文称赞。“文革”结束以后，他笔力勤快，中短篇小说不断问世。20世纪80年代，中国作协曾举办四届中篇小说评奖活动，从第二届起，评委会主任是巴金。陆文夫的《美食家》荣获第三届全国优秀中篇小说奖。

《美食家》1983年发表前后，由于工作关系，他同我谈起过这篇小说的创作初衷。陆文夫曾在给我的一封信中说：“研究人是我今后的主要任务。”他又曾公开说过，他正在探索小说多主题的统一。我想，《美食家》也许正是他这种小说主张的一种尝试和实践。

《美食家》着力描写了两个人物：“美食家”朱自冶和作为“我”的高小庭。作者的本意主要体现在哪一位身上？当时有些评介文章认为是朱自冶，因作者的笔墨花在他身上的更多。我有点不同的想法，当时我正在为《文艺报》写推荐《美食家》的短评，我写信给老陆，想听听他的意见。他在复信中说：“一般人以为美食家是小说中的主要人物，这是上了作家‘迷魂阵’的当。‘我’才是主要人物。”即使像高小庭这样虔诚的革命者，为党勤恳地工作，作者在讴歌他的同时，对他的“左”和平均主义思想则用幽默和反讽的笔触进行了历史的剖析。陆文夫对自己创作要求严，作品出手后，不太在意别人的评价，但我看得出他对《美食家》是较为满意的。上海电影制片厂将小说改编拍成了电影，他曾写信介绍该片导演来看我，希望我能在该片公映前解馋。他在信中说：

泰昌：《美食家》由上海电影厂拍摄完成，我已看过，不错，请你及有关同志们看看，可以解馋。

祝好

陆文夫11月17日

《美食家》问世后，陆文夫在他居住了大半辈子的苏州城十全街上开了个酒楼，名为“老苏州茶酒楼”。此后，我数次去苏州，他都在那里请我。从外地去的一些文友他也屡屡如此款待。文坛由此将老陆的名字与“美食家”也拴在一起了。

被逼出的随笔佳篇

1987年，文艺报社、江苏省作协和盐城市人民政府在盐城举办了“丹顶鹤散文节”。有天晚上在大丰县，大雨滂沱，与会人员都在房间里，或休息或聊天。我去看老陆，他头一句话就对我说，今天有记者采访时问他，你是小说家，怎么也来参加散文家的会?他说:“也许是我写了几个中短篇小说有点影响，其实我也写散文、随笔，而且数量并不少。”老陆说得不错，上海文艺出版社今年4月出版了他的散文自选集《深巷里的琵琶声》，就收了他“文革”结束后写的散文百篇。进而老陆谈这实际上反映了人们对小说与散文这两个文体难分关系的不清晰的认识。他说:“我不主张有人把散文和小说截然分开，把写小说的人称为小说家，把写散文的人称为散文家。其实，这两种文体不大好分。作家们也不要上当受骗，不要把自己囿在一个圈子里。”他强调地说，在有些国家，小说和散文是一个词儿，散文是相对于韵文和戏剧而言的，即除诗歌和戏剧外，其余的文体都叫散文。老陆对散文的理解是较为宽泛的，但散文创作的内容和写法是很多样的。我问他喜欢写哪一类型的散文，他回答得很干脆:“我只知道用一种较小的篇幅来叙述一些人与事，并抒发一点情怀。”在写法和形式上，我主张兴之所至，性之所至，当然，那也不是随便写写的。他认为好的散文，必须具备两点：一是有真情实感，情要真，感要实；二是要有文采，用词要讲究，要优美，要有灵气，要才华横溢。他开玩笑地说，现在有人将散文统统算作随笔，这种理解也狭窄了一些，但也并非毫无道理。他提起他的随笔《快乐的死亡》，他指着我说："这篇东西是被你逼出来的。"我想起了当时逼他的情景。1985年，中国作协在南京举办全国中短篇小说、诗歌、报告文学等优秀作品颁奖大会。老陆出席了这个会，他是中国作协副主席，既是会议领导，又是中篇小说《美食家》的获奖者，会议期间找他的人很多。《文艺报》当时正准备从期刊改为周报，先出试刊号。试刊号已约到巴金的言论《少发空言，多做实事》，来时编辑部盯牢我一定请老陆在试刊号上写篇随笔，将稿子拿到带回来。我一直在寻找合适的机会，快速完成这个任务。在会议结束的当天中午，我和老陆坐在一起就餐，彼此喝点啤酒，我陪他回卧室。坐下我就开口了，我说下午自由活动，我想上街逛逛，你是老江苏，别逛了，帮我们一个忙，为我们赶一篇，哪怕几百字。他默而不语地笑，尔后说："原来你还带来了任务。"我逼他："你是作协领导，不能眼看自家的报纸试刊号不能及时出版！"他说："有那么严重？能写的人很多，不过最近我倒是有点感触，关于作家活法的。"老陆晚饭聚餐后即回苏州，我次日上午回北京，他只有午睡后至晚饭前这段时间。我出来时，他叫我将房门上贴的他的名字撕掉，怕有人未约敲门找他。我心里想，看来有希望几个小时后能拿到稿子。晚饭时，我去宴会厅，恰巧他也缓缓走来，他悄悄地从口袋里取出一个信封递给我，我转身去卫生间急忙将信取出，原来是一篇千余字的随感原稿，题目是《快乐的死亡》。晚饭时，我向他敬酒致谢，他端着酒杯说："我平日写小说不快，写随笔也由着性子，被你这样逼出来的还是头一次，但愿下不为例。”

这篇随笔写了作家有三种死法：“一曰自然地死，二曰痛苦地死，三曰快乐地死。

“自然地死属于心脏停止跳动，是一种普遍的死亡形式，没有特色，可以略而不议。快乐地死和痛苦地死不属于心脏停止跳动，是人还活着，作品已经，或几乎是没有了！……

“快乐地死亡却很快乐，不仅他自己感到快乐，别人看来也很快乐。昨天看见他在大会上做报告，下面掌声如雷；今天又看见他参加宴会，为这为那地频频举杯。昨天听见他在高朋中大发议论，语惊四座，今天又听见他在那些开不完的座谈会上重复昨天的意见。昨天看见他在北京的街头，今天又看见他飞到了广州……只是看不到或很少看到他的作品发表在哪里。

“我不害怕自然地死，因为害怕也没用，人人不可避免。我也不太害怕痛苦地死，因为那时代已经过去。我最害怕的就是那快乐地死，毫无痛苦，十分热闹，甚至还有点轰轰烈烈。自己很难控制，即很难控制在一定的范围之内。”

《快乐的死亡》在《文艺报》1985年4月20日试刊号上刊出后，反响颇大，多家报纸转载。1986年，作家出版社约我编《十年散文选》，我拟选老陆的这篇随笔，我打电话征询他的意见，他说：“正合我意。”

“喝酒也有喝法”

1986年3月，全国人大和全国政协在京开会期间，出席会议的陆文夫提出休会日时要我约上同在会上的唐达成、陈登科和叶至善到我家里喝顿酒。他们的酒量我是领略过的。他说简单准备几个菜就行了，主要是喝酒、聊天。那天从中午一直喝到傍晚，我们五个人喝了两瓶茅台。那个年月，假酒还不时兴，何况我这两瓶来路正道，是我替李一氓同志辑录《一氓题跋》后他送我的，一氓老是中央的老同志，又是四川人。老陆仔细地看了酒瓶上的标签，说："这酒还有些年份。"老陆和至善喝得比登科并不少，但他俩喝得从容，不似登科豪爽，举杯就干。席间，老陆向他们说起我在苏州喝酒出的一次洋相。

1983年，百花文艺出版社约我编选《百花青年小文库》，收十位当代作家的作品，其中有老陆的一本短篇小说集。这期间，我正好去上海，老陆约我到苏州仔细谈谈。他说，上午来，中午请你喝酒，下午你就返回。近中午我到苏州，他和他的小女婿将我从车站直接拉到一家老字号饭店。我问他是不是《美食家》里写的那家，他摇摇头："那是小说，不过我同这家饭店很熟，常来。"一进饭店，我就明显感到他同他们的熟。我们三人的座位，凉菜早已准备好，老陆点了几道特色菜。他说，今天喝黄酒，问我是喜欢喝本地出的甜一点的，还是绍兴加饭，我说就喝绍兴的吧！平日我常喝啤酒，但今天同"美食家"在一起喝，一切随主人安排。我喝酒也痛快，端起一小盅一饮而尽。老陆怕我不尽兴，替我换了喝啤酒的大玻璃杯，我也像喝啤酒那样大口大口地喝，其中有道烩鸭掌的菜，我特爱吃，吃了一盘又加了一盘。就这样一直喝到近三点，他们又送我到车站，赶四点回上海的火车。刚上车头有点晕，但还清醒。突然不知不觉我就睡着了。我醒来时，已坐在上海北站月台上。《解放日报》吴芝麟约好在出站口接我，车早已到，但我迟迟未出来，他急着买了站台票进来找我，才发现我如此狼藉。原来约好晚上去一位老同志家，这个醉相只好回住处继续睡。后来老陆听上海的友人说起我这次喝酒出洋相的事，他有次在电话里同我说："你酒量还可以，但你喝黄酒的喝法不对，黄酒比啤酒后劲大，醉了难醒。"他提醒我："喝酒也有喝法，不同的酒有不同的喝法。那天其实我喝得并不比你少，但我是慢慢来，你是一下来，让你留个深刻的记忆也好！"

老陆兴致勃勃谈起喝酒。他说，适当喝点酒活动活动经脉，对身体有点好处，但不能乱喝，更不能酗酒，醉了容易伤身体，误事。他说与家人和朋友喝点酒能创造和调节温馨的氛围，这也是中国人的一个传统。老陆是很重视情谊的，他在给我的一封信中说：

> 泰昌：8月8日由云南归来，突然进入高温，生了一点小病，休息了几天，近日天凉好过秋，想做一点事体。家中添丁，小女儿生了个女孩。大女儿陆绮已由北京归来，10月份也要生孩子，子孙满堂，热闹非凡。我的书房兼卧室已经改作托儿所，天伦之乐也得享受……
>
> 陆文夫8月15日

老陆幽默地说，一个国家是由无数个家庭组成的，亿万个家庭的安居，直接关乎社会的祥和、安定。酒在这方面能起点什么作用，似可研究研究。

2005年7月17日

认真的叶至善大哥

刚从上海出席中国作协召开的一个会回到北京，小沫电话告诉我，她的父亲叶至善走了！一位当代著名的出版家、编辑家、作家走了，一位我敬重的大哥走了。北京一家媒体电话采访我，只要我就至善先生说一句话，我不假思索地说，他像父亲叶圣陶老人一样，凡事都很认真。冰心老人怀念叶老时曾说过这样的话，他是我熟悉的老作家中最认真的一位。谁都知道，父母对子女影响大，但也未必。至善做人处世之认真我觉得是从他父亲那里血脉相承下来的。

我认识至善不算早，有三十年吧！与他的交往也不算太多，但他给我留下的认真精神，却是丰富深刻的，我从他身上学到了不少很该学习的东西。因为我与至善从事着同一类型的工作，所以每次与他交谈，都免不了这方面的话题。20世纪70年代初，有次我和与他同在一个出版社的两位同志去看他，他谈起，做编辑，做一个好编辑的不易，他说："做编辑要有眼光，要看准，对一部有基础的作品，编辑要协助作者去写好。"他举例，有位作家在他们社出了两本书，编辑就花了很大的力气帮作者修改。次日上午，我突然收到了他送来的一封短信，告诉我昨天谈话中他将提起的那位作者和另外一位同姓的作者弄混了，特此"更正"。他在信中说："两位同志都姓崔，我把他们搞混了。因而连忙写信，向您更正。昨天听到咱们谈话的，有张葆莘等两位同志。我立刻去社里跟他们说明，以挽回影响。”这件小事使我联想起有次我听叶圣陶老人谈文坛新发生的一些事，我前脚回办公室，就收到他派人送来的一封信，告诉我刚刚他谈的有个情况，人名记错了，叫我别再外传。叶圣陶创作的样式很多，既写小说，又写童话，又写诗和散文。从成果来看，散文该是他数量最多，使用最久，也最自如的样式。中晚期他不时发表的新作，除诗词以外，几乎全是散文。叶老在现代散文发展史上影响极大。他的散文作品受到几代读者的喜爱。有些被作为范文选进了中学教科书。叶老的散文好是好精是精，但是他出版的散文集子却不多。他先和俞平伯出了本散文合集《剑鞘》，之后有不纯粹是散文的《脚步集》，又有《未厌居习作》和《西川集》两本薄薄的散文集。新中国成立后，仅仅出了一本《小记十篇》和《日记三钞》。其实叶老的散文成集的虽少，发表的并不少，而且很多。20世纪80年代初，由叶至善牵头，和弟叶至诚为父亲编选散文甲集，花了很大功夫，尽可能把叶老新中国成立前发表的散文作品找齐。收集到的叶老用各种笔名发表的散文有50多万字，经过编者和叶老自己的筛选，这本甲集收了将近40万字。其中150多篇均系初次入集。对于我这样年岁的读者来说，绝大部分是第一次读到的；对于年长的读者，其中有些也许在发表的时候读过，但也未必知道或者记住这是叶老的作品。因此，我读这本散文甲集的第一“所得”，也可以说最大收益，就是读到了迄今为止最齐全的一部叶老新中国成立前的散文集。这本散文集之所以显得珍贵，还在于其中有些篇章是极不容易收集到的。例如，叶老写弘一法师的文章，一般人只知道《两法师》名篇，却未必知道叶老还有其他写弘一法师的文章。其中《谈弘一法师临终偈语》一篇，阐述了弘一法师的生死观，由于发表在宗教界的杂志《觉有情》上，没有被多数人留意，这次也收进了甲集。编者和作者将文章最初发表时排印的讹误一一校改过来。至善最后几年，体力、精力明显不济，但他坚持要为父亲写部传记，30万言的大著由一位八十开外的人亲自一句一句、一段一段地写，可想他的劳累。本来在他的家人中，就不乏写手，特别是侄儿叶兆言。但他认为他们各人都有自己的事要做，而父亲过去的一些事，他较清楚，怕"传"留给社会，留给历史，有不够真实、不够确切之处，决心由他一人来完成。从2002年准备开笔，至2004年脱稿。这就是至善的封笔之作《父亲长长的一生》。至善在写作过程中，如实对待书中所述的每个情节和细节。有次我去看他，他还向我核实、印证了一些情况、细节。当时他说一会话，乏了回卧室休息一会，回来再同我谈。他说："写完了这部书我就轻松了，可以轻松地走了。"书脱稿后不久他就住院了，在神志清醒时，他还交代家人书出来后要送给哪些友人。

人的一生可长可短，但像至善那么认真地一步一步地走完八十八个春秋，却是我终生难忘的。

2006年3月17日

琐忆任继愈老师

7月的北京，高温持续多日，11日天空罩上了一层迷蒙的雨雾，给难熬中的人们带来了一丝清凉。7时半左右，突然接到友人电话，告任继愈先生凌晨4时30分走了，心头猛然一震。我急忙与几位平素与任先生有交往的朋友联系，约定下午分头去三里河南沙沟任先生家。不料，11时许又得悉季羡林先生上午9时也走了。一日，我国学术界痛失了两位泰斗级的人物，我在沉重的悲痛中，竟埋怨起老天爷不该如此无情。我和任继愈先生认识较早，接触也多一些，在长达半个多世纪岁月中，有不曾间断的联系。我1955年冬认识任先生，是因他的爱人、在中文系的冯钟芸老师的引荐。冯老师对我和同学殷晋培热情关心，休息天不时请我俩去中关园她家里玩。我们闲谈时，任先生都在书房伏案工作，常常是他出来招呼一下又回书房了。

20世纪50年代中期，任先生曾被派往东欧一个国家的大学讲学。冯老师假期时去探望过。有次冯老师刚从国外回来，约我们去她家度周末，请我们吃带回来的巧克力。她说任先生在那里很好，也记着你们，希望我们多跑图书馆，说北大图书馆的藏书丰富众多，要静下心来，勤看，勤记。由于这是我平生头一次吃巧克力，记忆新鲜深刻。我本科学习期间，听过季羡林先生讲授东方文学的课，听任继愈先生的课则稍晚。1960年本科毕业后，我留校做文艺理论研究生，导师中文系主任杨晦教授要我们在学习《文心雕龙》时，增加些有关佛学方面的知识。我去选听了任先生在哲学系开设的这方面内容的课，我还当面向他讨教过。任先生说，《文心雕龙》中的用语涉及佛教界的许多术语，首先要弄懂原词原义，不要用现代人的理解去望文生义，并建议我去看范文澜先生20世纪二三十年代出版的《文心雕龙注》，他说范注在校勘、征引、释义等方面多有建树。此书现在市面上难找，但北大图书馆一定有。

任先生在学术上的造诣，受到学者、专家普遍的尊重。20世纪80年代曾任国务院古籍规划整理领导小组组长的李一氓同志，在经常咨询的极少几位学者中就有任先生。著名文艺理论家张光年用了四十年的功夫，2000年完成了《骈体语译〈文心雕龙〉》一书，光年同志遇到一些佛学方面的疑难问题时，讨教过少数专家，如在上海的著名文艺理论家王元化同志，在京的赵朴初先生、任继愈先生。任先生曾给我一封信，要我速电告光年同志家的地址，我在回复他的电话时，他补充说：光年同志提的有些问题，电话、写信难讲清楚，准备去看他，当面交流一下。

1987年，任先生从中国社科院宗教研究所所长调任北京图书馆馆长（现国家图书馆），馆址也迁至西郊白石桥一带。1988年7月12日，北京图书馆和中国现代文学馆联合主办的“冰心文学创作生涯七十年展览”在北图新馆大厅隆重开幕。88岁高龄的冰心坐着轮椅来了，数百位老中青作家和读者，有被邀请的，有闻讯赶来的，蜂拥而至，川流不息……任馆长站在大厅入口处，忙迎接招呼，他一见我，就兴奋地说：“这是北图新馆开放以来最热闹的一次展览活动，图书馆要为社会、读者做好服务，文学界和社会、读者有着广泛密切的联系。”

任先生的爱人冯钟芸教授早走了几年。我在八宝山参加她的遗体告别仪式时，任先生叫我过两天到家里去一下。他告诉我冯老师走得很突然，很安静，但没有什么痛苦，他悲痛地说她这些年为审定全国中小学语文教材太累了。他说，人上了年纪，特别要注意身体，身体健康，精神健康，才能多做点于国家于人民有益的事。当时我正在将一批自己的藏书捐给家乡安徽省马鞍山市图书馆，他支持我这个做法，他说，书是让人阅读的，有用，不是埋藏在图书馆和个人书房里，阅读的人多了，图书的实际作用就发挥越大。2005年8月，马鞍山市图书馆决定设立吴泰昌捐书阁。我请任老题写了“吴泰昌捐书阁”阁名。他在交给我原件时对我说：“给贵家乡留个纪念，也给你留个纪念吧。”他叮嘱我，若要介绍他的身份时，注意别弄错了，他现在已不是国家图书馆馆长，是荣誉馆长，已有新的馆长接班，年轻的一代比他们会干得好。他开玩笑地说：“我都不感觉自己太老，正在做和计划做的事怕做不完，老年人有老年人的优势，多做点事，为年轻人多提供点方便。”他还记得他过八十岁生日时我送给他的一尊生肖木雕，他微笑着说，“我九十、百岁生日时还想见到你！”

新世纪以来，任老的身体不如以前，但他的心依然牵挂着古籍整理工作，每天还是早上四五点钟起来工作，把大部分时间都扑在《中华大典》和《中华大藏经》的继编大型出版工程上。

任继愈先生走了，我牢记最后一次见他时他说的话：觉着自己的精力还能做点事就想多做点，这样的生命才充实，才有价值。

2009年7月17日

送别陈忠实

陈忠实走了，走得过早，太快。

我是他的读者、编者、评者，也是他交好的文友。我比他大几岁，所以，他在赠我的诗作中称我为“老兄”。他创作多年，硕果多多。对他的中、短篇小说、散文，特别是创作了10年的长篇小说《白鹿原》的创作、准备和写作过程以及1997年荣获中国长篇小说最高荣誉——第四届茅盾文学奖的情况和获取海内外的广泛赞誉，都基本了解。

我长居北京，他长居陕西。我们每次见面，多是在会议期间或作家聚会，有时也在各省市邀请作家的采风活动中。他酷爱喝酒，喝得时间长，边喝边聊。忠实喝酒属于慢热型，酒喝好后，会开怀畅谈。在这种场合，他不喜欢谈别人对他作品的评价，更多关心的是京城一些文友的近况。偶尔谈谈对人生艺术的看法。特别是涉及《白鹿原》的一片叫好，对于过誉的称赞之词，他总是摇摇头，摆摆手，说：“不值得多谈。”

记得那是1998年的夏天，四川凉山彝族自治州邀请全国部分作家到当地采风，住在西昌青山竹风间的邛海宾馆，每天大家早出晚归。那次，有邓友梅、吉狄马加、我、陈忠实、王充闾、池莉等。因抵达后两天，团长邓友梅有事，先期回京，我被推举为团长，联络邀请方并为大家服务。那年的盛夏，正赶上长江发大水，晚餐后，我回房间看了《新闻联播》，及时电话告知家在武汉的池莉长江汛情，再去忠实房间喝酒。忠实喜爱喝酒，但不大讲究酒的牌子，只要是白酒就好。他从陕西带来的一瓶西凤酒，很快就喝光了。他让我给他找点白酒和下酒小菜，一般喝到下半夜一两点。他很欣赏孙犁先生的话，对于作家之间的往来，应该稀疏些，不要走得过勤。大家都应该把中心放在写作上。

忠实的创作很认真，出作品仔细地斟酌、修改。对于祖国、家乡、亲情，忠实认为，亲情、乡情与爱国是必然联系的。为了写作，不辞辛苦，忠实走访了很多地方，采访了很多人物，各种类型的人和事。好的作家，不光要拥有大量、真实的生活素材，更要有深刻的思想，站到高点，合理、合规地将好的素材梳理出来，生发、升华。思想，对于作家，最为重要。

我们在西昌采风期间，西昌当地邀请方举办了采风作家签名售书活动，首推忠实的小说《白鹿原》，也有我的散文集《失约的家宴》等，前来签名的读者很多。忠实说："看来读者的口味，喜爱小说，也喜爱散文、诗歌等，文学的各种样式都有市场啊。"

《白鹿原》之后，有新闻、媒体的朋友问询忠实，是否还会有比《白鹿原》更好的作品问世？忠实对我讲起："老兄，不一定有了一部，必然会写出更好的下一部。以后，我还会考虑写长篇小说，也写些短篇小说，但同时更多地写些散文、诗歌，已经出了一本散文集，还要出一本诗歌集，到时，我一定会送给你。"忠实在送给我的诗作中就写了这么句"来来去去故乡路，反反复复笔墨缘。"

前年，忠实来京，观看北京人民艺术剧院上演的他的同名话剧《白鹿原》。我邀请他一聚，"老兄，现在，我不喝酒了。你也要少喝或不喝。”

忠实走了，在深切怀念忠实之际，我又重读了他1998年在西昌采风时手书赠给我的这首他的旧诗作《故园》：

云垂雨疏柳如烟，桃杏含苞又经年。
轻车碾醒少年梦，乡风吹皱老容颜。
来来去去故乡路，反反复复笔墨缘。
踏过泥泞五十秋，何论春暖与春寒。
书拙作诗赠泰昌老兄，戊寅夏，陈忠实，于西昌。

“来来去去故乡路，反反复复笔墨缘。”忠实，如他的名字一样，忠实于他的理想，忠实于他的笔墨。

2016年5月2日于京城

点滴忆曹禺

对爱书的人来说，如果著者能在扉页上签名，或再写上几句，就愈显得珍贵。我珍存了许多名家签名题词本。每一本都有一段难忘的故事。9月24日是曹禺先生118周岁诞辰，恰逢中秋佳节，我找出老先生的著作和照片，在这个特殊的日子，和先生说说话——

在旧书库淘到《日出》初版本

我有“淘书”的喜爱，平时有暇常去逛北京书店。到上海“淘”点旧书，一直是我的一个心愿。

1983年，有个好机会，我在上海书店长乐路一个书库里，从上午一直“淘”到下午。这座小楼里的书库，看来多年没有启用，四处是厚厚的尘土。我挑选了几十本初版本现代文学名著，有些扉页上还有作者的签名。当我抱着这些书出来结账时，已变成了一个灰人。

回到北京，有天我去看望病中的曹禺先生。他问起上海之行的种种情况，当我提起买到一些好书时，他笑着说：“你又发财了！”我从提包里拿出他的《日出》初版本，他接过去，眼睛直直盯着全黑的书皮，急促地翻着，又忙问我从哪里买到的？我说："送给您。"他连声说谢谢。他将书拿到书房里去了，叫我先坐坐。已有段时日没来看望他了，见他今天开心，我也高兴，特别是他刚刚出院回来。不一会，他抱了几本书回到客厅，说感谢我的一片好意，送我三本重印的书，手里仍拿着我送给他的1936年巴金主编的文学丛刊编印的《日出》初版本。他站在我面前说："这本书对我当然宝贵，但你是爱书人，还是你保存好。我还为你写了几句话……"我小心地翻开发黄的、已见破碎的扉页，上面写着几行秀丽的毛笔字——

泰昌：你喜欢在浩若烟海的旧书中寻觅版本，居然找到巴金和我的旧书，这自然是你的。

曹禺

83.6.16

他还在扉页的右下角认真地盖了一方印章。他从书架上找了一个大信袋，看着我将新书旧书都装好。

寄贺卡惊喜收到曹禺先生回信

每逢新年、春节前夕，友人之间相互寄赠一张贺卡，写上几句祝愿的话，或发送一条信息，本是我们朋友之间友谊传递的常举。每年我都寄赠，也陆续收到别人的寄赠。1986年元旦前夕，我给远在上海的曹禺先生和夫人李玉茹寄赠了一张贺卡，却收到了一封曹禺先生亲笔写的回信，至今我仍珍藏着。

信中写道："人总是怕朋友忘记，一张纸竟会使我们如此愉快，连自己也是想不到的。"

幽默夸张是戏剧语言的一个耀眼特点。曹禺是戏剧大师，我寄赠他的一份普通的贺年片竟会引起他在信中说"如此愉快"，我想只能如是看，但戏剧名著里是短缺不了连珠的人生妙语警句的，"人总是怕朋友忘记"，难道不是一句感悟人生的妙语警句？

日常生活中的曹禺，是很愿与朋友交谈叙说的，无论是大朋友、小朋友，大名人或普通人。我见过他在北京或上海与巴金打趣闲谈，也感受过他与晚辈后生们的随意叙谈。20世纪70年代末起，我与曹禺有过一些接触。难忘的一次是在上海。1984年，为纪念老舍诞辰八十五周年，老舍的家人希望巴金再写篇文章。巴金正在住院治疗，中国作协领导派我去上海为巴老写这篇文章作点辅助工作。巴老在病榻上同我谈了一个上午。星期六一整天，我将巴老所谈整理好，想第二天送他审定。如果顺利，星期一就可回京了。事也凑巧，曹禺当时也在上海，就住在附近的一家宾馆。他得知我来了，约我和他夫妇一起吃晚饭。席间，他谈起自己也答应写纪念老舍的文章，但近日精力不济。他说："泰昌，完成了巴金的任务后，再为我辛苦一下，晚两天走。明天是星期日，看望巴老的人多，他不大能静下来改文章，不如你星期一去，今晚我同你谈谈。"曹禺是个夜猫子，他一谈就谈到午夜。告别时，他建议我明天找个地方转转，休整休整。

就这样，星期日早饭后，《解放日报》友人陪我去郊县嘉定，傍晚回到宾馆才得知我的住房被窃，我随身带的一个手提包被小偷偷走了。我的手提包里没有现金，也没有公安人员询问的如手表、相机等值钱的东西，除换洗衣服外，主要是一些文字、图片资料，如巴老与我谈的有关老舍的原始记录，约有两千字；我整理出来的巴老谈老舍原稿；曹禺谈老舍的原始记录；还有一卷尚未冲洗的柯达底片，是我来沪前替冰心拍的生活照。冰心嘱我带到上海去冲洗，送巴老一套。事后，曹禺知道了这件事，他笑着对我说："怪我留下了你，害得巴老抱病亲自上阵赶写，你又损失了那么多宝贝。"

巴老赠书，我为曹禺当"快递员"

1989年，我去上海。巴金老人送了我人民文学出版社出版的八卷《巴金全集》。回京阅读时才发现，第六卷扉页上是巴老签名赠给曹禺和李玉茹夫妇的。我到北京医院看曹禺，将这本《巴金全集》给他，我说可能是巴老错拿了。曹禺摆摆手风趣地说："这是老巴怕你背不动，又想让我早收到，让我高兴，只好先让你带有签名的这本来，其余的，以后到上海去拿，真不行，配齐也方便，反正是北京出版的。"

1993年6月11日，曹禺在京突然写信约我去他家"闲谈"。原以为他有什么事要吩咐交代，闲聊了近两个小时，告别时，他才问我，最近有没有发现什么有特色、有风味的馆子。他说："不久上海要来几位朋友，请他们一起聚聚。我们这些上了年纪的人，聚一次少一次，朋友都是相互惦记着的。"

曹禺在去上海前就答应了参加老舍纪念会，并在会上作个发言。由于我那个"意外"，未能协助曹禺完成发言稿。我回京不久，突然知悉曹禺因病住院，老舍的纪念会不可能参加了。他在给我的一封信中说："最近我患急性肠胃炎，心脏也不大好，已住华东医院，进行治疗。老舍先生诞辰八十五周年纪念会，我极想参加，但身体不行，行动困难。十五日前飞京，大约是不可能了，务请转告老舍夫人胡絜青大姐。”信末又及：“我十分不安，未能参加纪念会，请她原谅！”胡絜青老人表示，曹禺心意到了，愿他早日康复，北京见！

今晚的月亮升起来了，曹禺先生，您看到了吗？

2018年9月27日《北京晚报》

《吴组缃全集》出版之际忆恩师

安徽文艺出版社的《吴组缃全集》于2020年出版了。这是我为组缃师主编的一套书。

著名学者、文学家吴组缃先生是我的北大恩师。组缃师自幼爱读书，少年时就勤于写作，大胆投稿。上大学后，他泉涌般地发表小说、散文，很快引起文坛重视。茅盾著文称赞他作品的精致，誉他为“是一位前途无量的大作家”，“这位作者真是一支生力军”。他的短篇小说《一千八百担》、长篇小说《鸭嘴涝》（后经老舍建议改名《山洪》）等作品早已载入中国现代文学史。

1955年，我来北京大学中文系上学，在授业的老师中我最爱听他的课，交往也感到最亲近。也许是一种家乡情结，我很早就成了他家的“小客人”。他使我染上爱喝安徽绿茶的习惯，师母沈菽园让我品尝了诸如臭鳜鱼、红烧肉一类的真正徽菜。

1958年，我已是大学三年级的学生了。学校规定要写学年论文，我拿不准写什么，去请教他。他平日常谈起艾芜的小说，对其描写的严谨和情调的浪漫很是称赞。也许受他的影响，我从图书馆里陆续借了艾芜数量不算少的小说集，并从他那里借过一部艾芜在鞍钢深入生活时写的长篇小说《百炼成钢》的排版校稿。组缃师建议我写艾芜这部长篇新作，他辅导我。我用三个多月的课余时间，写了一篇15000多字的评论。习作的稚嫩是可以想见的，组缃师的精心修改使这篇习作立论大体站得住，文辞表述也拿得出手。他批写的几句鼓励的话我忘了，但他说我是在用心读、用心写，我挺高兴。

1964年我研究生毕业时，组缃师也是主考我的毕业论文和口试的老师之一。我在《文艺报》工作后，他对我的约稿极力支持，有求必应，对我个人也不时提醒、指点，说："做任何事情都要认真、严谨。"

经过十年浩劫磨难之后，20世纪80年代前后，组缃师精神振奋，写作兴致骤浓。他在给我的一封信中说："我想做的事：把几门讲过的课的讲稿整理出来：宋元明清文学史、中国古代小说论要、《红楼梦》及其他几部长篇小说评论、现代作品选评、鲁迅小说研究。这是一方面。另一方面，想多写些回忆的文章，其中包括散文及小说形式。"他尽力地在做，有些已经完成。

对创作，长期在大学的讲授中，组缃师对文学有自己执着的主张。在艺术的追求上，他偏爱质朴、自然的风格。1987年，他为我的散文集《梦的记忆》作序，他在文中说："我喜欢这样的散文，我心目中泰昌的散文，正是这一路的散文。它们的特色是随随便便的、毫不作态的称心而道，注重日常生活和人情事理的描述，读来非常真切、明白，又非常自然而有意味。"但组缃师也多次说，在艺术欣赏上，每个人对某种风格的喜爱和偏爱，不可能也没有必要要求一致。

从20世纪80年代后期起，疾病不断缠绕组缃师，他曾几次进出医院。1994年元旦过后不久的一天，我正在京西宾馆参加一个会议，孩子打电话告诉我，吴组缃爷爷家里来电话，说吴爷爷快不行了，很想见我一面。1月8日上午，我匆匆赶到北京医学院第三附属医院。组缃师安详地躺在病床上。他的大女儿鸠生姐的先生叫醒他，大声说："泰昌来了。"他微微地睁开眼，缓缓地抓着我的手。一个多小时，想说什么又没说什么。他卧床时间不短，长了不少褥疮。我和他女婿给他翻身擦洗后，他又昏睡了。1月11日，组缃师与世长辞。

组缃师有些心愿未能实现，留下了事业上多项遗憾，我确切知道的至少有两个项目是他最挂在心头上的。其一是撰写回忆冯玉祥先生的文章。吴组缃老师1935年后曾任皖籍著名将军冯玉祥的国文教师，抗日战争时期又兼任秘书，与冯朝夕相处，无话不谈，对冯的思想性格、为人处世态度了解得剔透而全面。这篇长文没能写出，是非常非常遗憾的。其二是做《〈红楼梦〉批注》。来北大中文系任教授后，他的主要精力放在对宋元明清文学史的教学和研究上。特别在对中国古典小说的教学和研究上，成就卓著。他在《红楼梦》的研究教授上成就尤为突出。他的《论贾宝玉典型形象》，被公认是一篇高水平的学术论文。他的《〈红楼梦〉批注》未能完成，是无法弥补的一大憾事。

2016年，我回到安徽，与安徽文艺出版社洽谈我自己三本书的出版事宜。朱寒冬社长向我提及，吴组缃先生是皖籍现代知名作家和学者，希望出版吴组缃先生的全集，望我代为取得组缃师家人的授权，我欣然应允。回到北京后，我辗转联系上了久未见面的组缃师小儿子吴葆刚。

电话里谈及出版全集的事情，葆刚一口答应。他的姐姐已经去世，哥哥在外地，他说自己可以全权代表。儿子开车送我到葆刚家，他为我手写了一份授权书。葆刚说："泰昌，有你关照，我们就放心了。"自此，全集的出版工作正式启动，由我和朱寒冬担任全集主编。

组缃师的性情随意，作品并未进行过系统整理，葆刚等子女均不从事与文学相关的工作，全集的出版无法得到他们的帮助，主要依靠我和出版社的搜集和整理。其间，我除梳理、确定了全集篇目，为出版社提供一些已发表未出版的作品线索外，还翻检了自己与组缃师的往来书信，又与臧克家女儿郑苏伊联系，请她把父亲与组缃师的书信找出，一一扫描，收入文集。葆刚也将家中珍藏的照片找出来，由出版社登门翻拍。这些珍贵的资料都是第一次面世，使全集成为目前对组缃师作品呈现最为完整的出版物。

寒暑数载，其中甘苦难以一语道尽，然这套《吴组缃全集》的出版，确实凝聚了我对组缃师无尽的怀念与追思。

2021 年 2 月 24 日《文艺报》

谈生活

海棠花开

我每天上班，骑自行车快行半小时。我常跑的一条道，心中的一条自然线，是从叶圣陶老先生住的那条僻静的胡同里穿过。有些日子，我就利用上班或下班的间隙，踏进叶老家那座古老的四合院，直奔后进。先见到叶老的长子叶至善，每次总能得到一杯新沏的热茶。主人说明，茶叶是家乡捎来的，颜色碧绿，像我从小喝惯的那样。常有的情况是，正当我们攀谈得情意浓厚时，叶老听到了客堂里的谈话声，便慢步从西耳房的卧室里踱了出来，右耳戴着助听器，或者站在一旁听，或是参加谈论。所以这几年，我常有机会受到这位八旬老人富有哲理的教诲以及在写作编辑工作方面的精辟的指点。叶老的谈话耐人咀嚼而又风趣横生。他那洪亮的声音，他那十分浓重的银白色的须眉，常常引起我奇怪的联想：在学生时代读叶老的作品，我那时就想象过作者应该是这样恳切的一位老人。作家用蘸着自己情感色彩的笔，将读者带到艺术的天地中去。而读者在读作品时，往往通过自己对作品的理解来认识作家，在内心塑造作家本人的形象。也许这就是通常所说的作家与读者之间的心灵的沟通吧！

北方的春天到得晚，要四月才真的暖和起来。这是老年人做户外活动的好季节，叶老也开始在自家的院子里散步。院子东北角上的那棵有了年头的海棠树发绿了，开花了。八年前，叶老与四位幼年时代的朋友约定，每年4月19日在家里小聚，观赏盛开的海棠花。这四位老友是王伯祥、章元善、顾颉刚、俞平伯。王、顾两位已经作古了，去年在海棠花下聚会只剩了三老。近几年来，不少老朋友相继去世，叶老固然怀念他们，但是对于这自然的规律，他并不忌讳。有人祝贺他长寿，说他一定能活到一百岁。他总是笑着说："今后的事情，我没法谦虚，只好看吧。"可是我总有这样一个愿望，能够年复一年，看到叶老的白于霜雪的须眉，与一丛丛光彩烨烨的海棠花叠印在一起，我也能够年复一年，坐在叶老跟前，静听他的教诲。

以前春节家人要团聚，亲友要往来，因为过完节，为了各谋生计，许多人又要四处奔波。叶老说，过去，十七八岁的人就要挑起生活的重担。他自己就因为家境贫寒，中学毕业后无法升学，1912年春节过后就当小学教员了。数年后，又是过完春节，他和吴宾若、王伯祥一同搭乘航船去苏州乡下古镇角直的一所小学任教。从1912年到1982年，整整七十年。常言道，人生七十古来稀，而叶老从事教育事业就经历了整整七十年，这在我国的教育史上是很少有的。

1982年2月

徽州道上

傍晚必须赶到屯溪。主人刚沏的新茶喝了两道，还那么青绿，就不得不停杯启程了。皖南晴雨不定，早上还是大晴天，这会儿变脸，下起雨来。离开家乡近三十年了，北方的干燥却不曾使我忘掉家乡雨丝的记忆。中学时，每当春秋远足郊游，最怕的就是阴雨天，晚上睡觉也不踏实，担心屋檐的滴答声。那时我尚未尝过失眠的滋味，一觉睡到天亮；心里有事，四五更时会自然醒来，揉着惺忪的眼睛到天井里去仰望太空。多少次登太白楼、爬翠螺山的兴致，被这讨厌的雨丝抹掉了。

早起听广播，说江面有六七级大风。多年不曾有过的怕雨的心情又潜上心头。昨天与那沙同志约好，上午他从合肥到芜湖，我跟他的车一道去屯溪，我们要参加的座谈会明天开始。这么大的风，轮渡能照常开吗？二十年前有一次我从裕溪口过江，赶上大风，轮渡停摆，只好伫立江边，眼望长江浪涛中点点风帆颠簸远去，恨不得一脚跨过江南，去亲吻那令人依恋的青山绿水。现在可不同了。这点风算什么？十时半那沙同志准时过江了。我们从芜湖出发时，漫天的急雨突然驻足，天空明亮起来，将这座江城涤净一新。

我平日自称是皖南人，别说黄山，连皖南山区还未去过。那沙同志是广东人，在安徽工作多年，皖南山道跑熟了。沿途稍大一点的集镇，多半能说出它们的名字，有时还能长长短短谈些有关的风俗人情的趣话。

中午到了宣城，李白的足迹到过这里，光凭这点，就使这座古城遐迩闻名。友人请我们尝新，泡了本地出产的敬亭碧雪。据说，这茶近年很为中外茶客称道，颇有与皖南名茶太平猴魁、黄山毛峰争势的劲头。我从小随大人养成喝茶的习惯，现在每天至少要换两杯。说实话，无非是驴饮，哪里知道喝茶还有许多讲究，什么粗茶细喝，细茶粗喝，好茶的水冲出来是清的，次茶的水冲出来是浑的。我端起自带的茶杯（玻璃罐头瓶），茶水明净，透过浮动的新芽嫩叶，能清晰地看到坐在我对面的一位老人。他是我三十年前的语文老师，现在这里的一所中学教书。

这是我今天在途中最意外的收获了。年岁渐渐增大，有时出其不意地在他乡会遇上故人，交谈几句，情感也会被少年往事所牵动。今天不一样。他是熏陶我爱好文学的启蒙老师。1954年大水退去之后，他被调到江北工作远行时，我们一群十六七岁的伙伴，曾在两岸葱绿的长堤上送别过他。1957年他因发表一篇文章遭受厄运多年，曾被放逐泾县老家务农。据说自学行医，成了附近一带有名气的郎中。前两年才彻底平反，重返教育岗位。我细细端详他，虽然苍老了，却依旧那么干瘦，有精神；当谈起他的近况时，他习惯地做了一个为我异常熟悉的手势，说："现在还好。""还好"。那就好了。至于其他原该探问的一切，我都不敢去触动它。我尊敬地递给他一支香烟，他随手接过，我划亮了火柴……

在我的记忆里，他是吸烟的，烟瘾还不小呢！解放初期流行一种简装硬盒烟，一盒50支，没有牌子，比较便宜。他的书桌上常常摊开了这样的盒子烟。有一次他为北京一家杂志写稿，大概是写《钢铁是怎样炼成的》书评吧。见我进门，放下笔，习惯地伸手摸烟，才发觉烟抽完了。我连走带跑替他上街买了几盒回来。此情此景，还在眼前。现在，我见他吸烟的神态还是老样，不自禁地微笑了。他见我点烟，也笑着说："你头发虽白了几根，样子没大变，在街上能认出。"我问起当年一些老师，他说多年没联系了，听说多半在皖南各县。

停留短促，我们又继续赶路了。雨越下越大，夹有冰雹，汽车以一小时八九十公里的速度疾驶在弯弯曲曲的公路上。目的地快到了，远近星散着黑瓦白墙的小楼房。我突然意识到，我们正行进在徽州古道上。

1982年7月

峨眉山人

10月的峨眉，像一壶鼎沸多时的开水突然冷息下来。炎夏盛暑过去了，秋意袭来。在阴雨蒙蒙的日子里，我们来到峨眉山脚下，抬头望去，似云，似雾，似烟，似气，模糊一片。这是个容易挑人思绪、引人遐想的所在。

同行的是一群中青年作家。有的熟悉，有的初识。平日读他们的作品，脑子里活跃着一连串人物，留存着一个又一个悬念。我读作品有点积习，总爱用自己的想象去联结作者和作品，有意给自己造就一种扑朔迷离的感觉。有人说，欣赏文学作品就得有点模糊感。

我们兴致勃勃地爬行在崎岖陡峭的山道上。沿途说笑，不时住脚眺望远近的山景，偶尔从山的这边或那边，传来寺庙的钟声。走着，走着，望着同行的伙伴，我会禁不住失声笑起来。一身江南老农装束、脚着草鞋的高晓声，使人莫名其妙地想起他的那个“陈奂生”。一米九个头的冯骥才，伫立在空荡的山谷里，不由使人想到他的那篇关于高个子的女人和矮个子男人的近作，他才是高个子呢，还说别人！

这些只是眼前即兴收集起来的一些印象。而峨眉山在我的心里，却从来就是一个神秘的仙境。我用童年稚嫩的幻想去想象她，几十年后，当我第一次不远千里来到她的身边，我又渴求从她那里充实丰富我童年的想象。我的家乡属于长江下游平原，没有高山峻岭，离城五里，有座凌云山，李白的诗中好像提到过。每当春秋假日，少年好友，少不了结伴冶游。每次我们下山，都能遇见满载而归的樵夫，迈着稳健轻快的步子，哼着当地的山歌，松涛的呼啸声，常常使人听不清他们在哼些什么。

我想拾起童年的记忆，在上山的路上寻找樵夫。失望，失望，两天中没有遇见一个，不，遇见了，不止一个，但不是樵夫，是背夫，背的不是柴，是煤，不是满载下山，而是负重上山，一步，一步。

我是个意志薄弱者，没有勇气爬上三千多米的顶峰——金顶，到一千多米时，就同几位年老体弱者止步了，正是夕阳西下的时候。从洪椿坪向上，是一路险途，能见到戏人甚至恶作剧的猴子。我和两位同伴，向前走一段，去迎将要从金顶胜利归返的伙伴，心想说不定还能见到逗乐的猴子，在成都时为猴子准备的食物还不曾打发，一直放在手提包里。渐渐听到了脚步声。走近了，才知道不是我们的伙伴，是两个背空篓筐的汉子，他们步履稳健轻快，使人想起家乡的樵夫。在洪椿坪庙子大门口，他们停下来小憩。一个年近六十，一个五十，额角都沁满着汗珠。他们是山下的社员，每天背一百三十斤煤上金顶，早出晚归，风雨无阻，往返多年了。他们开玩笑说，几代猴子都认识他们了，从不打扰他们，向他们讨食。望着他们悠然抽烟的神情，健壮的气色，我脱口问道，每天这样上下，不累吗？那位年纪大的漫不经心地说，习惯了，跑熟了。另一位补充说，山上天天要烧煤。当他们启程下山时，暮色降临了。

晚上，我们这些从山顶下来的和从山下上来的全会聚在庙子里，没有一个不感到疲劳。我们用热水烫脚，美美地躺在洁净的客房里休息，回想。

在我未上山之前，甚至在北京，就听去过峨眉山的人说，山上用水，尤其是热水很不方便。但此行我们住过的几处，食用水都方便，因为山上有成堆的煤，有一个个老年、中年、青年的背煤人。

次日清晨下山，将近十时来到一线天，这是峨眉山中风景极秀丽奇特的地方，瀑布直泻而下，山涧泉水汩汩，两岸险峰不绝，游人无不在此停脚观赏。我不由拿起自带的比俗称“傻瓜”略好的相机，当我对准镜头，反复寻找角度时，从远处，山下，稳健轻快地上来三个人，近了才知道，打头的两个，就是昨天傍晚分手的背夫，还是背的煤，多了一个年轻的，一点没少背。他们停步，用手棍支撑背篓，问我们累不累？我反问他们累不累，怎么这么早又上山？他们说，睡一觉就缓过来了，天凉了，山上要储备煤过冬。说罢，又拾级而上。我突然强烈地感到，他们才是这如画风景里的主人，猛然拿起相机，顾不得对焦距，将他们的背影摄下。

前些天报载，上峨眉山的汽车正式通车了，早上从峨眉县出发，到洗象池，走七八里地上金顶，下午返回。过去上金顶要爬两三天。真是现代化建设的好处，使更多中外游客，尤其是年老体弱者能有幸攀上祖国名山峨眉的顶峰。我下决心再去，一定要上金顶，看佛光。不过这样，也许见不到那负重而行的背煤人，那令人怀念、崇敬的峨眉山人啊，哪怕是见见他们模糊的背影也是好的。

1982年11月于北京

异乡茶水

我们将去的是热带非洲。非洲人不习惯喝开水，一杯饮料就对付过去了。这可难坏了我。别说不喝开水，早起不喝茶，什么事干起来也觉着不顺手。平日上班第一件事，就是惦记从五楼下去打开水，沏茶。一天的工作就这样开始了。去过东非的朋友告诉我，那里热得出奇，光喝饮料不解渴，最好自带一个“热得快”去，在旅馆里自己煮开水喝。我辗转借到一个，可惜电压不对，临上飞机时只好怅怅地将它从手提包中取出。听天由命吧！习惯总是可以改变的，环境总是可以慢慢适应的，好在不就那么半个月。快上飞机前，我一杯接一杯地喝茶。这时，我望着书橱里存放的那只陶瓷烧的牛，真想自己也成为一只牛（我可属牛），有一个牛那样大的反刍的胃，将茶水大量贮存起来。

中国民航的空中小姐不断送来饮料：可口可乐，橘子水，咖啡，矿泉水，偶有红茶。红茶虽不比绿茶爱喝，但过了卡拉奇，明显感到热起来，未来的热更可想象，我从空中小姐那里要了许多杯红茶。

到达坦桑尼亚首都达累斯萨拉姆[①]，已是下午，正是烈焰西照之时。我们同行三人旅途一路没有什么不适的感觉。走出机舱，同行的林斤澜同志突然感到一股热浪袭来，有短暂的头晕感觉。在机场贵宾室，前来迎接我们的坦方政府高级新闻官和我驻坦桑使馆文化参赞唐洪同志与我们商谈访问日程，约有一小时。我虽没有头晕感觉，但口干唇裂，急想喝开水。我猛然想起昨夜从家里走时，刚沏的那杯茶，才只喝了一道，如果现在手边该多美！

我们居住的新非洲饭店，是一家相当讲究的旅馆。每套房间都带卫生间，唯一不足的是，空调坏了，又无电风扇，闷热异常。我放下自带的物件，早已满头大汗，正在寻觅解渴的饮料，使馆文化处小蔡、小周抱来了三个国产的暖水瓶，瓶里灌好了开水，并且拿来福建茉莉花茶，同时还带来一个“热得快”。长途夜航生活，加上时差和气温的变化，让我疲乏至极。窗外是陌生的景物，陌生的行人，连行车的左右次序也迥异，一切都新鲜异样。但坦桑人民的情谊，我使馆亲人的关怀，使我很快安静下来。我拉开凉台的那窗门，印度洋的海风徐徐吹来，天空飘来朵朵白云，一天一暴的阵雨快来临了，顿觉凉爽舒适，我用暖瓶里的开水（坦桑尼亚的水！）泡了一杯茶，悠然地观赏起东非名城——达市黄昏的景色。

1982年12月12日

---

① 现首都为多多马。

红红的小辣椒

1946年春天，我从江西回到故乡当涂，开始上小学。两年后，母亲到县东北角一个偏僻的镇上教书，我也随着去，那年我十岁。记得是一个冬日的清晨，我们吃完早饭就动身。过了北门石拱桥，尽是山路。从小在江西逃难，白天黑夜翻山越岭，我走惯了山道，稚嫩的小脚过早地生起了一块块硬茧。可那山，是真正的山，绿荫覆盖的山，一片葱茏，逗人乐趣。春天，挖竹笋，采野果，摘几朵不知名的小花，黄的、紫的、红的、蓝的、白的，送给伴侣。秋天，满山的毛栗子，个头虽小，味道香甜。起初我不会采摘，小手被刺得鲜血直滴，后来学会了先用鞋底拍打。我的童年是在崇山峻岭的摇篮里度过的。我爱山，爱山中的树，山中的溪涧，至今我还怀念那绵亘百里的深山——谁会相信，我亲眼见过活生生的大老虎，会吃人的大老虎！眼下，我跟着母亲走过的这一个又一个濯濯童山，丝毫没有那美妙的一切，稀疏的小树，黄土一片，几只山羊在觅食，枯草在风中抖……三十里地，越走越长，冬天日短，太阳早落山了。在夕阳微光的拂照下，远处，黑幢幢的一片泛起灰白色，这就是我要去的霍里镇。母亲催我快走，我拔了拔不合脚的球鞋，加快了步伐。

小学校在镇边，门前有一个大塘，水位一年到头低落，淘米、洗衣要蹲在石头上深深弯腰。校舍是一座祠堂改建的，空旷、寥落。

夏天凉快，山风呼呼吹来，蚊子多，但风大停不住脚。冬天冷得很，手冻得像胡萝卜，红肿着。晚上进被窝，腿蜷缩着，一夜也难于舒展开。我熟悉的几位小同学，都比我穿得单薄，既没有我戴的破手套，也没有补过的线围巾，但他们对严寒习惯了，并不怎么在乎。看着他们在风雪中那副自在的样子，有时为了逞能，我也故意拣冷地方待着锻炼自己。渐渐地，我也不那么怕冷了。

我的一位好同学，家在与学校贴邻的一个山坡上，孤零零的一座茅草屋。我下午课后常去找他玩。为了挡风，他家的门常关闭着。他的父亲是一位严师，更是一位严父。下午他放学回来，必须背会几个英文单词，才能被准许外出玩耍。我每次去，常常在门外等着，脸贴着大门，眯着眼向缝隙里张望。山头上的风越来越大，吹个不停。我踩在积雪堆上，雪花飘洒满身，我也快成了雪人。当屋内“a book”的诵读声止息，大门启开，他便会敏捷地蹿出来。他获得了自由。我们紧紧抱着，在雪地里打滚，在山冈上慢跑。夏日天黑得晚，我们喜欢去小街转转。店铺陆续上门板了，张家布摊父子装好担子，正踏着暮色回家。卖吃食的小摊这时则活跃起来。这座小镇产山羊和湖鸭。羊糕是这里冬天的一道名菜，从清早卖到燃起煤油灯。当年吃羊糕时那种鲜美的味道，今天已经回想不起来了。盐水鸭四时皆有，南京、芜湖的盐水鸭闻名全国，这里离这两个大码头都不远，做好盐水鸭不难。至于它们之间有何区别，我未作过比较，不得而知，只记得家乡的盐水鸭嫩，不肥。这条几十米长的小街有三四个摊子卖盐水鸭，长桌上放着几个大盘，盘子里整齐地码着七八只鸭子，无一例外，每只鸭尾部都插一个红红的小辣椒，尖头朝上。从上午卖到晚上，常常还有剩货，绝少有人买得起一只整鸭。如果哪天有人真买了整只的鸭，肯定会引起沿街百姓的注目。通常，一只鸭总是被几人或十几人零打碎敲地肢解掉，尾部那红红的小辣椒也无一例外地被主人留下，用来插在另一只鸭子上，好似要使这狭窄灰暗的街面上保留一点红色。那时候，我常爱在鸭摊前看看，慢慢地，那红红的小辣椒像是插到了我的心田里。这座小镇，黑瓦灰白墙，不像徽州一带皖南山区黑瓦白墙，蒙蒙细雨，早晚炊烟浓厚，渐渐扩散开来，将方圆几里的天空染成灰色一团。我不是考古学家，也不熟谙风土习俗知识，不知在留下我童年足迹的这个地方，何年何月始，做鸭子的师傅天才地创造出这富有诗意情趣的一招，至少给我生活在这阴冷灰暗日子里的幼小心灵留下了一点暖色。

记得有一次，远房的一位亲戚特意从外地来这小镇看妈妈。晚饭的菜端上桌了，妈妈叫我跑上街去买点熟菜。我将一只蓝花大瓷碗放在王家鸭摊上。王老头是镇上祖传做盐水鸭的名手，他望望我这小不点个儿，又再次翻了翻从我手中接过来的钱，然后斩了大半只鸭子，替我在碗里排得整整齐齐的，上面一层全是好肉，浇了三匙卤汁。我眼巴巴地盯着剩余半只尾上插着的那个红红的小辣椒不肯走。他笑着说:“好，给你这个。”他将辣椒拔出来，插在我的碗里。我高兴地用双手捧着大碗，慢慢地走，一步一步地走，下坡上坡，怕将这竖立着的红红的小辣椒碰倒。舅舅见我端碗的那副认真劲儿，看看碗里一点红的鸭子，也新奇地笑了。

我至今想不通，在那个小镇里，这么点鲜活的红色怎么会使我长久留下记忆？小时候，我在山里见到的、玩过的、吃过的五颜六色的野花果太多了。4月的江南，一望无垠的金黄金黄的菜花够耀眼刺目，它的折光给附近的房舍也多少涂上了点金色。我乍回当涂老家，一眼见到天井一角有棵天竺，上面缀满了点点红珠子。这是我在江西山里不曾见过的。除夕夜，准备年饭，姐姐摘了两粒天竺珠子，嵌在一条大鳜鱼的眼里。这条眨着红眼睛的鳜鱼，先被端正地放在祖先牌位前，祭祀后又被转移到大圆饭桌的中央。我回家乡不久，不懂得乡规、家规。妈妈不断帮我拣菜，叫我少吃饭，多吃菜，说我从来没有吃过这么多的家乡菜，今晚要吃足。哥哥给我拣了一碟蚕菜，俗语八宝菜；姐姐给我挑了个大肉圆子和精巧巧的蛋饺子。我目光注视着那条大鳜鱼，那对红眼珠子仿佛在向我挤弄。我将筷子伸去戳鱼肚皮，被妈妈用手将我的筷子打掉。我吓呆了，见妈妈生气，急得哭了。事后姐姐告诉我，这是条吉利鱼，象征年年有余，从年三十到正月十五，顿顿饭要端上来端下去，过了十五才能由大人先动筷子。妈妈不是舍不得让我吃，是怕破了吉利。马上家里几个孩子开学，要交一笔学费，妈妈正为筹措这钱犯愁呢。听了姐姐的一席话，我哭得更伤心了。那对红珠子，就这样带着哭声被筷子戳在我的心里了。

联想有时是有轨迹可寻的，有时真有点莫名其妙。我想，插在鸭尾上普普通通的一个红辣椒引起了我如此兴趣，是否与鳜鱼眼里那颗天竺红珠子的转动有关系呢？母亲在学校门口开了一小块菜地，种了冬瓜、小青菜、豇豆，也有几棵辣椒。我每天浇水，突然发现有几棵辣椒上挂着小小的红辣椒，清晨或黄昏，远远望去，恰似野地里燃烧着的一根根红蜡烛。

一年后，母亲离开这个小镇，我也跟着她。从此，三十多年，再也没有回过那里。近两年，有时出差，偶尔能路过当涂。南京开往芜湖的火车站多，本来就慢，当它徐徐地驶入慈湖时，我望着十几里地远处，童年我待过的那个地方，想象着王家小摊鸭尾上的红辣椒，我渴望知道它今天的变化，而滚滚的车轮又将我与它拉远了。

1983年11月

咸鸭蛋和松花蛋

江西夏日的晚饭，少有不伴乘凉进行的。烈日落山了，习习凉风从四面八方吹来，驱散了炙人的暑气。有些晚饭吃得早的人家，这时已悠然地坐在天井里、场地上，摇扇闲谈了。我家吃得算迟的。茶泡饭，辣椒炒豆腐干或毛草鱼，既可口又下饭。如果小矮桌上摆上一碟被切成几瓣的咸鸭蛋，红油欲滴，那就更美了。江西水多，有湖，有江，农村池塘遍布。鸭子比鸡多，我小时候在池塘里洗澡，常常能摸到鸭蛋。据说，鸭蛋是凉性的，去火。夏天大人总设法弄一碗鸭蛋汤喝喝。可在1940年前后，抗战最艰苦的年代，位处大后方内地的江西山区，炒辣椒能配上豆腐干就很不错了，哪里还敢奢想什么肉丝、咸鸭蛋。

我在家里最小，别说妈妈疼我，哥哥姐姐筷子也让我三分。一家人吃饭，只拿出一个咸鸭蛋，有时切成8瓣，我得多吃两瓣。而常常是一个整的放在桌边，谁都不说话，自然全归我了。我有自己的吃法，在尖头敲开一个小口，慢慢扩大，往里掏，由白而红，浸满油的蛋黄最馋人，我舍不得一口吃下，留着，最后将它放到泡饭里，油星飘散，碗里浮动着点点红圈。这时，夜幕降临了，抬头远望，天空正闪烁着密麻麻的星星呢！

去年春节，在一位朋友家做客，当吃着女主人的拿手好菜葱烧鸭时，紧靠我坐着的一位长辈，赞不绝口地说，这是他一生中吃过的无数次宴会中最有味的一道菜。我当时听了他的话，忙将嘴里快要下咽的一块鸭肉又拉回来重新咀嚼，我似乎又品出了些滋味。“鸭子就是比鸡好吃”，不知谁说得这么一句漫不经心的话，将我记忆中储存的鸭子都拨动起来：有池塘里凫水的鸭，有塘边摇晃觅食的鸭，有饭桌上的鸭，还有鸭蛋，生的、白色沾泥的；熟的、淌着红油的……我的思绪竟飞得那么遥远，飞到了那遥远的孩童时代……

孩子毕竟是孩子，有他自己的兴致和爱好。他们结交小朋友那股死心眼劲儿在大人看来不可理解。我的妻子对孩子好没的说了，孩子当着我的面可以毫不顾忌地说，妈妈第一好……前些天，妻要去金陵出差，七八年来第一次外出，对孩子的不放心，难割难舍，差点使她不想成行。走的那天，我到车站送行，问她孩子怎么样？她颇有点沮丧地说：“正要走时，来了几个小朋友，他就忙着看电视，顾不得和我话别了。”是的，我体会孩子的这颗心，我也是这样过来的。

三四十年前，我爱吃咸鸭蛋，在保育院的一群小伙伴中算是出了名的。有一天，那个刘小胖子揣给我一个白净的鸭蛋，说是房东大妈给他的。他微笑着说：“昌哥，你爱吃，给你。”我们保育院的孩子住在永新县城东门台上村，有些集中住祠堂，有些散住老乡家。院里有规矩，不准拿老乡的东西，连老乡送的吃食也不能接受。我母亲是院里的老师，我更不敢违反院规了。刘胖子说：“没事，咱们上河滩去吃。”村后有一条清澈见底的小河，当地人叫它禾川。现在大了，我反而不会游泳，四五岁时，我敢在水里扑腾扑腾，虽然讲不上什么姿势，但能漂在水面上不沉。没有救生圈，喝几口水，横了心就会游了。夏日几乎每天下午要去河里泡泡，在河滩沙地里躺下晒太阳，会突然感到饥饿，嫌日落太慢，盼快吃晚饭。刘胖说，你一人不愿吃，咱们大伙吃。那时男孩女孩在一起玩，上山采花摘野果，捉蟋蟀，小溪里摸鱼，游泳洗澡。五个人吃一个咸鸭蛋，没有刀切。刘胖建议，剥开一人一口。他先在卵石上敲了一个口，壳还没剥尽，液体就滴了出来。大家笑了，骂他骗人。他发誓说是大妈给的，他吮了一口，大声说是咸的，但是生的。一个蛋不值得，否则我们会在河滩上将它烤熟。当年洋火（火柴）奇缺，大人用火镰取火，我们也学会了。有一次用两块石头相击也生火花烧着了草媒。我们在河滩上烧过鱼虾、蚌蛤河鲜吃。这个生咸鸭蛋是大妈送的，还是刘胖偷来的呢？当时没人问起，后来也不可能问了。刘胖在次年保育院一次转移中，因打摆子（疟疾）病死在崇山峻岭之中。我不曾见到他被折磨干瘦而死的情景，我记忆中永葆的是他那张圆胖的脸和“昌哥”亲切的呼唤。

去年夏天，我重返阔别了四十年的赣江，从老师那里，才知道刘胖的爸爸当年是赫赫有名的抗日飞行英雄，母亲是战地救护员，为了一心抗战，将才一周岁的刘胖送到江西战时第一儿童保育院。抗战胜利后，他们没有来接刘胖。也许，他们早已为国捐躯。好些年，好些年，我没有像此刻这样想过刘胖了。有很长一段时间，每当吃起咸鸭蛋，眼前总浮现着他那张圆胖的脸。有一个时期，咸鸭蛋来源更少，我也不再那么爱吃了。我们伙伴中一位小女孩，姓朱，有天她揣给我一个洁净的鸭蛋，她说：“昌哥，这是熟的，咸的。”我望着她，不接也不吭气。她急得说：“真的。”我连蛋带手一把抓了过来。我也顾不上问这蛋从哪里弄来的。刚打了一场摆子体力虚弱，眼看一条痴呆鱼贴在水石边也无力去捉。我需要恢复体力。

我一人，在河滩的芦苇丛里，将这个黄大、油多的咸鸭蛋几口吃下，咸得喝了好几口河水。奇怪，我没有拉稀，这是我第一次惊奇我的生命力的顽强。人活下来，活几十年，在过去那个年月真不容易。一场今天看来根本不算大病的病就可能夺去人的生命。小琴，我幼年时的好伙伴，若她今天活着，也有四十五六了，她在刚刚懂事的时候，不知瞎吃了什么，腹泻不止，转成痢疾。我见到她时，她躺在竹床上，病弱到连苍蝇停在脚面上也无力驱赶。我望着她消瘦得可怕的面庞，轻轻地问："想吃咸鸭蛋吗？"当时我以为世上最好吃最补人的东西莫过于咸鸭蛋了，而这个最好的东西我可以连偷带拿地弄到。她摇摇头，没气力说话。该死的苍蝇可恶地不断叮她，头发上也敢停。我还是从家里偷偷地拿了一个大咸鸭蛋，悄悄地送给她。她看着我放在床边凉席枕头旁。我要替她剥，她摇摇头。没有几天，我又打摆子，被转到另一个村子。半个多月后，当我病愈返回台上村时，一位大姐见面头句话就告诉我小琴死了，吃药没止住。临死前，她还想偷着吃咸鸭蛋。咸鸭蛋有油性，一吃会拉得更厉害，"幸亏没吃"我只记住了这一句话。

她的小坟，就在村后，我们每天去河边的小道旁。我去看她，不是在落日欲下的黄昏，是在一个天刚泛白的凌晨，宁静而又忧郁的凌晨，只见到一个小小的土堆，上面什么也没有，周围有叫不出名字的野花杂草，草上花上沾着晶莹的晨露。东方亮了，我怕太阳出来，让明净的露珠在花上草上多待会吧。她的几位哥哥姐姐不在身边，不知是谁将她安葬的，不会有棺材，准是用她睡的那张破席包裹了她。她身材短小。说也奇怪，坟堆如鸭蛋状，越看越像。四周静得可怕，熟悉的地方，也忽然感到陌生，那边坟丛，一堆一堆，平日印象是一堆堆绿丛。我眼前的这个新坟堆，上面光秃一片，没有绿荫覆盖，这也好，它不能遮拦我的目光……去年，我顶着烈焰，来到台上村，后边的小河近得只有百来米。我想顺着留下我童年足迹的那条熟悉的小路走走。“河滩大变样了！”难得见到的一位当年房东大伯要陪我去河滩看看。我迟疑了一下，还是决定不去。让那颗鲜红的幼小心灵在河滩荒野里，在我日渐衰老的心房里永远埋藏吧！

我长大了。抗战胜利前夕，七岁。大人说我懂事多了。晚饭端出一碟咸鸭蛋，我再不会独霸了。咸鸭蛋给我留下的印记太多太深了……

去年夏天，从南昌上井冈山，清早出去，中午车过吉安就渐渐爬山了。无意见到道旁一个木牌上标明“泰和县”，使我激动起来。这些年井冈山在我的心目中是一个神圣而陌生的所在。原来我是在走一条并不陌生的山道。南昌，泰和；泰和，南昌。南昌是江西省会，沦陷后，泰和一度成为临时省会。

1943年，保育院从永新转移到永丰县，步行了一段，翻越了几座大山，才搭上木炭车去泰和。是夏天，汽车陈旧不堪，老抛锚，走走停停，一停就大半天。谁也不敢下车，怕车突然开跑了。兵荒马乱，坏人和流亡者沿途截车爬车。车里闷热，一走几天。路上的干粮是大人为我们准备的熟咸鸭蛋，装在用旧布缝的口袋里，咸鸭蛋既能充饥又不怕坏。我倒不怎么想吃，希望靠站能吃碗凉粉。可姐姐说身上钱不多，留着有用。我真是又饿又渴，两天后，恶心想吐。姐姐劝我别把身体弄垮了，要吃。在快到泰和时车停了，下半夜大黑天，我下车透透气，几天饿得慌，我不顾一切，连吃了5个咸鸭蛋。本来就渴，吃了这么多咸的更渴，没有开水，只好到路旁池塘里喝生水。衣服穿得少，在车厢里闷了两三天，乍一吹风，经不起凉风的侵袭，没等早上开车，我就吐泻了。当时没有药，只好忍着。吐完了拉尽了肚里的食物，又感到饿，皱着眉头再吃咸鸭蛋。这趟车跑了五六天，40来个咸鸭蛋一个一个吃光了，这下彻底败坏了我的胃口，毁坏了我对咸鸭蛋的美好记忆。从此，我怕吃咸鸭蛋了。幸亏世上好吃的食物很多，一种食物也有多种做法，比如鸭蛋，除了煮鸭蛋，还有多种吃法，生炒整煮，或制成松花蛋。我爱吃松花蛋，比咸鸭蛋还爱吃。

江西内地兴许也做松花蛋，但我吃上咸鸭蛋的时候，却没有注意到还有别具风味的松花蛋。可能它成本高，一般人不大买得起。我记得初次给我美食印象是1945年秋，在吉安。抗战胜利了，我盼着即刻回安徽老家。妈妈已先走了四年。大人说赣江通长江接安徽。吉安临赣江，望着赣江上的每片船帆都以为是去老家的。我不清楚江西与安徽相距几千里，但风帆的移动，使我觉得离家乡很近。

母亲的一位同事，从小待我很好，她后来与一位老教育家结婚，在吉安定居。我从永丰到吉安在她家里住了几天。她夹着一块松花蛋对我说："小昌子，到了家别忘了江西，忘了我们。你看，这松花蛋，玻璃片上还印着松枝花纹呢！"松花蛋皮真有点像带色的玻璃片，我看得出神，舍不得吃。那时我玩了几年石头弹子，在吉安街头乍看到有孩子在玩玻璃弹子，心里痒痒的，恨不得也有，即便有一块玻璃碎片也好。松花蛋皮，透明，布满花纹，比真玻璃还好看。"你怎么不吃？"唐阿姨盯着我说："明天你上船，带几个路上吃！"她从小看我长大的，连我喜欢将好菜留到最后吃的习惯也了解。蛋皮好吃，稀汤的蛋黄也好吃。当年吃法简单，不像现在讲究，撒姜末，浇香油，浇醋、酱油，有的人家还放味精。我初次吃的是本色的不带任何作料的松花蛋，裹着一颗长者关切的心，对一个远离父母只身在外的孩子来说，它的色香味够浓的了。

从吉安到南昌船航行了几天，沿途码头生意热闹，可以买到各种吃食。我在樟树镇长街的药店里看到了囚在铁笼子里的斑花老虎。正是秋天，橘子大量上市。赣江上满载橘子的船只一趟接一趟。不花钱就能吃够，码头上堆放的一筐筐烂橘子中有好的或大部分完好的，我埋头选过，提了一竹篮子上船。我爱吃橘子，橘子代替了干粮，唐阿姨给我的几个松花蛋竟忘了吃。

到南昌后，我们在阳明路一所教会女子中学落脚。校舍漂亮，树多，有体育馆，地下室。我们住在地下室，搭地铺。这里汇集了不少旅人，等船回江南。我结识了一位姓刘的伙伴，比我大两三岁，小脸，瘦高个儿，我们在一起玩了几天，很快熟了起来。

有一天中午，我们瞒着大人一同上街玩，忽然救火车一辆一辆疾驶而过，连续响着尖怪的声音，我们误以为又打仗了，吓得气喘吁吁跑回了住处。进了地下室，才安下心来。黄昏，我们散步到了赣江大桥，他说，明天他就要随父母从这里上船去九江，他指着江的尽头，水天相连茫茫一片，说那里就是，我说我也要到那头去。我们年纪不大，却也学会了用眼泪送别。第二天清晨，我们靠着校园里一座绿树环绕的住宅的栅栏，相约以后写信。当时我还没写过信，想不起问他的通信地址，他也没问我。分手时，我从裤兜里掏出一个咸鸭蛋，揣到他手里，他很诧异，我说："这是熟的，真的。"他望着我，摇摇头说;"你吃吧，我家里有，常吃。"去年在南昌，近黄昏时，二位朋友陪我去这所中学，我一眼看到了那所住宅，树还绿，栅栏也在。我靠着栅栏，请友人代拍张照片，他说光线太暗了，怕效果不好。果然相片灰暗，还不及我记忆的清晰。

我1955年来北京上大学前，有七八年是在江南故乡度过的。这里是鱼米之乡，按时令能吃到各种鱼。不会吃鱼的人，喜欢吃名贵品种的鱼，其实有些杂鱼更鲜美。小城习俗，有钱的人家午饭吃鱼，上午鱼好，新鲜，但价码大；没钱的人家，晚饭吃鱼，渔民下午卖不掉急着回家就贱卖了，鱼自然没有上午的新鲜。

我在中学住校六年，上午最后一节课老师常拖堂，肚子唱空城计。想吃饭，还想吃鱼。可是中午绝少吃鱼，有一次我问伙房的老张，他讲明白了这个道理。反正不管中饭吃鱼，晚饭吃鱼，我都高兴。早饭吃泡饭还嚼点咸鱼干呢！据说我祖母传下来的陋习臭肉不吃，臭鱼可吃，有时还故意将鱼放臭了再吃。是遗传，还是熏染，反正我也能吃臭鱼。那时吃鱼比吃蛋容易。松花蛋更少见，是逢年过节的佳肴。桌上放着一碟切成几分之一小块的松花，自己不能动筷子，由大人夹，至多两块。我们家巷口马家鸭铺的松花蛋是全城有名的。不仅个头整齐，而且蛋皮上印着松枝花纹。家里有次来客，叫我去买。当场剥壳、长着满脸络腮胡子的老马师傅得意地将蛋放到我自带的盘子里说："这就是我们马家的松花，谁家做得出这样的？"他说得神奇，我频频点头，实际上并不明白他说的花纹真的构成了什么吉祥的图案。我冒着料峭的春寒，踩着冰雪正在融化的肮脏的巷道，辛苦了一趟，也只吃到一块，八分之一的松花。

我刚到北京上学，有时星期天穿胡同访友，能见到白墙上用工整的毛笔字写的代做、定做松花蛋的广告。20世纪50年代像我这样来自小县城的大学生，生活是清苦的。我虽然生活、学习在所谓全国最高学府的湖光塔影里，日子过得充实愉快，但要吃上松花却是少到没有的。我记不得大学生活八九年里，我被人正式在饭馆里请过有松花的酒菜。也记不得，在馆子里正式请过别人有松花的酒菜。我记得，我下过酒馆，海淀镇有家夜宵店，一碗馄饨，两个火烧，至多再加一小碟白肉。我请过别人，别人也请过我。松花蛋，作料齐全的松花蛋，在我的眼里有，在我的味觉里是没有的。松花蛋就这样长久地吊我的胃口，煽动我的食欲。

这几年周围的生活有了显著的变化，松花蛋常出现在宴席上。我带孩子参加过几次友人的宴请，孩子最关心冷盘有没有松花，他仿佛知道松花蛋对他的爸爸过于吝啬，现在他要贪婪地吃，代为索取补偿。不管是对半的，四瓣的，八瓣的，十六分之一的，在他看来就是一个完整的松花蛋，都是归他的，也不管是否放了味精，香油，酱油，米醋，他都觉得好吃。他爱吃不放作料的本色的，这点像我，可见遗传因子是存在的。

我坐在解放牌卡车上，任山路颠簸。我躺在车上，仰看天空。我的床板就是一篓篓的松花蛋。那是在“十年文革”后期。我从北京来到湖北咸宁文化部干校。我从伙房的挑水伕变成了连里的采购员。我干采购员的时候，正赶上干校关心“五・七”战士生活来了。所以不像开始时，每顿咸菜，一位老剧作家爱人从南京寄来几个酱菜罐头也被展览示众，大批一通。

有一次，我去村里的合作社，远远看见一堆乱草中，有人在动作，我以为是坏人在干坏事，那时头脑里阶级斗争这根弦绷得紧。走近一看，先见到一个身背，后来站起来一位老人，是一位名作家，兄弟连队的。他认识我，笑着说，你也来吧。我看草丛中有一个已被撬开的羊肉罐头，我问他有筷子吗？他笑笑，伸出了手。我辛酸地走了。

1971年“九一三”之后干校气氛有了些变化。明显的标志之一，就是连里常叫我去咸宁挑豆腐。早起动身，来回三十里地；去遥咀挑鱼，半斤重一条的鳜鱼，一次100多条。再过些时，用解放牌卡车去远道买菜。我到过通山，李自成遇害的九宫山。有一次连长半夜叫我，我刚从城里回来洗了躺下，心里一怔，担心有祸临头。那年头人心不像现在踏实，没事的人都怕万一，何况我并不是没事的人，“万一”是系在我的裤带上的。我忘不了连里一位领导任命我做采购员时的谈话：“你身体不错，相信你能完成任务。不要以为自己没事，不需要监督改造了。我们的眼睛是雪亮的。挑扁担也要讲阶级路线。有事随时报告。你不报告被别人报告就被动了。”我放慢脚步在想象自己即将面临的被动局面。连部灯火明亮。一位说：“别的连今天去嘉鱼拉了一卡车松花蛋，每人买了几十个。大家都高兴，这事对我们连有影响，有人吹风说我们连不关心群众生活。明天你跑一趟，多拉些来，随便买，不管是群众还是被审查的，都卖，群众的生活我们向来是关心的，在这个问题上绝不能让阶级敌人钻空子。”就这样天还未大亮我就同司机小张乘解放牌卡车启程了。

中午，我们到了嘉鱼县一个小镇，我和小张在一家饭铺里吃了生炒黑鱼片，店主人替我们摆了碗筷，还询问我们对菜的口味的意见。菜是很鲜的，特别是主人平易的态度是许久不曾感受到的，所以记忆极深。

下午，我们到了一个盛产鸭子的公社，在食品门市部仓库里我吃惊地看到那一筐筐堆积如山的松花蛋。平日难得的松花蛋，在这里价值大贬，随地都有破碎的正在淌流的松花。我来到了松花之乡，晚饭在供销社吃，除鱼之外，有一小搪瓷盆带壳的松花，有好的，也有破碎的，主人说你们愿吃多少吃多少。我一顿饭吃了不下十个，吃得在车上颠簸起来打嗝老冒松花味。这是我生平第一次吃足了松花。是在当时知识分子吃东西也要偷着躲着，精神屈辱时自由地、精神解放地吃足了的一顿。我带着这种自由感回到连队已是下半夜了。

第二天连里开会宣布，每人可以登记买松花，数量不限，头头那忽然关切的神情使群众，尤其是正在被审查的老干部反而疑惑起来，以为这背后会有什么动作。我上厕所时，就有人急忙问我拉回来多少，够敞开卖吗？问我是不是有意在这个问题上考验人的觉悟。中午各排报上来买松花的数字不多，平日公认的几位馋鬼也只登记买5个，有人还注明如数量不够可以放弃。还是连里一位老干部摸着了人们的心思，他说："别登记了，晚饭后就在一处卖，谁买多少给多少。"他先买了几十个，故意传开。那天忙到深夜，满卡车的货全脱手了。买得最多的一位是正在受审查的著名作家，他买了三次，两次有人在场，各买了20个，后来快收摊时他单独来买了60个。临走时，他向我点头微笑，我猛然想起我熟悉这笑容，前些年我在他送给我的一本选集的照片上看到过这微笑，他年轻时的微笑。我们连队多半是些文化人，有些是人类灵魂的工程师，很会琢磨任何一件敏感事情的含义。对于连部此举，当然有各种分析，不管怎样，这件小事使连里紧张的空气多少有点松弛。

指导员吃饭时能公然剥两个松花吃，这就是合法的象征。深夜本来爱喝几口酒的人也敢用酱油拌松花下酒。一位未解除审查的老人也敢托人带十个八个给在干校另一个连队自己的子女。当然，有经验的老同志还是谨慎的。一再提醒别张扬过分。果然不久，干校领导说有人在否定前一段运动成绩，恰巧这时连里一位尚未解除审查的年轻人，凑热闹与同室的人用松花就酒多喝了几口，据说酒后讲了几句怪话，不知怎么被汇报到连部去了。

第二天，全连点名会上，那位动员无限制买松花的领导又绷着脸威严地说："别以为大家都在吃喝，其实动机大不相同，有人借吃松花，喝酒发泄……"自此，人们吃松花就没有前几天那么大大咧咧了。松花从许多人的碗尖埋到碗底。松花事件，如果称得上事件，对我本人也有值得记存的。松花卖完后，才发现我和卖东西的两三人没有买着。

第二天起，这个消息传开。先是一位老作家给我五个，后来又有一些同志给我两个三个。那两天，半夜从伙房回来，常发现自己的床上，枕边有用报纸紧包的松花。一天中午，我又去村合作社，在路上遇到前面提到的那位在草丛里偷着吃羊肉罐头的老作家，他的背包里鼓鼓的，准又是去买罐头。他站住叫我等等，从背包里摸出两个松花给我，他说："我买了许多，饿了可以当饭。"这是位我尊敬但不太熟悉的老人。现在已经过世了。我记住他给松花蛋时伸向我那只颤抖的手。我的所得是珍贵的，难以描述的。至于所失，说得上的，是我为了打通关系，自己花钱买了两包武汉出的大桥牌高级香烟，还有一包稍次的永光牌。好在那时我刚结婚，没有孩子，这点钱还贴得起。我做采购员一年多，贴过不少这方面的钱，但从来没有人向我谈起这笔损失。也从来没有人批评我这种不正之风，也从来没有人表扬我这"为公"精神。我有时怀疑，连部叫我干采购员这件差事时，除各方面考核之外，是否也考虑到我暂时还没有太重的经济负担呢！我的结婚日期连指导员是记得清楚的，我下干校的头一个春节准假12天回北京，回来超一天，被点名批判。至于算是收获还算是损失我就弄不清了。

这是十年前的事。过去的都过去了，人的胃口有时赶不上生活变化那么快，它的适应性似乎差些。我的孩子老说我傻，咸鸭蛋、松花多好吃，永远吃不够，但愿他如此。上周周末，我们大学同班七八位同学，在母校附近一家饭店，欢迎我们的一位来自异邦的同学，我们都是多年不见了，感触丛生。客人是重感情的，她很关心我们同学这些年的命运。她说见到报纸上有我的文章，她才放下了心。我们频频举杯，她风趣地说爱吃今天桌上的每一样菜，特别是松花蛋。她笑着说，松花蛋很好吃，这是中国的特产。当她发现我的盛菜碟里两块松花未动时，她奇怪地追问我："你不喜欢吃，为什么？"

1984年6月

海棠树下的约会

今年3月，巴金先生从上海来北京参加全国政协会议，巴老一晃竟三年没进京了。他下飞机刚住定，就说这次想去看望几位老朋友，首先提到叶老，他急切地询问："叶老是否还在医院里？"

叶圣陶老先生已九十一岁高龄，是国内文坛德高望重的长者，许多八旬老作家对他都以师相称。叶老不老，给人留下的印象，他犹如逢春的老树。他老人家走路硬朗，说话气足，每天还能喝点黄酒、葡萄酒或啤酒。大家都为他的健康高兴，从心眼里祝愿他百年长寿。可近一二年，虽无大病，他却也数次住医院，胆结石手术两次，明显感到精力不如前几年了，但比起同辈人来总还算好。

巴金看望叶老的信昨天已捎去，今天一早，叶老长子至善和我前去医院。叶老正不安地等候。巴金走进时，叶老忙从沙发上站起来，向前紧紧地抓住巴金的双手："你好！"还不等巴金说完"叶老，您好，我们都很想念你"，叶老又接着说："你要多加保重，多加保重！"叶老送巴金一本新近三联书店出版的自著散文乙集，巴金翻看着这精致的厚厚的一本，看着叶老题签的核桃般大的字，高兴地说："叶老，这些年您写了这么多，您要多注意休息。"叶老说："我写不了什么了，你还年轻，注意身体，多写点。"至善、小林和我坐在旁边，听他俩亲切愉快地交谈，竟忘了这里是病室。两位都是八九十岁的老人，一个多小时很快过去了，巴金说还要去二楼看望也在住院的周扬。告别时，叶老依恋不舍，拄着拐杖，由家人搀扶着，一直送到过道，不住地招手："多保重，下次见，秋天见，再见！"

叶老"再见"的话声还响在我的耳际，现在正当盛夏，秋天不远了。叶老住院，每次都想早点出来。他太重感情，舍不得住了几十年的四合院里的一切，舍不得他的亲人和来来往往的熟人朋友。他不习惯病房里过于寂静的生活。

叶老家院子东北角上有棵上了年岁的海棠树，每年4月中旬开花。十一年前，叶老整八十岁的那年，他与四位少小在家乡熟悉的好友俞平伯、顾颉刚、王伯祥、章元善约定，每年4月19日这天来家里小聚，观赏海棠花。1982年的这一天，我凑巧去叶老家，叶老留我一道酌饮。顾先生刚过世，俞先生和章先生在。第二年也是这个时节，叶老和至善出城去西郊北大看望朱光潜和王力先生。叶老在朱先生家里喝了几杯白兰地，叶老对朱先生说："来碰杯！我们好几十年没有碰过杯了。"叶老还蛮有兴致地到楼前院子里散步，看了朱先生地震时期住过的草棚。分手时，叶老对朱先生说："多加保重！"1983年冬天，叶老早早地带信给冰心，邀请她明年春天来家里看海棠花，冰心也在早早地盼望着这一天。她虽骨折住过院，谢绝了社交活动，但她十分乐意，甚至有点翘盼这次聚会。1984年春天，对叶老一家来说真是太不顺利了，先是叶老住院手术，跟着至善住院手术，接着从南京来协助叶老整理文稿的次子至诚也住院手术。去年叶老家的海棠花依旧盛开，可谁有心思去促成这件雅事？事后，叶老多次说："对不起冰心，今年请不了她了，明年吧！"不巧，真不巧，今年春天海棠花盛开时，他又在医院里。

他没忘记这次约会，又多次说对不起冰心。他不再说明年了，但我从他的目光里看出了他的期望。叶老在病中还如此情感诚挚地惦念着亲友。近年朱光潜先生身体不好，我每次去北大回来，叶老常要问我去看了朱先生没有，他走路怎样？上下楼梯要小心，千万别摔跤！叶老说自己走不动了，只好带个口信问候问候。文化界许多活动都想请叶老光临，一般的活动由至善代表，有些活动叶老坚持要去。前年在人民大会堂召开纪念老舍的会，叶老正在病中，可他说："老舍含冤屈死，一定要去！"会议中间，我在大厅里忽然见到叶老拖着碎步往外走，他的孙媳也是他的秘书兀真悄悄告诉我叶老发烧了。叶老叫我告诉老舍夫人，他早退了。

叶老曾同王力先生谈起现在要他们当顾问的地方太多，叶老说他不想戴这么多头衔，自己做不了什么，不想图虚名。恰巧不久，《红楼梦》电视剧组来请他当顾问，叶老没同意，他自谦地说："《红楼梦》我是读过，很早就读过，也有点体会，但没有认真研究过，所以没有资格当这个顾问。"我在翻阅20世纪30年代叶老主编过的《中学生》杂志时，发现茅盾长篇小说《子夜》出版时，这家刊物上有一则介绍《子夜》的广告，言简意赅，十分精彩，可以视为对《子夜》最早的评论文字。我在一篇介绍这条资料的文章中说此广告很可能出自叶老之手。叶老家里人将这篇拙文念给他听了，他却说这条广告记不清是不是他写的了，也可能出自已故当年《中学生》编辑徐调孚之手。

叶老办事素来认真严谨，与叶老有过接触的人谈起这点都深有感触。八九年前，我在《人民文学》杂志社工作，办公室就在叶老家对门。中间休息时，常去看看叶老，闲聊一会儿。有一天我刚从叶老家回到办公室，有人送来一封信，拆开来看原来是叶老的，墨渍还未干，我好生奇怪。看信后才知道，刚才叶老谈话时提到的一件事，我走后他从家里人那里知道他说的有些细节不确，怕我与别人谈起，以讹传讹，所以追写这封短笺来“更正”。叶老对自己的文稿更是反复推敲，连标点、版式都不放过。他曾为《人民文学》写过一首诗，在附函中说：“倘以为可用，希照式排版，校样望交下一观。”由于编辑工作的粗心，发表这首诗的版式有不合叶老心意之处，我向叶老道歉过，所以这件事印象极深。叶老的文学成就是多方面的，小说、童话、词、散文。从成果来看，散文是他数量最多，使用最久，也最自如的体裁。叶老的散文影响极大，受到几代读者的喜爱。可惜他的散文结集出版的并不多。这两年，至善、至诚兄弟帮父亲整理出版了散文甲、乙两集，近百万言。照理说有至善他俩细心编选，叶老大可不必亲自过问，但他却坚持一一校看这些旧作，改正误排的错别字和文言成分过重的地方，标题不合适的也重新拟定……叶老是在视力越来越弱，精力越来越不济的情况下，戴着老花镜、手执放大镜，在强烈的日光灯直射下一页一页阅看这些原稿和校样的。本文开头说到叶老在医院里送给巴金的书就是这本散文集。巴金听说叶老为了这本书费去了不少心血，边翻看边激动地说：“叶老，要注意好休息，眼睛不行时就少看点。”

我有三四个月没有见到叶老了。天热，他身体好吗？许多人在挂念他。今天下午，从叶老家属的电话中获悉，叶老近来身心均好，这是很令人欣慰的事。我希望就这样“均好”到秋天、冬天，快点出院。我们好去家里探望，习惯地听他随意漫谈，说不定还能陪他老人家喝上一杯老酒呢！

1985年7月

月光会照亮路的

中午就要离开这个海岛启程返回了。大清早又被拉去下了趟海。从海滩回到住所，清凉的早晨留也留不住，烈焰一步步逼来。得赶快冲个澡上街去，还有几样东西没买。阿姨要的花色折叠伞偷也得偷到手。否则她会给脸色看，来了客人她会把香酥鸡炸煳。

我刚换上干净的花格衬衫准备出门，服务员从门外走进堵住了我：

“吴先生，有电话找您，来了两次，嘱咐您回来后千万别再出去，一会儿还会打来的。”

找我的电话？我好生纳闷。在家时，我的书房里每天少不了的是电话铃声。我十岁的孩子从爱接电话到烦电话，听到铃响，低头复习功课的他会突然蹦出一句：“爸别接了！”但这次来海岛纯属休养，没和外界发生任何联系，在这水环波绕的岛上，谁会给我来电话呢？

“是位女士。”服务员瞧着我困惑的神情，补充道，“说一口纯正清脆的北京话。”

“她姓什么？”

“她好像……姓梅。”

反正出去不成，我索性躺在床上，舒展胳膊大腿，借以恢复游泳的疲劳。我的记忆却在默默地、迅疾地搜探着。这个开放城市里，有我大学时的同学，有几位打过交道的朋友，连他们的太太算在内，无一姓梅的。

我的心绪难以平静。想想真佩服弘一法师。前天去泉州参观，听人介绍说，弘一法师出家后，他留在日本的妻室千里迢迢来看他，跪在他面前，数小时泣不成声，他居然不动声色，毫无反应。世人有多少如他一样的遭遇，甚感有更多缭乱如麻的烦忧苦痛，但又有谁能如是的脱俗出世呢?

一个突然冒出的电话，便让人到中年的我像初恋的少年般心神不定，是有其缘由的。这些年，每到春节，我总能收到一张精致讲究的贺年片。贺年片上没有署名，我仔细揣摩过邮戳，发信的地点好像……就是我眼下所在的这座海滨城市……

我猛地从床上跃起，床架咯吱吱地响个不停。神秘的明信片……神秘的电话……一口纯正清脆的北京话……莫非是她?

我想起了一个人。

三十年前，我第一次见到她，是在一个家乡同学的聚会上。那会儿，乍到北京，处处感到不习惯。睡上下铺不习惯，早起口干鼻塞不习惯，吃馒头炸酱不习惯。在学校紧张地度过一周，思乡的情绪格外地浓烈。恰好此时，我收到了家乡同学聚会的信柬。

同乡大学生的聚会，实际上很简单，无非是约好到一个学校聚聚。那时北京的大学里学生食堂兴自由端菜，来几个人，多端几碗菜就行了。清华食堂的炸黄鱼可口，我们常去那儿解解馋。同乡中，有几位大同学已毕业，分在北京工作，熟知我们这些小弟弟的窘况，不时约我们去他们家聊聊玩玩，帮着改善一顿。那次聚会便是清河镇徐哥哥发出邀请的。

星期六下午，胃痛得厉害，我提前从图书馆回到宿舍。进屋后，我趴在桌上，拽过一枕头垫在肚下。从北大到清河镇没有公共汽车，十几里地得走一两个小时。想到今晚也许会有新生刚从家乡来，也许会带些家乡的土特产及一堆有关母校的新闻，内心抑制不住一种冲动。待胃痛稍稍减轻些，我便翻下桌来，走出了宿舍。未名湖在夕阳下静静地躺着，水波粼粼，闪着温柔而耀眼的光。夕阳的余晖流淌过湖面，跃上临湖轩，将花圃映照得梦幻般绚丽迷人。紫红色的玫瑰在轻风的徐拂下，微微摆动，如含羞怀春的少女。我却步观赏这如画的景致，忘记了腹中的不适。像鬼使神差似的，我竟无视花圃竹栏杆上挂着的"不准攀摘"的木牌，忍不住把腿伸进圃内，敏捷地偷摘下一朵最为耀眼的紫红玫瑰，见四下无人，赶紧用一张旧报纸裹好，揣进书包里。然后，大步从成府校门走向清华西门。

当时，我为何要摘下那朵玫瑰？我是想把它献给什么人，还是那会儿已预感到那次聚会将在我今后的人生中插入一段难以忘怀的走调的曲子呢？我不知道。明明白白的是：当我站在那朵玫瑰前激动不已时，冥冥之中似乎有股神奇的魔力驱使着我这个老实巴交的学生越过栏杆，跨入禁地。

我摸到徐哥哥家时，已临近9点。我轻轻敲门，窗帘上透出的光不太亮，屋内也无人声笑语，我以为弄错了约会的日子。正踌躇着，门开了，随着泻出的一线光下，探出一张明亮的小脸。那是张女孩的脸。她一见我，轻风似的旋回去，屋里顿时响起清脆悦耳的叫声："他来了，他来了！"

徐哥哥和他的爱人闻声出来迎我进屋。屋子中央的桌上已经杯盘狼藉。

“人都散了，你才来。”徐哥哥嗔怪道，“好吃的东西都没有了，只有凉菜了。”

我傻乎乎地站着，不知说什么好。我的模样一定很古怪。忽然，屋内的人一齐朝我大笑。刚才给我开门的那小姑娘也站在屋角，笑得前俯后仰。徐哥哥一边笑，一边给我介绍说，那是他爱人的妹妹，叫小玫。

“别急，别急。每个人都给你留着一样东西哩。”徐哥哥的爱人说着，端出一盘盘食品，有王瞎子家小花生米、麻油烘糕等。

我大口吃着这些平常晚上在被窝里靠想象咀嚼的东西，这些在梦里咀嚼的东西，仿佛胃从来没痛过似的。我吃了一阵子，指指胃说，“要不是胃痛，我早来了。”

徐哥哥被逗乐了，说：“你要说头痛我信，胃痛鬼才信。瞧你的胃口，像口大铁缸。”

大家又一阵哄笑。我蓦地抬头，看见小玫那妩媚的笑脸，目光电流般收回，浑身感到不自在起来。

说说笑笑，很快已是深夜。徐哥哥见我起身欲走，叫小玫送送我。我们穿过林荫小道，来到了公路。月色真好。不知为什么，我俩都没说话，只是默默地走着。我第一次和一个异性在这么好的月光下散步，心由此咚咚地猛跳。

临分手时，她将提着的书包还我。我想起书包里的那枝玫瑰，情不自禁地拿出，递给她：“这支玫瑰好看吗？送给你。”她一顿，迟疑片刻，方才接过去。她收敛了笑容，目光直直地看着远处。

“天黑，我再送你回去吧。”我说。

“不黑，月光会照亮路的。”她用纯正而清亮的北京话说了这么一句，扭身走了。娇小的身影一颠一颠的，渐渐远去。

我的心一热。

我是带着这句话上路的。我从未发现，月光竟如此明媚，如此柔曼。尽管夜幕遮掩了人世间的一切，月光，真的把眼前的路映照出去，把路面的每一粒小石子，把路旁的每一株小草，都照得清清楚楚。景物的原色皆被月光拂去，闪着银一样的光。路过圆明园，我乘兴走进去，全无了来时的荒凉感，简直像走进一座奇异的水晶宫殿……

从此，我有了一个爱好：在似水的月光下散步。

五六年后的一个春天，我在宿舍里赶写研究生毕业论文。燕园的春意正闹，与我是无缘的。身子好长一阵子的浮肿虽然消退了，体力尚未恢复，我顾不得了，日夜准备着论文。

星期天的上午，老古一闯进门便嚷嚷开了："你还在用功！啧啧，这房间也真乱得可以呵！"

老古和我大学同宿舍五年，以前其实也和我一样懒散，毕业后分至一家党报工作，当了小头目，衣饰好像也考究起来。

"看，我给你带来了一位客人！"

我这才注意到，他的身后跟进了一位二十多岁的姑娘。

我忙着让座，只有一个板凳，忙着倒水，没有茶叶，水还是一两天前打的，冒着些微热气。

待我安定后，老古指着那姑娘说："你们是老朋友了，怎么，不认识了？"

我大着胆打量起那姑娘。是个漂亮的姑娘，剪着短发，皮肤略黑，白衬衣，黑裤子，光脚穿了双镂空白塑料鞋。她抿着嘴窃笑，神情间流露出一丝傲气……我猛然一惊：她……不是小玫吗？

老古告诉我，她现在一家工厂团委工作，是他们报社的通讯员。有次闲谈，她才知道老古和我是同学。她说看到我写的文章在报上发表后，想请我去她们团委作报告。

我不知道她是真的要请我去作什么报告，还是想来看看我，总之，我又莫名其妙地兴奋不已。自她来到后，滞板紊乱的小屋里，空气好像一下子活跃起来，窗外枝头的绿叶仿佛也鲜亮了许多。

可是，毕竟她不再是五六年前见到的那个小姑娘了。是因为长大了，成熟的姑娘本能地要和人保持一种距离，还是她那身朴素的打扮平添了令人难以接近的严肃感？我说不出。

这次见面后，我心里怅怅然有种失落感。

毕业论文把我搞得肝痛发作。她来过一次电话请我去讲课，我无奈地说过一阵吧。她再也没来电话，再也没有亲临我凌乱的小屋。常常，生活中的一小阵不经意就变成了一大阵。很久没再见到她，万万想不到，后来竟是在那种情况下再遇上她的。

新婚之夜，几乎对每个人来说，是幸福、陶醉、诱人的时刻。然而，这幸福，少不了安全、静谧的氛围。我真不愿回想，因为我的新婚之夜没有饱享幸福。我和我的妻，在那一夜，内心始终悸动着深深的不安。

小玫，本来可以安抚那个夜，但是她没有。她的失约使我潜伏于心底的不安潮水般涌动起来。

1970年春节，我已三十二岁，我的未婚妻也二十六岁了。那会儿，我正在湖北干校从早到黑地劳动着。连里准不准我回家结婚，我心里没底，整日价提心吊胆。我未来的岳父正在受审查，但他和女儿毕竟不是一回事；日渐浩大的深挖“五一六”运动的声势，使我对自己的前景莫名黯淡。下干校前，我曾被戴过两个月的反××的帽子，后来工宣队、军宣队说这是群众搞的，不算数，我又成了群众。原先一直是群众的几个平日与我颇为接近的人，却一个个成了“五一六”，被揪了出来。报告会上，头头们一再说还有坏人，必须挖尽挖彻底，想起来便让人心惊肉跳。

那天，在稻田里，我正好与倪政委一起干活，我揪着心向他说起我想请假回去结婚。不料他爽快地说：“好！恭喜你，回来别忘了请吃糖。”他的这句“别忘了”很叫人安心，心境顿时开朗，我觉得“五·一六”似乎与自己脱了干系。

晚上，管我的后勤排长通知我，明天即可动身，加路程，来回不能超过12天。后勤排长与我是熟友，他严肃的口吻，又使我疑惑起来。那个倪政委说话虚虚实实，难以认准。前些天，一个人刚外调回来，下午还在汇报专案情况，倪政委表扬他工作细致，很有成绩，到了晚上，我在伙房拉风箱偷听到后勤排长布置人准备屋子，明天要把那个人揪出隔离审查。

翌日清晨，下了一夜的雨，十几里地的新堤滑腻腻的，像浇了一层油。我孤身一人挑了点简单的行装进城赶车去了。四野寂寥，冷清得无声无息。“问小钱好！回来时别忘了带几盒香山牌香烟回来。”这是一位受审查的老作家往厕所去的路上偷偷撂给我的唯一一句送别的话。

抵达北京的当天，妻也从河北农村坐夜车赶到。我们向机关留守处借到一间十平方米大小的房间，住了下来。整幢楼空荡荡，一间间屋全锁着，加了封条，偏偏只借给我这么小一间屋，还不如干校住的那间大。留守处那熟人阴沉着脸，毫无通融余地。我真疑心别是倪政委给他来过电话，这样安置我故意弄个圈套，新婚之夜把我揪出来！

也没准备什么，第二天我们就筹划婚礼。我在北京学习、生活了十五年，同学、朋友有一大串，光我参加过的婚礼也不下百次，然而，轮到我结婚，谁能来为我祝福呢？除大多数下干校的之外，地位上升的不便来，想来的来不了……我岳母下午偷偷从自家抱了两个枕头来，放下不一会儿又偷偷走了。

楼是空的，人情也是薄的。倒是楼下一朋友家的孩子，天不怕地不怕，帮我们收拾屋子，替我们借床、借桌椅，还用灵巧的手剪了几个图案贴在墙上……

千谢万谢后，我送孩子下楼。在院里，遇见一位著名老作家。他是我们机关的，因病重留京接受审查，当他知道我此行目的后，连声说，恭喜，恭喜！他还说五层楼爬不上去，晚上就不来了。我永远记着他的祝贺，可惜我回干校不久他就病逝了。

下午我上街去洗澡。我已记不清有多久没洗澡了。我躺在澡堂的热水池里，舒舒服服地泡了泡。我走出澡堂，浑身说不出的舒坦轻松。天，阴沉沉，丝丝的细雨飘下来，滴在我热乎乎的肌肤上，格外地凉爽。我随着人流朝前涌去，就在那一刹那间，我看见了一个熟悉的身影。我的心一热，紧追慢赶，终于拽住了那人的衣袖。

就这样，我又一次遇见了她：小玫。

她仍剪着短发，二十六七岁的样子，一身很流行的军装，裹着她已成熟的躯体，颇为精神。在这个时候遇见她，我显得有些激动。我想问她在哪儿工作，一想我目下的处境，又难以启口。时至今日，我已忘记了当时我究竟与她说了些什么，我只记得，我话说得极快，且有些语无伦次。我说："我要结婚了，同谁结婚你知道，就今天晚上，你要来，一定要来，我和我的爱人等着你，你可千万要来，要来啊！"她当时说了些什么？她好像抿嘴一笑，说："祝贺你。"然后她用不冷不热、简短的话语告诉我，她就和我们系统搞专案，常去我们干校。我像被兜头泼了一盆冰水。我这才明白她为何要用那种语调和神情与我说话，我真是个笨蛋。我沉默了，她也沉默了。但我深深懂得：月夜下的沉默已一去不复返，眼下的沉默留给人的只是心酸和苦涩。

似乎为了安慰我，她又说了些什么。看着她那熟悉的目光，听着她清脆悦耳的语音，凭借对往事的搜索与明晰的记忆，我鼓足勇气，邀请她晚上来作客，并告诉了她我的临时住所。

她点点头，说："现在要去办点事，晚上见。"说完，匆匆地消失在人流中。

我从她肯定的回答中，获得了某种信赖感和安全感。回到家，我把这个消息告诉了妻，我希望妻的紧张心理得到缓解。我试图用兴奋的情绪传达给妻这样的信息，我们会有一个无忧无虑的新婚之夜。我们并不孤单，我们的家会像这座京城里每一个温暖的家庭一样，因为我们生活在他们中间。

我们把桌子擦干净，放了一碟奶糖，还有几块锡纸包装的果仁巧克力，茶杯一个个整整齐齐搁那儿，放了些珠兰花茶，客人一到即可沏上。我还兴冲冲跑去买了几瓶葡萄酒，妻精心做了几个菜，只盼着客人早早来到，使这小屋洋溢热闹的气氛。

我和妻忙完了，面对面坐在桌旁，眼巴巴瞧着门外，楼道口些微的声响都会使我们迅疾起身，迎出门去……

万家灯火时分，小玫还没来。妻怪我没说清楚，我安慰她说：

客人可能有事耽搁了，吃了晚饭准来。

8点了，我怕客人下了公共汽车找不到这幢楼，又一次次跑到车站，在车站上等着。久了，又恐客人已到，跑回来不见人影，又跑到车站……就这样，来回折腾到10点，11点。我丧失了信心，和妻默然相坐，内心的不安又蠕动起来：莫非她知道我有问题不便来？或是分手后她听说到我的什么消息，或是干校方面与她打了电话？

我胡思乱想着，到此时，妻反而比我稳重多了。她看看我，走到窗前，推开窗子，说："多好多静的夜呵，妈妈爸爸他们都该睡了。"

我苦笑了一下。我明白妻的话，这些年，她家里经历过数次抄家、绑架之类的事，对宁静的夜有种说不出的感情。我强打起精神，努力驱走不安，朝妻微笑着。

我俩就这样互相望着，其实内心都感到某种隐隐的危机潜进，只是谁都不说。毕竟，这是我们冷清而安谧的婚礼呀。

推测常常不可靠，预感却往往能够灵验。新婚不几天回到干校，我就被打成反革命，关押起来强制劳动。

火车连着汽车，我是傍晚时分回到连队的。比原先规定我返回的时候晚了半天。走进伙房时，连平日里与我很亲热的小狗，也站在塘边用陌生的眼光向我张望，仿佛不认识我似的。

连队晚点名时，我被说成是有意违反纪律，要我第二天交出书面检查，贴在食堂的墙上。

倪政委见到我冷冰冰的，不再提请吃喜糖的事。

要抽香山牌香烟的人也无声无息了。

我不敢拿出喜糖来分发，偷偷将一半送给房东的孩子；另一半原想方便时给几个好友，后来一直没机会，我也无心吃，天潮得淌水，我就在一个晚上偷偷挖个洞给埋了。香烟呢，我留着自己抽，想不到这玩意儿还挺能解闷。我就是从那时开始学会抽烟的。

第三天早上上工集合之后，一位当时是副连长的我的老同学高吼着朝我扑来，说我表演够了，该站到我应该站的地方去了。事情很清楚：我被揪出来了。在他眼里，我的结婚是场表演，那就是说，原本结婚前我就该被揪出来，因为要体现政策的温暖，才有意成全我。我真不知道应该感激他，还应当憎恨他。

体罚了一天一夜后，我被关进一个空荡的堆稻谷的库房里。同住的还有两人，一位是被称作“老反革命的”，另一位是曾揭发我是“反革命”、自己最后被宣布与我是一丘之貉的“反革命”。专案组以为我们三人不会通气，将大门锁了，不派人看管。其实，事到如今，我们三人都知道这是场闹剧，反而走近来说些真话了。

大学时，我怕看星期天的落日黄昏，关押在库房里，我却变得喜欢黄昏时的景象。只有在这个时刻，死一般可怕的小山村才弥漫了生气。出工的人们披着落日的余晖从山那边走回来，我趴在窗前看着，双手抚摸着粗粗的锈红的铁栏条，心里默数着。倘发现熟悉的朋友中少了谁，我会异常地难受。有一天，我数到收工队伍人员中的最后一名时，心里咯噔了一下，因为那身穿军装、剪着一头短发的女人分明是小玫。我揣度着干校专案组大概下到我们连里蹲点了。

同住的“老反革命”常被派去拉板车，上镇买东西。有次他问我需带点什么回来，我说我想吃炸小鱼。晚上他便替我捎回5角钱一包的炸鱼。谁知我正带头带尾地大口吃鱼之际，突然门外铁锁被打开，冲进七八个人来。负责看管的头问我鱼是从哪里弄来的，我不愿暴露“老反革命”，只是支支吾吾不回答。情形正十分严重时，一个人走到我面前，用清脆的北京话说，以后不准吃这种不干净的食物，听到没有？我抬头一望，愣住了：是她。从她透出一丝温存的目光里，我似乎领悟到什么，感激地点点头。其余的人见此情形，也不好再说什么，纷纷退出。

打那以后，她的身影好几次掠过窗前。我们遥遥相望的眼神总有些异样。有次没人时，她突然靠近来，从窗外扔进一句我意想不到的话：她提醒我与同屋的人说话也要留神。

过了几天，我被叫出去提审。坐下后，方才发觉，她也在场。另外一位专案组成员要我交出我读研究生期间的笔记本。原来，我的一位同学“文革”初期写了一份材料揭发导师有反毛泽东文艺思想的言论，其中提到我的笔记本记得最详尽。我曾核对过笔记本，发现那同学的揭发材料纯属断章取义，有意整人。一场历史风暴里发生的一切，未必件件都像历史学家、小说家描绘的那样具有深刻的社会政治原因。有时个人的一些卑微动机也能酿成恶果。那位同学之所以这样做，不过是因为导师曾拒绝借《金瓶梅》给他。我不愿交出这本笔记本，不仅是它记录了几位我所敬佩的导师有价值的研究成果，还因为这本子是我一位最值得怀念的中学老师所赠。这位连续几年被评为先进的中学老师和打成右派的丈夫离异后，带着唯一的女儿在僻远的一个小镇上艰难地活着。1960年秋天我去看她，她是含着眼泪将这本笔记本赠送给我的。

屋子里的空气有些僵滞。那个专案组的成员为我的倔强态度隐隐恼火。过了许久之后，小玫开导我说：“笔记本只是借用一下，这样对解决你老师的问题也有帮助。我们用完后会还你的。”

倘若没有她，我也许永远不会交出笔记本。但她那悦耳的、曾打动过我心灵的语音无异于一支催化剂，我的坚固的精神防线崩溃了。我想，她是我的保护神嘛。

谁能想到，笔记本交出后如泥牛入海，再也难以寻回。时至今日，我还常常为此而扼腕叹息。

日子滞重地流逝，快过中秋了，我望着远处田野里如霰如银的月光，思念起跟随二姐在辽北落户的妈妈。今年是她六十岁生日，我这个不肖儿子又能给她捎去些什么呢？人在自由的时候想不到这些，不自由的时候偏偏想干些自由的事。口袋里仅存三十元钱，工资暂时被扣发，连妻给我的信件也由专案组代为保管，怎样才能凑齐更多的钱，向老母亲表一表一个做儿子的心意。

我又想到了她。

我天天趴在窗前，搜寻着她的身影。终于有一天，她走过时，我招手让她过来。我低声说："能不能借我三十元钱？"她一声不吭，随后点点头，说明天收工后送来。

第二天，一直到深夜，仍不见她的影子。我以为她有事外出了。第三天收工时，我看见她与倪政委边谈边朝这儿走来。我死死盯住她，她看都不朝这儿看，绕过水塘边的小路走了。连着几日后，我才恍悟：她是在回避我。她为什么答应了我，又不践诺，难道我又有什么新的问题？

几天后，连里召开落实政策大会，我被带去旁听受教育。大会进行到最后，倪政委作总结发言。他谈到近来连里阶级斗争的新动向时，举了一条令我吃惊的例子。他说有人想借钱逃跑，幸亏我们的同志警惕性高，及时汇报了。

我镇定了一下自己的情绪，心想我借钱是为了寄给妈妈过生日的，既然没有指名道姓，我又何必将这罪状往自己身上粘呢？但从那以后，我再也不愿见到她了，我再也不扒着窗子，随流泻的月光，作无边无际的冥想。

数月后，我被下放到群众里接受改造，干活时从别人那儿听说，小玫回北京与一位军代表结了婚。

再后，我解放了，成了群众。又听说“九一三”事件后，她随丈夫去了外地。

到现在我也想不明白，她为什么向倪政委告发了我。借钱这件事只有我和她知道呀。也许她真的以为我想叛逃？人真是难以猜透。人可以搞透世界上的一切，唯独不能搞透人自己的心。

电话铃响了，我急切地奔去拿起话筒，是同伴们催我去餐厅用餐。我轻轻吁出郁积的一口气，为自己的失态而感到好笑。

用完餐回到房间，服务员说仍没我的电话。我怀疑起自己的判断，可预感却强烈地攫住我：不是她，又是谁呢？

人的踪迹竟这般飘忽无定。它悄悄地接近你，当你听到了脚步声，它又悄悄地停住或折向他处。我没有时间再等了，得渡海去小商品市场买东西。我嘱咐同伴，半小时后在渡口等我一道去机场。

气喘喘赶到轮渡码头，一班船即开出，对面又有一艘船朝这边驶来。岛和陆地的距离很近，仅几百米。我隔海观赏滨海城市的绮丽风光。

船靠岸了。我正欲抬腿踏上舷板，一个小孩拽住我，递给一张纸条。我问他是谁，谁叫他送来纸条的。小孩什么也不回答，转身消失了。我被人流簇拥上船，急切走到船头，打开纸条，上面是用圆珠笔潦草写下的几行字：

“你的文章能找到的我都找来读了，为你的成就高兴。你的头发怎么白得这么快？多保重。下一次再见你吧。

小玫”

是她！我忙回头朝岸上望去：码头上人流涌动，哪个都像她，仔细一看，哪个都不是。但我相信，她就在那茫茫人海里注视着我……

船启动了，海风拂掠起我鬓白的头发。船朝对岸驶去，船舱拥挤着的都是些陌生的面孔……

下一次，为什么要下一次？为什么不是这一次，还要等哪一次？

很快，船与码头的距离拉得愈来愈远。在这又大又阔的空间里，海水汹涌起伏，螺旋桨震耳欲聋地响着。

1986年9月于北京

鲜鱼浓汤

我不是渔民之子，但我生长在水乡，河鱼可没少吃。各种花色的鱼，名贵的，普通的。新鲜的，活蹦乱跳，两颗眼珠子直瞪着，还透着水气；不新鲜的，烂了肚皮，苍蝇爬在鱼身上赶了又飞回来。我吃过多种做法烹制出来的鱼，红烧的，清蒸的，白炖的。我们家乡腊月家家都腌咸鱼，年三十起饭桌上就少不了一盘咸鱼，肉红红的，我很爱吃，咸鱼烧鲜肉更可口。有一次一条十几斤重的大青鱼，腌制后，晾晒不够，发臭了。妈妈怕吃了生病，打算扔掉。同妈妈商量半天，才答应蒸一小块看看。鱼蒸熟后有点臭味，但肉还不粉。我吃了一块，很对胃口，一气全吃了。妈妈笑着用筷子戳着我的头说："怕是有遗传，你奶奶就是不吃鲜鱼，爱吃臭鱼，暑天将鲜鱼吊在屋檐下，非等苍蝇叮了才吃。"妈妈说，臭肉是绝对不能吃的，臭鱼吃了没大事，这是你奶奶的话。从此，我就心安理得地"遗传"上了吃臭鱼。

我们家小天井西头有棵天竺，每年飘起雪花的时候，一进院就看到树上缀满了一簇簇红红的果实。有一个时期，不知怎么想起的，吃了一次鱼，就去摘一颗小红珠子，积攒在一个脱了漆的小糖盒里。一天放学晚了，回家时已近黄昏，进院我习惯地看了一眼天竺，红的一团团变得昏暗一片。我猛然想起，是我近来天天摘，把红珠子摘得少了。我们家的平房本来就陈旧，缺乏色彩，我很害怕这红红的小珠子少了，黄昏会来得更早。

不久发大水了，据说是百年未遇的大水。那时我上高二，日夜在挑土筑堤。一阵暴雨，远处一片骚乱，一段河堤崩了。我随着人流往家跑，四五里地，待我上气不接下气跑回家，水也跟着到家了，只见我和母亲膝盖以下全浸在水里。我们爬上阁楼，水也跟着上来。傍晚水势开始平稳，县里组织木船运送居民转移到附近的小山上去。是夏天，满天星斗，坐在船上，心底反而宁静了，能清晰地听到鱼儿在远处的跳跃声。那年几个月鱼不是当菜的，几乎成了主食。我们在山上搭起一个简易棚，常常是用水煮鱼，没有什么调料，开头几天还吃得下，渐渐一端起鱼汤就感到恶心。大水退去后，学校里也是天天顿顿水煮鱼，乱七八糟的鱼，不新鲜的甚至有臭味的鱼，每次能分到一大碗。好在我有吃臭鱼的遗传，许多同学吃了泻肚，有的干脆不吃，我还能吃得下。冬天校运动会，我长跑拿了名次，看来与这一碗一碗鱼汁的滋补有关。

到北方上学的八九年，我和家乡鱼的缘分大大减少了。食堂里能吃到的尽是黄花鱼和带鱼。不是红烧，清蒸，白炖，而是油炸，拖满面粉的油炸。慢慢习惯了，海鱼，油炸的也好吃。起初两年，食堂实行包伙，每顿三四样菜，自己挑选一种。你只管站在窗口，炊事员就会递给你一份。有回我吃着一条刚出锅的油炸黄鱼，香酥味美，似乎还夹有点臭味。我想再去端一盆，好解馋。但害怕被人发现丢脸。犹豫了一番，敌不住食欲的煽动，硬着头皮换了个窗口，拿到一条比刚得到的还大的油炸黄鱼。我躲在一个角落里大口吃，咬出一口鱼的肚肠，还有苦涩的胆汁，我差点呕吐出来。我想这该是报应，谁叫我贪吃一条不该吃的鱼。从此我不大愿吃炸黄鱼，而改吃炸带鱼了。炸带鱼好吃，可量少，常常不够吃。

寒假我回家过年，中学同学从全国各地回到江南小县城，少不了得到亲友的款待。我们从初三起轮流到各家作客。胡妈妈知道我爱吃鱼，这些年在北方吃不到家乡鱼，看我对着桌上一大盆肉圆子、蛋饺子不动筷子，她笑着说：“小昌子，今天特意做了一道你喜欢吃的菜。”她从厨房里端出一个热腾腾的砂锅，打开盖子，是浓厚的乳白色的汤，她用筷子翻出一大块鱼，她说，“这是黑鱼汤，炖了一个下午了。”她催我快喝汤，说凉了不好喝。我喝了几口，确实鲜美。“味道全在汤里了，多喝点汤，肉不吃也可以”，我又喝了一小碗。晚上回家，我问妈妈，我们家怎么不吃鱼汤，怎么不买黑鱼炖汤？妈妈说，你们家祖传就不吃鱼汤，你奶奶爱吃臭鱼，有些鲜鱼都做不成汤，臭鱼还能做汤？黑鱼你们家是放生的，从来不吃。

想不到吃鱼还有那么多家规。在我的眼里，鱼都是可口的佳肴，鲜鱼，做法好的，我都爱吃。我无意遵循了家规，又无意违反了家规。其实，我吃黑鱼，喝黑鱼汤，这非初次，记忆深深，在很早很早之前我就喝过。

抗战胜利的第二年春天，我从江西搭民船回安徽老家。船行至安庆，由于载夏布过重下沉了，姐姐和我幸运地被人救上岸。姐姐恳求一位南京的船主顺道将我们捎上。过了芜湖，姐姐着急，坐在船舷上四处找船。我们县城在一条内河里，大船不会因我们开进去，船主只答应将我们转送到一条小船上，这对我们就是很作福的事情了。还是姐姐眼力好，不远就有条小船，满船的人替我们喊叫，小船摇过来了。我们用目光哀求他，说好送我们到家时再酬谢他。毕竟是到了家乡，乡情能感动人。那位上了年纪的船主，点点头，叫我们上船。小船从长江向内河驶去，离妈妈渐渐近了。我四岁离开妈妈，家乡的一切对于我既亲切又陌生。颠簸了几天，这时才感到饥饿。我坐在船舱里，桨声在拨动我的心。姐姐见我在注意船舱里冒热气的一口锅，也眼盯着看起来。热气越冒越大，香味扑鼻而来。桨声突然停了，船主进舱来，看我们姐弟俩这一副疲惫的脸，和善地说："没吃饭吧，我煮了鱼汤，一道吃罢。"老人找来一口碗，一把破匙子，打开荷叶包里的一点粗盐，叫我们先吃。他揭开锅盖，浑黄的江水里煮着一条大黑鱼。他用匙子将炖烂了的鱼划成几段，我和姐姐合用一个碗共用一双筷子。姐姐舍不得吃，她的那份也叫我吃，她只喝了半碗鱼汤。老人对我姐姐说："这孩子真饿了，叫他把锅里剩的也吃了吧！"我留下了那块鱼尾，又喝了大半碗鱼汤。回到家我扑在妈妈怀里哭了，奶妈问我吃饭了没有，我连声说："不饿，不饿，鱼汤喝饱了。"

我很晚才知晓这个奥秘，为何同样是鲜鱼炖出来的汤，有的是白的，有的是清的。"文革"的头几年，当时我还是个单身汉。星期天发愁没处去觅食，我们楼下一对夫妇，是老同志了，经常给我这点方便。不管他们是"专政对象"，我是"革命群众"，或我是"专政对象"，他们是"革命群众"，我多次去他们家吃我爱吃的鲜鱼浓汤。不是鲫鱼，黑鱼，就是普通的水库起网的草鱼。关键是用油将鱼稍稍煎一下再煮。后来我下干校当了一段采购员，过些天跑趟鱼市，鳜鱼，鲫鱼……我真想自己买一条，炖出乳汁似的汤来。当时既没有条件，也不敢，厨房的席棚上"千万不要忘记阶级斗争"的大标语时刻悬在我的心上。

这几年，到江浙一带出差，不时能吃到鲜鱼浓汤这道名菜，黄鱼，加上雪里蕻。想不到今年秋天，在南京一位阔别了三十五年的中学同学家里吃到了黑鱼汤。他打开冰箱说凑巧前几天买到一条黑鱼，炖汤吃吧，吃了暖暖和和地上车。因急于赶车，汤刚刚呈现白色就吃了。主人是搞建筑的，爱好文学。他准读过陆文夫的《美食家》，知道汤要少放盐；他也许看过我写的回忆儿时吃盐水鸭的散文，记住了那颗红红的小辣椒，特意切了红辣椒丝撒在汤上。汤是白的，鱼皮是黑的，辣椒是红的，我喝下了五颜六色，暖暖和和地登上了驶往北方原野的列车。过了济南，只见窗外一片皑皑白雪，我想起了高龄重病的母亲。这次见她时，她对我说："这些年你头发虽然渐白了，但精神还好，小时候真怕你活不长，你一落地就赶上了抗战，带着你黑天白夜地逃跑，我没有奶。常用鱼汤喂你。"啊！鱼汤，我的乳汁……

1987年冬日

燕园的黄昏

记不清从何年何月起，我养成了一个不好的习惯。即便是白天，阳光满照的白天，我一回家，一走进凌乱不堪的书房，一伏在杂乱的书桌前，就习惯地扭开台灯。二十五瓦的灯泡散发出昏黄的光圈，将我的身影笼罩在昏黄的一片里。我喜爱在昏暗的光线下，看书，看校样，听音乐，抽烟沉思。我总感觉，这昏暗能给我带来什么，心绪宁静时能使我渐渐变得不宁静乃至微微地骚动，心绪烦躁时能使我渐渐宁静下来乃至忘掉了这昏黄。我说不清也不想去剖析这种心态。反正它给我带来了难求的益处。当我在苦苦地思考问题，或专心写作时，被一个不愉快的电话破坏了情绪，在这昏黄的光照下，抽一支烟，听一支曲，即刻能将这突如其来的不快驱散。这些年，我的许多文章就是就着昏黄的灯光写下的。

绝不是我的视力太好而适应了这昏黄微弱的灯光的。我的视力并不好。大学毕业体检，就有二百度的近视，大夫劝我配眼镜，叮嘱我夜读时务必戴上。当时没有钱，也顾不上爱惜自己的身体，至今也没有戴上眼镜。那是近三十年前的事，现在年岁大了，据说轻度的近视能自然变化成不近视。我在中学几年，晚上都是就着菜油灯复习功课的，光线昏暗微弱，看书很吃力，眼睛发胀。怪不得那时，我常喜欢面对冉冉升起的一轮红日，面对着中午的烈日骄阳，好补充、储存些阳光。

我第一次踏进燕园，被千百张新同学那亲切微笑的面容激动得忘了时辰。当我被领到暂做宿舍的小饭厅中一张上铺，将行李稍稍安顿后，就有人来招呼我去大饭厅吃晚饭了。我去窗口端了一碟炸带鱼。我的家乡是鱼米之乡，几乎天天吃鱼，可海鱼却是头一次吃。我先用筷子夹着吃，后来见到别的同学用手拿着吃，我也学着这种吃法。从乡下进京城，从一所县里的中学，来到这所被称为最高学府的名牌大学，一切都感到陌生新奇。记得临上火车时，班主任张老师一再关照我，到了那里，时时小心，多向老同学请教。我见到许多老同学将菜盖在饭上，一边吃，一边在饭厅周围橱窗看报，我也跟着走了过去。所不同的是，我一时还不善于边走边吃，边看报边吃。我只管看报，从这个橱窗到那个橱窗，从这张报到那张报。待想到碗里的饭和一块块焦黄的带鱼时，饭也凉了，鱼块也凉了。我感到有点冷，黄昏来临，秋意袭来。

我被一位高班同学带到未名湖畔。幽静的小道、秀丽的景色使我忘却了三天三夜旅途的辛劳。临湖轩一带一团团一簇簇的翠竹在微微地晃动，这一团团一簇簇模糊的黑影在神秘地引逗着我。有人去湖边散步，也有人急匆匆地行走。老同学告诉我，这些匆忙的人是去图书馆占位置的。我抬头望去，在树丛的近处远处，星散似的大屋顶的建筑里灯光亮了，昏黄的点点。一个黑影迎面迟缓地移动，接近时，我才辨出是一位老人，瘦小的老人，手里拎着一个书袋。待老人慢慢远去之后，老同学说他是哲学系的一位名教授。似乎看出我不解这老人为何这么晚才回家，同学忙解释说，教授也常跑图书馆，他准是下午去查资料，弄到现在才发现该回家吃晚饭了。我好奇地回头去看他，他已消失在黑暗之中，昏黄的路灯孤独地高悬着。

我熟悉了燕园的生活。八九年丰富而又单调的生活给我留下了无尽的记忆。记忆不都是愉快的，有些是不值得记忆的。但上千个黄昏急匆匆忙着去文史楼抢占座位那股认真劲和荡在心头的那点充实感，却是我至今乐于重温的。

也许大自然黄昏的光线和阅览室昏黄的灯光浸漫了我最好的年华，在一个连接一个和谐的光圈里我品尝到了人生的酸甜苦辣。

1957年燕园的不平静是世人皆知的。我们二十人的一个班，就有好几位遭难。一天我去阅览室前，到未名湖边走走，正巧遇上一位遭难的同学。我和他平日是要好的，他不久要去农场改造了。我们默默地走着，好在周遭昏暗一片，我看不清他的表情，他也看不清我的表情。我胆怯得没有对他多说几句宽慰的话，只劝他注意身体，提醒他多配一副眼镜带去。虽然我不知道他要去的农场在哪里，我猜想劳改农场一定是在风沙弥漫的处所，他高度近视，万一眼镜坏了，丢了，临时配不方便，摸着回住处都困难。他点点头什么都没说就分手了。依然是昏暗的灯光，我伏案看书时，觉得灯光昏暗得实在看不下去。那天是个星期日。星期日有时和在京的家乡同学相约外出聚会，每次傍晚回到学校，总有点莫名其妙的惆怅。事后多年，每当回想起他戴着一副高度近视眼镜在确是风沙弥漫的荒野，惆怅感更重了。

在授业的老师中，我和吴组缃教授的接近是最自然的。他也是安徽人，就凭这点，我主动请求他做我学年论文的辅导老师，他建议我研究一下艾芜的小说。我多次踏着黄昏走进他家的四合院。学生的晚饭早，我几次遇上他正在吃晚饭。起先他叫我在书房稍等，给我一小杯清茶。他很快吃完饭过来和我谈话。后来熟了，他叫我坐在饭桌边，他一边吃，一边和我谈。师母是很热情好客的，每次都问我吃过饭没有。有回吴先生递给我一双筷子，叫我尝尝家乡名菜——霉干菜烧肉，我夹了满濡酱油的又肥又瘦的一大块，确实美味可口。我想起书房里那盏昏暗的台灯在亮着，老师的夜间工作要开始了，便起身就走。“文革”后期，听说吴先生仍在接受审查。有一天，也是该吃晚饭的时候，我去看他。书房的门被封了，我绕进他的卧室，冷冷清清。是该亮灯的时候了，主人还没有开灯。我站在门口，满屋全是书柜、书堆，突然有人从书柜后面发出声音：“谁？”我听出是他，忙叫吴先生，我是泰昌。灯亮了，见他一脸倦容。他低声问我怎么来了？同军宣队打过招呼没有？我摇摇头。我坐了一会儿，他什么也没说，又告诉我师母病了。他催我快走，自己小心。他说连茶也没顾上倒。我走出大门，回头见他探着身子在送我。

我迷恋燕园的黄昏，有一次竟闹出个笑话。我跟研究生时期的导师杨晦教授几年，快毕业时，我忽然想起该和老师留张影作纪念。我好不容易借到一架苏联生产的老式相机，主人告诉我里面还有两张黑白胶卷。晚饭后，我拉着一位曾在校刊合作过的同学去燕东园。杨先生正在屋前花丛里散步，他听说我是来照相的，笑着说，光线暗了，又没有闪光灯，怕不行。我说，试试看吧！他坐在藤椅上，我站在旁边，周围全是鲜花。虽然用了最大的光圈，冲出来仍是黑乎乎一片。这张照片我1969年下干校时丢失了，模糊中显现出来的老师亲切的笑容我还记忆清晰。

离开母校二十多年了，其间少不了回去，办完事就走。大约五年前，朱光潜老师请我为他编一本集子。晚饭后他去未名湖一带散步，叫我同行。我们走到湖边，落日的余晖尚未退尽，他一路谈着正在翻译的维柯的《新科学》。他望着未名湖笑着说：这里景色很美，可以入画，不过有时你能感觉到这种意境，有时你感觉不到这种意境。我知道朱先生近来的心情很好，他借景抒情，又在发挥他的美学理论了。

我盼望有机会常在燕园度过黄昏，看来很难如愿。前些天我在燕园围墙外的一家饭店开会住了半个月，也没有找到这个机会。然而我毕竟已习惯于在昏暗的灯光下遐想，在幽思中重温那燕园黄昏留给我的一切。

1988年2月

在意大利寻觅

应意大利知名人士朗迪尼先生邀请，中国作家代表团一行五人9月6日从北京乘中国国际航空公司班机飞往罗马，转道西西里岛首府巴拉穆市，参加第十七届蒙特罗国际文学奖授奖活动和第二届国际作家讨论会。9月15日，带着西西里奇特绚丽的风光和主人的倍加热情飞抵水城威尼斯。17日晨坐至都灵的火车，到意大利北部最大的城市米兰已近中午了。住所利马饭店在繁华的市中心，午餐后便开始了下午的观光。

遗憾，真遗憾！

米兰大教堂是欧洲之最，因在罗马、威尼斯已参观了圣彼得大教堂等，时间可数，匆匆浏览了一下。我们急切想去参观米兰歌剧院——世界上最著名的歌剧院。从教堂广场步行几分钟，并不如想象中那般宏伟的歌剧院建筑便呈现在我们眼前了。大门紧闭，据同行的意大利语专家王焕宝教授说明，歌剧院的演出是有季节性的，10月才开始。这使我们很失望。非但无缘欣赏一出演奏，连抚摸空席也无缘。歌剧院正面广场上，矗立着达·芬奇的巨大塑像。心想达·芬奇老人一年365日，风风雨雨，日日夜夜，也未能时时观看到歌剧院热闹非凡的景象，也未能时时听到从那里飘逸出来的歌声琴韵，心也就稍稍平衡了些。芬奇老人慈祥睿智的目光提醒我们该去参观他的代表作《最后的晚餐》了。这是凌力沿途比谁都惦念的事。我们坐地铁转公共汽车，来到圣玛利亚修道院，已近下午4点。

《最后的晚餐》是达·芬奇为米兰圣玛利亚修道院食堂作的一幅壁画。近5个世纪以前的这幅名画得以完整地保存下来，它本身就是一个悲惨曲折的故事。画刚完成，修士们从食堂敲厨房的门，门正是画的中央部分，墙受到损坏，画的下部也遭到了破坏，颜料层不断脱落。经年累月厨房里的蒸气落到画面上，更加速了它的损坏。1943年，德国法西斯轰炸米兰时，由于落到修道院子里的炸弹的震波，修道院的食堂被毁了。画有《最后的晚餐》的那面墙幸存。建筑物于1946年修复。1954年，专家们使用最新方法，成功地复原了这幅画。这幅举世之作，成为米兰的骄傲，是国际游人到这座城市少有不去观赏之处。

当我们横穿马路，来到这座二层楼的小屋时，黑色大门紧闭，看了门上贴的一张纸，才知道上午9点开馆，下午1点闭馆。失望接着失望，本来已滞重的步履变得更为滞重。我们在紧闭的大门前伫立。突然一位意大利男孩向我吼叫，转身我才发现一群孩子正在修道院前很小的空地上踢足球，他们正在午休时作最积极的休息。翻译告我，我站的地方，妨碍了他们踢球，我用英语向他表示歉意。修道院的大门倒是敞开的，我们进去，很冷清。当凌力、宗福先在悠然观看时，王教授示意邓友梅和我快步跟随他走，他穿过几个小厅，将我们带到西面一个小花园。只见修道院通往食堂的有扇黑门也紧闭着。王教授说我们没眼福！他在米兰大学执教过两年，常来此处，他说如果门开着，他准备进去向主人说明，让远道而来的中国客人有机会欣赏到这幅名作。他干过这种交涉，成功过，凭着意大利人对中国人的好客。我们不死心，只好耐心地期待着米兰黎明的早早光临。第二天，快快地吃完了早餐，9点前又来到这座修道院。修道院食堂的黑门又紧闭，依然贴着一张纸条。当我们走近，各人准备好了相机，王教授深为同情地笑着说，看来你们真没有眼福了。原来纸条上写着今天开馆改为10点。算算时间，还有几个小时，我们就要离开米兰去佛罗伦萨了，还有几项活动主人早已安排。一墙之隔，就是进不去。人生的憾事何其多，常常是不期而遇的。这时我才想起一位小说家说的这句话。好在我在两扇紧闭的大门口留了影，也算仰慕达·芬奇大师的一点心意吧！

漂亮，最漂亮！

意大利人颇为得意自己国家有那么多历史文化名城，喜欢追问客人最喜欢哪个城市。我们团的全程陪同罗贝尔塔，这来自西西里岛的姑娘，在告别佛罗伦萨的晚宴上，啃着面包棍，微笑着问我，是罗马漂亮？巴拉穆漂亮？威尼斯漂亮？米兰漂亮？还是佛罗伦萨漂亮？她刚学会汉语“漂亮”的发音，她在使劲地练着“漂亮”的发音。这些是我们刚踏足的城市，我说，都漂亮！她再逼问，“最漂亮的”，“最”的汉语发音是她在饭桌上才学会的。我落入了她的圈套：“佛罗伦萨！”她哈哈大笑。在告别罗马回国的晚宴上，主人朗迪尼先生专程从巴拉穆飞来送行，他也问我，我也告诉他：“佛罗伦萨最漂亮！”他没有大笑，微笑不语。佛罗伦萨是我们此行的最后一站。只待了两天两夜，我们住的饭店，靠近郊区，相对说，参观的时间比在其他城市更少。我不知道自己为什么对佛罗伦萨会有偏爱。我知道自己为什么对佛罗伦萨会有偏爱。这不仅是这里诞生了被恩格斯高度评价的中世纪最伟大的作家但丁，群星般地涌现了乔托、达·芬奇、米开朗基罗等文艺复兴时期艺术巨匠。在生活中，我是一个容易受人影响而又不轻易受人影响的人。被我钦佩的人，有时一句漫不经心的话句，也许会成为一块石头落在我的心底。近三十年前，当我在北大听朱光潜老师讲授《西方美学史》时，他就多次说到佛罗伦萨是文艺复兴的摇篮。1982年，我访问东非归来去看望他，他叼着烟斗对我说，有机会去意大利看看，佛罗伦萨！ 1987年10月，李一氓先生访意大利回来，他抄录了几首新作绝句给我，其中有句“万里西来拜但丁”。但丁，佛罗伦萨！

还有一个小插曲使我对遥远陌生的佛罗伦萨感到亲近。七八年前，我在上海书店一家门市部买到几十本中国现代文学初版本书。其中一本里夹有一张明信片，几年后无意翻出，看清字迹，原来是诗人徐志摩从佛罗伦萨写给当时在北京的翻译家钱稻孙的。明信片正面印着署名意大利文艺复兴初期著名画家乔托的但丁的侧面肖像画，背面是徐志摩的字迹：“稻孙先生：你的神曲编成了没有，我在这里天天碰得到丹德（即但丁——引者）的东西。这张像着色好极了，但我想 Giotto（乔托——引者）先生难免有些偏袒，丹德老先生的尊容未见得有如此官正吧。中国趁早取消‘文艺复兴’等等的法螺吧！差远着哩！北京有新闻没有？我不想回来了，同时口袋快见底了，这甚么好？志摩问候5月5日佛洛伦息”。徐志摩1925年3月10日离国经西伯利亚访欧，同年8月返国。

1925年6月11日，他在翡冷翠山中写了名诗《翡冷翠的一夜》，可证这封明信片写于195年5月5日。现通译的佛罗伦萨是从英文的音译，以前从意大利文音译为翡冷翠。其实徐志摩写信的时候，这个城市的名字已流行从英文音译了，他才将佛罗伦萨译成佛洛伦息。诗人在诗里仍沿用“翡冷翠”，也许是因为这个译名富有诗意，发音好听。这次我们接触到一些意大利朋友也有认为"翡冷翠"译名好的。乔托是但丁的同里、好友，当乔托在美饰帕都亚小教堂时，但丁由于政治上受挫，被宣判永远赶出佛罗伦萨，开始了漂泊各地的岁月。当但丁来到帕都亚时，乔托热情地接待了他，把流放者养活在自己的寓所中。

在佛罗伦萨的巴尔杰洛宫一个大厅的墙壁上，他画了一幅《天堂》。画中，在佛罗伦萨人的行列里，塑造了《神曲》作者但丁的形象。尽管有些美术史家对这幅但丁像是否出自乔托之手有争议，徐志摩当年也许不知道有这个争议。徐志摩写于六十六年前尚未公布过的这封信对研究诗人的文艺观无疑是有价值的。我收藏这张明信片几年，有几位同好看后都劝我就此写篇短文。我一直暗想，倘若有一天去了佛罗伦萨，再来介绍这封信，那将会更充实愉快。

在佛罗伦萨时时感觉到空气中流动着但丁《神曲》散溢出来的艺术氛围，虽然我见到的、接触到的有关但丁的东西并不多。连传为一时佳话的但丁和佛罗伦萨一个身着红衣的女子相遇的老桥，也只是在旅游车上一见而过。原以为有时间去从容地拜望，只是一种悬想而已。不过，难得的欢悦还是有的。那就是我们终于欣赏到了文艺复兴时期伟大的雕刻家米开朗基罗的杰作《大卫》。

《大卫》像高5.5米，为一整块大理石雕成。完成于1501年8月至1504年4月之间。米开朗基罗以非凡的艺术才能将大卫雕成一个青年巨人，寓意着意大利人民捍卫祖国的勇敢意愿。此像安置地点曾引起争论，最后决定安放在佛罗伦萨共和国所在地的佛基奥宫前面。为了更好地保护这件珍品，原作曾在1873年迁至佛罗伦萨艺术学院博物馆，而在广场上放了一个仿制品。在西西里岛时，从电视、报纸上得知，《大卫》原作近日被一位患精神病的男子砍坏了左脚第二个脚趾，这场风波一时成了意大利报纸的头号新闻。我们到达佛罗伦萨的次日上午就急匆匆地赶去参观《大卫》。只见艺术学院博物馆前排了长长的队伍，到中午闭幕也进不去。据说，平时参观者并没有这么多，当地的导游说，是这场风波招引来了这么多观众。我们准备第二天上午9点开馆前来，据告参观者将会更多。我们只好插当天下午6点半闭馆前的空档。

那天中午至下午，我们在街头游荡，完全是为了等待这个时刻。近6点进馆，观众已不多。虽然这里收藏了众多名画，我们还是直奔《大卫》，被损坏了的《大卫》。平日看过《大卫》的不少图片，身临其境，才更真切地感受到大卫身上撼人的强大力量。我们都想在《大卫》身旁留影纪念。可博物馆规定不准用闪光灯拍照。我随身带的是全自动的傻瓜相机，闪光不能人为控制。幸好宗福先带的是可以控制闪光的相机。他认真地为凌力和我拍了一张，我也认真地为他拍了一张。观览了《大卫》之后，我突然感到极度疲倦。竟在看守人员的座椅上入睡了一刻钟。当闭馆时，我们的同行都出了馆，王教授折回来才将我推醒。

我到意大利近半个月，四处颠簸，但精力却相当旺盛，体重居然增加了4公斤，多年养成的每晚必须服安眠药的积习也有所改变。也许是因未能参观到《最后的晚餐》的失落在《大卫》身上得到了某种补偿。人一旦得到某种满足，反而会猛然感到乏力。回国后，我期待能得到站在尚未修复的《大卫》身旁那张照片。今天，宗福先从上海来电话，异常冷静地告我，由于光线不足，我们三人拍的这张效果都不好。我正在兴致勃勃地写这篇短文，他的电话给我带来了沮丧。

灯光，永不灭！

李健吾先生1933年7月至8月周游了意大利几个城市，写出了《意大利游简》一书。据他介绍，法国19世纪著名作家司汤达说佛罗伦萨丑陋，那不勒斯是意大利最美的地方。李先生是司汤达作品的翻译、研究专家，连他对司汤达的此说也持异议，认为“真是仁者见仁，智者见智”。当我坐在佛罗伦萨至罗马的高速火车上，遥望疾驰而过的腊维纳市，这是但丁客死之里，但丁墓室中的长明灯所用的橄榄油，相约年年皆由佛罗伦萨人贡献。想起但丁老人遗骨旁那不灭的灯光，我会率直地回答意大利友人我浅浅的印象：罗马漂亮，巴拉穆漂亮，威尼斯漂亮，米兰漂亮，佛罗伦萨最漂亮！

1991年10月13日

我的戒烟

我怨恨他。当我记住七十二小时后，我要做难受的纤维多功能咽镜检查，真有点怨恨起他来。人到中年，又遇上了些认真的大夫，动不动就要我做这种那种检查。半月前，刚做了 B 超，肝依然稍大，比半年前不同，是发现长了一个小囊肿。大夫说这不算病，心才踏实下来。听力有所衰退，这也本属正常，但因我有二十年吸烟史，为了对我负责，大夫决定查查我的咽喉。为做咽镜检查，大夫又先让我做心电图检查。大夫这一一的认真，使刚平静了的心绪又有点忐忑不安。明知吸烟有害，谁叫自己甘愿上钩。一抽上，慢慢就上瘾，每晚吃了安眠药，还得连抽上三支，才能上床。

记不准何年何月何日几时几分我开始抽烟。记得清楚，是他默默地递给我一支大桥牌，武汉出的一种名烟，我才感到我正式抽烟了。20世纪70年代初，我和他同在湖北咸宁五七干校，虽然他早已是一代名诗人，我也从校门闯入了文坛，在被冲击这点上我们属于同类。老是阴雨的鬼天气，从早到黑繁重的体力活，难得有舒展的片刻，就是晚饭后至开大小会议前的半个多小时。没有相约，我们经常踏着黄昏踩着泥泞的红土走上杂草丛生的小山坡。他的烟瘾不亚于他的名气，一根接着一根。为了躲避窒息得可怕的公共厕所，一人蹲一个坑，再好的朋友，也装着陌生，在相对无言中集中精力做大便功。而他，如同他的诗篇，毕竟是个燃烧着明亮个性的活人。他自找出路，脱下大作家讲文明的衫褂，到野外自由的荒坡上去作大便功。“你怎么也来这里？”当他头一次发现我走近他时，他有点紧张。“这里空气好！”我漫不经心地回答他。他急匆匆地换了一支烟。烟头在浑黑的草丛中明灭闪忽。“抽一支吧，解解乏”，我们几乎并排蹲着在做大便功，微微摆动的草须触动我的屁股，很痒，很舒服。

“你这人性子急，抽烟可急不得，抽一口歇一会儿，每抽一口，味儿劲儿都上来了！”我顺从地照他的教法去做，可歇的时间总没有他长。我暗中估了一下，大约他抽一口，我已抽了三口。性子急的人，办不成大事。郭小川那些诗篇的名句警句，大约就是他在这抽一口歇一会儿之间冥思苦想出来的。“这‘大桥牌’，比‘中华’好抽，是我的老战友前些天托人从武汉捎来的！”听了他这句话，使我觉得吸进的吐出的烟味分外有趣。我禁不住笑在心里。小川长期在武汉工作，凭他的名气为人，老战友送几条大桥牌烟算得了什么，即便他尚在落难。引发我好笑的是，这大桥牌烟，明明是我前天去咸宁县城挑豆腐时偷偷替他买的。岂止他，当时连队里好几位落难的大作家吃的烟、酒、点心多是我这个采购员进城偷着替他们买来的。小川是个幽默的人，他把托我买的烟说成是关心他的老战友捎来的。我暗笑之后，猛抽了一口，突然感到烟里确有韵味。打那之后，我在替别人买烟时，自己也买上一两包，乏力或烦躁时，也独自抽上一支，渐渐染上了这个陋习。

平心而论，不是小川，我也会对烟上瘾的。很早很早，大约我十岁的时候，在家乡，深夜馄饨担子叫卖声在小巷响起的时候，我见着一位亲人断烟时的难熬的神情，用自己可怜的压岁钱叩开了巷口一家小铺替他买回了一包美国“骆驼牌”。他高兴得拍打了几下我的光头。我偷了一支，第二天趁母亲不在家，在伙房里抽了，呛得直打喷嚏。不久，我的这位亲人因肺痨大吐血死了，听大人说这与吸烟过度有关。血、烟，给我幼小的心灵留下了可怕的阴影。大学八九年，不少同学抽烟，除了手上没钱的。这点阴影使我对烟颇感畏惧。

当小川递给我烟时，我没有回想起这个惧怕。当时的处境叫人对自己、未来不可能想得更多。活下来就不容易。虽然抽烟已危及我的健康，只在回顾我的抽烟历程那么一会儿，我会对他有点怨恨。当我回想起那几年煎熬令人绝望的岁月，小川给我点起的烟，这是难忘的温馨的记忆。

抽烟对自己对他人本来都是有害的事，但烟鬼会寻找各种理由为抽烟人在心理上辩护。20世纪80年代初，体检已查出我患有慢性咽炎，大夫劝我戒烟或少抽。我正在下决心戒烟，有一天下午我去看望茅盾先生，惯例先在他的客厅里等他。他进来微笑着说，“今天的烟好，多抽几根吧！”只见茶几上放着一包精装的“牡丹”，经他的提醒，我才想起多次见到的是简装的大前门。既然茅公开口了，我不客气地自己动手，一个多小时，就抽了五六支。本来就很脆弱的戒烟想法很快又动摇了。更有甚者，朱光潜老师明白地劝我，既然想抽烟，就不必戒。他抽了半个多世纪的烟，喝了半个多世纪的酒，居然活到近九十。朱先生常风趣地说，哪天我不想抽烟、喝酒，肯定身体不好。他临终前我去看他，他说好一阵没有抽烟喝酒的欲望了，这次看来熬不过去了。朱先生的话，很能使我接受，是否抽烟，听其自然吧！特别是我曾同国内最有名望的一位癌科专家交谈过，他从不抽烟、喝酒，坚决反对我抽烟。但不久他就是患癌症过去的，年龄还不及朱先生大。这个事实，使我每当点起香烟时心里又稍许宽慰些。

我有过一次真正有毅力的戒烟。1988年9月，我出访苏联，抵达莫斯科的当天晚上，在我下榻的俄罗斯饭店，饱食后美美地洗了一个热水澡，突然感到全身乏力，出冷汗，心脏像要跳出胸膛。我很害怕，迅速地拿着钥匙，走到相距几十米的老作家吴强的门口，尽力地敲门。他正在浴室洗澡，很久才缓慢地披着浴巾开门，我同他什么话也没说，急速冲进他的房间，从桌上拿了几粒硝酸甘油含在嘴里，静坐了一小时，情绪才稳定下来。后来听苏联大夫说，才知道是疲劳过度引起的心脏早搏，吃点药就过去了。不过大夫建议我不要吸烟、喝酒。酒我本来就没有瘾，不喝就不喝，何况当时苏联酒很奇缺。烟不抽倒是挺难受。既然在异域，环境都陌生，怕万一再出险情，狠心不抽就不抽吧！居然这一狠心，有效到回国之后的九个月。为了表示与烟彻底决裂，我将喜爱的一个打火机送给了一位司机朋友。

也记不起，何月何日又开戒抽起烟来。量比戒之前多，品种也挑选较严。香港一位作家朋友每天为两三家报纸写几百字的专栏，居然开玩笑地以我戒烟又开戒为由头对付了两天。

朋友们现在都知道我抽烟，抽得凶。劝我戒烟的朋友愈来愈少了，至多劝我少抽点。但绝少有人知道，前些天我又在下狠心戒烟。记得文艺界一位前辈曾经说过，谁想把自己搞臭，就不断公开宣布自己要戒烟。1965年，我曾亲耳听到文艺界一位人士在活学活用毛主席著作大会上，声嘶力竭地说，他把香烟当作阶级敌人，这样才取得了戒烟的效果。后来听人说，这位人士就在把烟当阶级敌人狠斗的当天，在上厕所时又偷偷地抽起“阶级敌人”来了。

所以这次我决心戒烟，准备静悄悄地进行。当我做完心电图检查，追问结果如何时，检查者冷漠地说结果转病历，你去问大夫吧！我想心脏肯定是有毛病，得彻底戒烟了。事也凑巧，当我走出医院大门，在下班的如潮的人流中，突然发现平日给我看病的内科于大夫。我好不容易在一家副食店里找到了她，将刚才做心电图检查的重重疑虑告诉了她。她耐心地听着。我很想听她说你不要抽烟的话。可她却亲切冷静地对我说，估计心脏不会有大问题，否则当场就会将你留下。也许有点小毛病，否则会对你说正常。听完她这几句话，我微笑着说声谢谢，又习惯地点起了烟。

1992年8月

我爱吃家乡的鱼

在明显或不甚明显的社会变化中，风俗也在变化。记得儿时在家过年，家里大人从腊月下旬起就在准备除夕团圆饭，满满的一桌，肉圆子、蛋饺子…… 我在北京生活了快四十年，乡俗难移，年夜饭饺子是绝不吃的，有几样可口的就可以了。今年的年夜饭，简单得出奇，两菜一汤。拜望文坛前辈回到家，已近黄昏，看看冰箱里存放的众多食品，无心制作，我看准了那条大青咸鱼。

我爱吃家乡的鱼。对当涂姑溪河、丹阳湖的鱼，尤其对咸鱼葆有永不衰败的记忆。在马鞍山居住的二姐知道我这个嗜好，几乎年年为我准备一条。今年我拿到时，格外高兴，正赶上吃年饭的时机。

咸鱼炖鲜肉，不知菜谱上有没有这道菜。反正京城各种风味各种档次的饭馆里是从未尝过。家乡的吃法，也都是蒸咸鱼咸肉。这是我的一种创造，只要是咸鱼，怎么吃都鲜美。

我喝着北京“白牌”啤酒，一块一块地吃着。孩子见我如此贪婪，不断提醒说，爸爸你不怕咸。他甚至开玩笑地说，听说咸腊味吃多了容易致癌。我摸了摸他仍带稚气的面庞，又吃了大大的一块。

电话不断地响。北京近年时兴电话拜年。在频率极高的电话声中，来自家乡好友的祝愿，最亲近。说来也巧，接到来自家乡的电话时，我都正在咀嚼品味家乡的鱼。

我爱吃家乡的咸鱼，而又不能经常吃到，看来颇引起一些亲友的同情。去年，一位中学老同学，为我腌了两条，由于运带周折，虽然我没有能够吃到，但我却吃到了这份情谊。六七年前也是一位中学的老同学，通过邮局寄给我一条，准是风干不够，进口时分明有些腥臭。我同样贪婪地一块一块地吃掉。我爱吃咸鱼，也爱吃臭鱼，只要是家乡的鱼。

1993年7月

失约的家宴

也许是社会的一种进步，朋友之间相聚的方式也在明显地变化着。十多年前，我到外省市，朋友的款待，大多还是在家里，主妇做几样拿手的菜，请一两位共同的友人作陪或介绍一两位新友相识，气氛是相当亲切的。这几年可大大不同了。不管是老友还是新识，洗尘往往是在街面上，或高档宾馆，或中档饭店。只要是我想见的友人，哪里我都去，都领情。不过，就我个人的心意来说，宁肯吃得简单些，氛围要好一些。说白点，我是追求吃氛围的。

1987年，应霍英东先生之邀，由萧军先生率领的中国作家代表团访问香港。在港一周，由于主人的分外热情，应酬之多，菜肴之丰盛，使我时时担心自己的肠胃会出毛病，每顿饭后我就赶紧吃酵母片、黄连素。我真羡慕香港人、广东人天生的那副好肠胃。唯独一次饭局，使我饭后自信不必吃药物的，是武侠小说大师金庸先生安排的一次晚宴。我们团共十五人，金庸先生请了我和另外两位，这样的约请，饭前我就预感到将会度过一个快活的夜晚。酒店自然是高档的，高档到吃了至今我还不了然有几道菜是何品种。据说金庸先生的太太林乐怡女士不爱应酬，那天她作为主人也出面了。环境极好，服务周到，情调浪漫。我们五人围坐着一张不大不小的桌子。文人相聚，本该谈点文学，可金庸只字不引向这个话题。三位客人对金庸的作品虽不陌生，但都是初识。这种随意的氛围，使我们一见如故，仿佛老友重逢。金庸说北京的冬天有雪，雪景是最美的。他的太太出生在南国，长期生活在南国，估计没有见过雪，北京的雪。金庸得意地向他太太说，他们三位可是在北国风雪中生活的，以后冬天去北京，可得早准备冬装啊！林女士微笑着对我说，他不陪我去，你们就陪我看北京的雪吧！饭吃了不下三个小时，金庸幽默风趣的谈话，使我心头掠过阵阵轻松。金庸太太临时提出，要请我们去他们的寓所喝咖啡，已经是夜间10点多了。我数次去过香港，朋友的见面，都是在酒店里。金庸夫妇的这番盛情，使我们有点意外。金庸的寓所住在半山区，摆设雅致豪华，一踏进客厅我就感觉这位大作家是很会为自己营造温馨舒适安乐窝的人。女主人为我们煮了咖啡，漫无边际的趣谈又在继续。回到住处，已是下半夜了。当天晚上的温馨感觉使我忘了每天必吃的安眠药，美美睡了一觉。

客随主便，以往我到外地的活动，连同吃饭，都听任主人安排。吃了金庸这顿饭后，我开始主动地在吃上寻找点随意。近几年，我去过杭城多次。有一次省里的几位同志，在汪庄请我，我吃了一大块皮、肥、瘦相间的东坡肉，味道鲜美，就不顾礼仪，向主人提出想多吃几块。本来是每人一块的，主人纷纷向我献肉，就一连吃了五块，引起他们哈哈大笑。至于朋友，不管是同龄的还是小字辈的，我会更直率地提出吃处。听说望湖宾馆后面一条街上有几家个体户餐馆，环境雅致，菜蔬新鲜，有不少大宾馆吃不到的家常菜。什么雅园、大自然餐厅，朋友们都请我去过。每次都如愿以偿，愉快至极。

她，三十多年前，我们北大的同窗好友，是位很细心的女性。她注意到了我希望吃得随意。她多次对我说："这些菜我都学会做了，还是到家里来吃吧。"

她本是个不善于理家的事业型的女性。大学毕业后，她长期在内蒙古工作，她写信说过，她那也是我同窗的先生，常常是用罐头招待朋友。她中年才返回家乡杭城，也许是真的学会了做家务事，学会了做菜，就如她所说，东坡肉，一要选好肉，二要配好料，三要花时间慢慢地炖。

我很想吃她亲手做的菜，用她那双勤于写作的手，在她的家里。她回杭城十来年了，这个很想，始终只是很想。

她病了，病得很长，得了一种莫名其妙的病。我数次去看她，她行动不便地坐在椅子上，到该吃饭的时候，她也不提留我用餐。我知道她的心思，不能愉快地请我吃，不如不请。我也是这么想，每次快到吃饭的时刻，我是骤然起身告辞。

我长年生活在北京。我也多次想过，对她说过来家吃顿饭。我是个生活能力不强的男人，虽然“文革”十年在五七干校伙房干了两年，只是挑水、烧锅炉，做菜的手艺大师傅对我留一手。炒蛋我会，我爱吃。炖老母鸡，是我家乡安徽的名菜，我也勇敢地学会了。选用活杀的母鸡，配好料，用砂锅微火慢慢地炖。我成功地炖过一次，是为她。大约六七年前，她来京治病，住在新华社招待所。我早起去市场买了一只大母鸡，炖上，我去报社上班。十一时左右我回家，再去送给她。她冷静地对我说，等我病好了，到我家里去吃，我也会炖。她仍然很细心，她回杭州前，还特意嘱咐爱人将砂锅还给我。

去年，她走了，我的老同学，温小钰。汪浙成当天电话告诉了我这个不幸的消息。我没能吃上她学会做的种种我爱吃的，在她家里。我吃过了她学会做的种种我爱吃的，在她家里。

1994 年 6 月 7 日

飘动的红叶

是该到西山看红叶的时候了。我安排过两次，与儿子和远方来的友人同游。不巧两次都被临时飞来的杂事打乱了。对这一再失信，儿子自然不悦。想不到，客人竟也对我对红叶的这种怠慢感到愤怒，不打招呼，只身去西山逛了一天，饱览了片片红色。

说我对西山红叶不迷恋，不钟爱，实在大大冤枉了我。我入京城近四十载，西山红叶，夹在我的书本里，留在我的记忆里。我学习时的校园，虽然比我现在的住处，离西山近，但几十年前，交通不便，我是每次徒步去西山观赏那片片红色的，早出晚归。常常是飘动的红叶伴我进入梦乡。

近些年，我确实去西山少了，在有红叶的日子里，在没有红叶的日子里。我明知西山并不远，交通发达，半天就可以来回了。我不知道为何这般怠慢了西山红叶。

我的眼前尽是一片片绿色，我步行、穿梭在绿荫中。每当我在书房里沉思开笔时，抬头望着窗外一片绿色，我下笔就自如。当西山红叶红透了的时刻，眼前的绿叶渐渐变黄了，黄的能变红吗?我在盼望着。

红的，绿的，黄的……我爱每一种象征生命的鲜艳色彩。这缤纷十色的鲜活的世界，在日益增多的花店里都能观赏到。

记得五年前，冰心老人九十大寿时，远在沪上的巴金先生曾委托我代他向冰心赠送一个由90朵红玫瑰组成的花篮。我跑遍了城东城西的几家花店，令人失望。当时我曾想过，正是西山红叶茂盛时，不如去收拾90片红叶。可巴老深知冰心特别喜爱红玫瑰，好不容易在京城几家花店凑足了这个数，才了却这一心愿。一个由90支红玫瑰组成的花篮放在冰心老人的卧室里，她笑了，乐了。今年10月5日，冰心老人在医院里喜度华诞，我代表我所在工作单位的全体同人，向老人敬赠了花篮，有红玫瑰，也有白的、绿的各种花草。老人躺在床上，看了，开心，乐了。送上几片西山红叶，她准也高兴，望着我在微笑。我心里想。在冰心老人喜度诞辰后三天，老诗人臧克家又恰逢九十华诞。在他居住的四合院里，摆满了一个个鲜花篮。我也想过，假如有人送上90片西山红叶，克家老也准会开心。

还是年轻人想得活。我儿子才十九，他的小哥儿们过生日，在相互赠送的礼品中，居然会有西山红叶，夹在一个信封里。居然还有剪贴的，夹在一张白净的纸里。在他们的心里，西山红叶，既是观赏的，也是传情的。

金秋十月，听到朋友的好事一桩接一桩，朋友也频频问我有什么好事。我在企盼好事降临的同时，也碰到了令人悲痛的事。昨天，当我从电话里得悉家乡安徽的一个少年好友突然不幸过世的消息，我怎么也不相信。两个月前，我还收到他的信，他在皖南山区待了几十年，决心十月来北京旅游一次，看看北京的文物古迹，看看北京的城市变化，看看西山红叶……我正等着他。我坐在沙发上，沉默不语。懂事的孩子从我凌乱的书房里拿出一本书放在我眼前。这是我三十多年前在北大上学时用的，里面夹着一片干枯了但仍泛着暗红光泽的西山红叶。我准备将珍藏多年的这片红叶夹在一封短信中寄去，当我要去邮局时，儿子提醒我，多贴点邮票，千万别丢了。

1994年10月24日凌晨

橄榄树下历险记

近十多年，外出乘坐飞机，几乎成了我的习惯。记得1982年初次出访东非，要飞行二十多个小时，去处是神奇的，印度洋的一角。当我进入北京机场海关，投向送行的尚不懂事的儿子一瞥，确乎是依恋中带有几分畏惧。多少年过去了，人世沧桑，现在当飞机腾空而起，我的心反倒平静下来，平静得我能在飞机上写文章，追记有趣的交谈，能认真地阅读平日想读未及阅读的书籍、报刊文章。可这次远行有点意外，家人和亲友临行前，都好奇地问我，现在怎么到那里去？虽然我要访问的国家，航程并不比我数次出访的国家远，只有十几个小时。

我们选择了一条理想的航线。从北京乘北欧航空公司定期班机到丹麦哥本哈根，在机场休息两三个小时，再换乘北欧航空公司班机直飞目的地以色列特拉维夫。哥本哈根国际机场宁静的氛围使人感到进入了安徒生童话的梦境。北欧航空公司是丹麦、瑞典、挪威三国联合组成的，在世界上享有盛誉。我们乘坐的是波音757大型客机，餐饮供应，并不比我们国家国际航线好多少，但空姐的服务极为周到。说也奇怪，我国民航服务人员多是年轻漂亮的小姐或年轻帅拔的男士，可北欧航空公司上的服务人员全是空嫂或中年男士。他们有丰富的飞行服务经验，我用餐速度快，空嫂能及时将我的餐盘取走，好让我收起小桌板，松动腿脚。而在我们的航班上，往往是定时集体收回餐具，腿脚不自由要好些时辰。在飞越西伯利亚上空时，我困睡了一会儿，醒来时发现有人给我盖上了毛毯，空嫂又及时递给我一块热毛巾和一杯热茶。航行的舒适，使我忘却了临行前多少有点的恐惧。我们早上9点从北京出发，当天晚上8点飞机就在地中海沿岸特拉维夫上空盘旋了。时差6个小时，现在北京正是万籁俱寂的下半夜2点，陌生、新奇的以色列终于到了。

中国作家代表团一行四人，是应以色列政府邀请，为执行中以文化交流协定前来的。以方接待单位是以政府外交部。我们在进入以色列海关时，照例应该有以方官员来迎接。我们等了10多分钟不见有人，只好自己进关在候机厅等候。团里的翻译钮保国是第二次来以色列。1993年他陪同张贤亮为团长的中国作家代表团来访过。据他说，当年飞机一停，就受到以外交部前驻巴拿马大使的欢迎，今天有点奇怪。候机厅里不时来往的荷枪实弹的男女士兵使我们并不太疲劳的神情增添了些许恐惧。我和赵熙、周大新站在一起。保国是老练的外事人才，他去机场询问处用英语与服务小姐联系，请求她的帮助。小姐很快与外交部接待人员联系上，几分钟就到了。是一位年轻的女外交官，叫莉丽安，以前任驻新加坡领事，现在外交部工作。当我们坐上一辆以外交部为我们提供的三排座的大奔驰时，她才抱歉地向我们解释，她早已到机场了，在我们飞机降落前，突然有人向警察报告，说机场出口处有辆汽车上有炸弹，警察通知所有的人散开，她就跑开了，司机也将车开跑了。等警察宣告平静后，她赶回机场，我们已出关了。听了莉丽安小姐的一番话，再看看机场周围的繁华景象，真以为她在说故事。看来以色列人具有高度承受袭击的应变能力。我们下榻的宾馆在耶路撒冷，从机场去有三四十公里，当我们行驶在高速公路上，虽然远处近处一片灯光，心里仍滞留着后怕。平日在电视上看到的爆炸镜头重又闪过，我才想起家人亲友送行时的特殊眼神，我们是冒着生命危险从亚洲最东边来到亚洲最西边进行友好访问的。

耶路撒冷是世界最古老的城市之一。有五千年的历史，文字记载也有三千多年。位于以色列的中心，在犹地亚山环抱之中。司机懂历史，他一路向我们介绍耶路撒冷，充满了自豪。由于是夜晚，当我们进入市区时，远处山头上星散着高层建筑，近处见到一座座石头建筑物。我们住在公园饭店，规模不大，但设备齐全，房间布置雅致。我先拿到一把钥匙，翻译开玩笑说，团长的房间是他们定的。其实我们四个人每人住一个单间，设备全是一样的。连房间里赠送的一盒点心和一块巧克力都是一样的。唯一差别，就是我推开窗户，能看到耶市的大半个脸，漆黑的一片闪着万家灯火。

安定后，洗了个澡，已是当地时间近11点了。我们去一楼咖啡厅小坐，大家都不饿，在飞机上各种喜爱不喜爱、习惯不习惯的食物都填满了。但大家都感到渴，国外饭店没有开水，我已习惯喝矿泉水，甚至自来水，好在我准备了足够的黄连素。可赵熙和周大新极不习惯，他俩都是初次出访，必须喝热开水。热咖啡、热茶，他们也不习惯。保国去同服务员商量，回答说没有，进一步商量，又说在咖啡厅里只喝热开水是违反犹太教规的。后一点是我们万万没想到的。也许是对远道而来的中国客人友好，最后同意供应一大瓶热开水，拿回房间。后来结账才知道这瓶热开水价格之昂贵。他们先回房间了，我在喝咖啡。饭店花园里不断传来音乐和歌声。有人正在举办结婚舞会，气氛热烈、祥和，颇有几分浪漫情调。四周各色鲜花在微风中摇曳。突然，我见到一位正在跳舞的青年腰间佩有一只手枪，刚刚隐去的惧怕又悄然浮起。快回国时，我向陪同葛兰小姐询问这件事。她说，有持枪证的人，随时可以带枪。我问她是否都有持枪证，她说犹太人、德鲁兹人可以。

因为过于疲劳，来到以色列的当晚，睡得很熟。在以色列为期一周的访问，我们在耶路撒冷度过了三天。与政治家、作家、学者、宗教家进行了广泛的交流，特别是会见了著名政治家、以色列前总理西蒙·佩雷斯先生，参观了以色列博物馆、二战大屠杀纪念馆、拉宾墓地。难得的是，我们参观了举世闻名的古城。

古城是耶市的老城。在数千年的历史长河中，被84次重复争夺过，成为众多帝国的都城。数不胜数的古迹、圣地和祈祷场所，世界三大古老宗教犹太教、基督教、穆斯林教在这里紧紧汇集。对于耶路撒冷，先知们赞不绝口，文学史诗和祈祷词倍加尊崇。巴比伦的《塔木德经》中说："在授予世界十份美丽之中，有九份为耶路撒冷所得，只有一份给了世界其他地方。"现在的耶城最原始的核心部分就是老城。老城内的面积不大，仅1平方公里，古城墙有4.8公里。老城内分4个小区，即今天老城的犹太人、穆斯林、基督教徒和亚美尼亚人的聚居区。我们先从了望山、橄榄山眺望了老城的壮景。

当我们进入老城大门时，导游提醒我们将贵重物品留在汽车内，身上只带了相机和买点纪念品的货币。不是休息日，来自世界各地的朝圣者和游客如云。以色列警察很威武地在站岗巡逻。最早见到的西墙，是残留下的唯一城墙。西墙又叫哭墙，是犹太教徒在这里用哭的方式祈祷的圣地。西墙分东西两段，男人在东段哭，妇女在西段哭，可以自由进出。当我们正要进入时，突然警察向我们的陪同说，现在发现了西墙下面有一个怪状物，需要检查、排除，暂时停止入内。许多人吓得走开，导游领着我们先去别处参观。

如果说我们一踏上以色列国的那场虚惊是不被知觉的，今天的一场却是亲身经历的。这无疑给我们游览古城蒙上了浓重的阴影。也许是主人的好意，怕我们在这里逗留过长引来麻烦，时间安排极紧，一般需一天才能看够，我们只有两小时。4个居住区内教堂无数，仅基督教堂就有耶稣遇难处，老城是历史文明与现代文明的独特交会，是宁静的居住区，又是繁华的商业区。阿拉伯人开设的色彩绚丽的商店，我们只能一闪而过，可以说是走了一趟古城。临近中午，我们离开时，西墙的险情已排除，匆匆又补上看了看。只见个个祈祷者将祈祷词写在纸条上，塞进城墙的夹缝里。我不会写，用汉语说了声“和平”。

我们驱车向以色列北部山区，两个多小时后，抵达加利海。所谓海实际上就是一个水库，是以色列最大的天然水资源。水库一边是戈兰高地，沿海有几个旅游村镇。几天来，由于对以色列饭菜不太适应，在这里欣喜地找到了中国餐馆，西餐式的中国菜，是泰国籍的华人开办的，餐厅里挂满了中国书法。我要了一条炸鱼，是非洲鲫鱼，又吃了同伴们的几个鱼头。由于这一带与叙利亚、黎巴嫩交接，最近的国境线才几百米，虽然目前战事平息，湖水平静，休闲的游人不少，但战争的阴影仍在暗中游弋。几位以色列作家告诉我们，他们虽然平时住在花园式的小别墅里，但每个家庭、每个人都有两处床，战争一来就下地洞。以色列处处都挺拔着和平之树——橄榄树，这一带尤其茂密，地洞周围掩体也是橄榄树。

和平在地上，还是在洞里，我突然犯起疑惑。

耶路撒冷目前没有机场，回国还得从特拉维夫走，仍然是北欧航空公司的飞机。早上10点，知道以色列出入境安全检查严格，8点钟以前外交部官员就送我们抵达了。毕竟是他们政府邀请的客人，中国客人，我们受到了优待，没有同普通旅客一起接受安检，被单独请到一处。我驻以色列使馆一秘车兆和同志代表大使馆来送行。他来以色列已两年，送往迎来多次，与机场负责安检的人员很熟悉。他同负责人一位剽悍的青年热情招呼，用英语交谈。突然对方安检负责人严肃地要车一秘出示证件，看了外交证件后他又恢复客气礼貌。一位负责安检的小姐过来问我们几个问题，比如住在什么饭店，行李是否放在自己房间的，有什么客人来过房间看望，有无人托你带东西上飞机。我们此行，除对方安排外，未与任何人有过联系，如实一一说明，她说可以了。但其他三人却发生了一点小麻烦，原来以外交部巴奈尔先生宴请我们时给每人送了一把作书签用的小刀，如实说了，安检小姐非要看。那小礼品他们都放入要托运的箱子里了，一时忘了放在哪里。翻译一再说明是外交部送的，以色列外交官员也一再说明，他们仍坚持非要看。这样被耽误了半个多小时。

保国来告诉我这个情况，我忽然想起，这个小礼物我就放在随手提的小包里，还没拆封，当场打开，原来是一个捅人不见血的小刀把。他们表示歉意，请我们理解，热情地将我们引进候机厅。飞机很快就要起飞了，虽然离开祖国才一周，由于当地的新闻媒体看不懂，听不懂，别说对祖国，即便对我们涉足的城市里发生的事也一摸黑。大家都静静地在回想，思乡之情、思亲之情不必言说。突然一位机场服务人员来找我，我以为又有什么麻烦事，心情又紧张起来。经翻译联系，才知道，原来给我安排的吸烟区座位是3人一排的，服务小姐说还富余一处3人一排仅1人坐，给我换个位子，让我舒服一些。我只好用英语说声谢谢，她笑笑走了。这是以色列人给我留下的最后一个印象。

5个小时后，在哥本哈根机场休息厅，见到一位中国人在看当天香港出版的中文报纸，头版上就有以色列武装冲突的消息和现场图片，原来就发生在我们昨天下午逛特拉维夫市容的时刻。

回国后，不时有耶路撒冷爆炸的新闻，特别是7月30日大爆炸。无怪有几天接的电话，都极为关切地询问我以色列此行是否遇到险情。说实话，我们在以色列生活了一周，所到之处，城市是美丽的，用石头建造的房舍，在阳光的照耀下金光灿灿，街面的行人和车辆都在有序地流动。

正在特拉维夫大学进修的北京大学一位教师对我说，他来这里四年，没有什么战争的感觉，社会秩序安定，年轻漂亮的女大学生夜里两三点钟打的士都很安全。可见人民是珍惜和平，并努力营造和平氛围的。西蒙·佩雷斯为推动中东和平作了巨大努力，他在接见我们代表团半小时的说话，中心主题就是强调和平对人类的意义，他称赞中国不是用武力，而是用智慧收回了香港。他期望人类通过文化、文学作品打开通向和平之路。

佩雷斯先生的话，代表了我们所接触的以色列各族人民的共同愿望。耶路撒冷意思就是和平之城，橄榄树就是和平的象征。耶路撒冷经历了五千年的风风雨雨依然屹立于世，橄榄树下应该永远覆盖着和平。

1997年8月10日

我的睡眠

我的睡眠习惯长期不好，晚睡，并不晚起，入睡五六个小时就可以了。那是在北大本科学习五年中养成的习惯。夜里十点多从文史楼阅览室回到宿舍，与同室的同学闲聊几句，便熄灯上床了。在床上咀嚼一阵当天听课或看书的收获，一二小时后才能慢慢进入梦乡。清晨集体起床，一天的紧张又开始了。

本来我可以改变这种睡眠习惯。1960年本科毕业后，我留校做研究生，从三十二楼搬到二十九楼，由四人一室变为一人一室，由集体听课变为导师辅导，而导师的辅导一般都是安排在下午三点以后。虽然环境变了，晚上独自看书的时间延长了，每天清晨燕园广播声四起时，我照样起床。晚上不睡，白天补觉的习惯从未养成。自然，并非没有想过。现实的考虑是，那个年代没有经济实力自购早点充饥，还得按时去饭厅啃馒头喝稀粥。

走出母校后，我的这种睡眠习惯一直沿袭。我明知这是不科学有伤身体的不良习惯，但自己白天的精力尚好，也就不在意了。有时彻夜不能入睡，两只眼睛直瞪瞪地看着窗外黎明悄悄到来，我仍然能带着沉重的大脑和松弛的眼睛照常去上班、开会。我能顶得住，最多当天晚上早睡一两个小时，精力便迅速得到恢复。

我在北大生活了近九年。人生最美好的一段时光。母校给予我有形无形的恩惠太多太多。我的这种睡眠习惯，也许是母校给予我的独特赏赐。

我毕竟是个从小体质不算强壮的人，精力的耗费也是有限度的。在即将离开母校时，我尝享过一次彻夜不眠的痛苦，尝享过一次白日补觉的幸福。

三十四年前，这个季节，这个时候，严峻的研究生论文答辩和国家考试在等待着我。考试委员会由中文系和中国社科院文学所几位教授专家组成。由于凑各人的时间，日子迟迟定不下来。大约有十天，终日惴惴不安，睡眠的质量可想而知。照常听到广播起身，馒头啃得不香，白粥也懒得去喝。考试那天，风和日丽，临湖轩门口的竹林也葱绿摇曳。头天晚上我去导师杨晦教授家，他提醒我今晚睡好觉，沉着应付。论文《试论现实主义和浪漫主义》，约五万字，写了半年，导师提过意见多次修改后，打印多份提前送给了各位委员。考试答题临时抽签。上午九点我走进临湖轩考场。委员们已来齐，学校方面有杨晦、游国恩、林庚、吴组缃、王瑶，文学所方面有蔡仪、唐弢、毛星等。导师杨晦主考，上午是论文答辩。委员们就我的论文分别提出了一些问题，当场一一回答阐述，气氛既宽松又严肃。说来也怪，本来极度紧张的我，临场时反而平静下来，回答比平时少有地从容。有的老师打断我的话说，这个问题已说明白，不需要再论证了。我暗自庆幸今天口试的表现。

我有过因高度紧张口试失利的教训。入大学头一场考试，是高名凯教授主持的普通语言学。高老师为人和善，名士风度。他向我提了三个问题，由于不习惯口试，面对面半个小时，我说不出一句话。后来他变通了一个办法，叫我用书面回答，当场我写了三四张纸。他看了后说，回答得很好，本来可以得五分，因不是口头回答，就拿四分吧！虽然是四分，我还是很感谢他的理解和宽容。我习惯并能自如对付口试得感谢周祖谋老师。周老师当年是中文系最年轻的教授，三十多岁，学者风度。他主讲现代汉语。我学的是语言文学专业，到大学三年级可选择学文学专门化或语言专门化。平时我爱好文学课程，但对周老师讲的现代汉语也很感兴趣，他以许多文学名著为例来讲语法修辞，讲得具体生动。周老师待人亲切，他看我回答问题开始有点紧张，就说别着急，慢慢说。由于他的耐心与善诱，我的回答也慢慢有序起来，结果他给了我五分，大大鼓励、增强了我口试的自信心。

几年前，那时周老师还健在，有次我去看他，他在家请我喝啤酒，闲谈时他还风趣地说起他当年考我的情景。我想不出该说什么，只是敬他喝了满满一大杯。今天上午的论文答辩顺利通过，不由不使我想起我这一生中经过难以数计的考试中的这两次。论文答辩结束后，我抽了三个考题，老师们午饭休息，下午三点半口试。我离开考场回去准备，临行时杨晦老师宣布准备时可以参考有关书籍。这几个小时很难熬。午饭没吃，见三个大题目就饱了。记得三道题是：一、以《红楼梦》为例说文学作品思想性与艺术性的关系。二、以李白、杜甫诗为例说明现实主义与浪漫主义的关系。三、以中国文学史为例说明马克思论精神生产与物质生产发展不平衡规律。我学的是文艺理论专业。

杨晦导师一向主张理论不能脱离文学作品实际。估计这三道题肯定出自他手。杨晦老师平日严格规定要看全集，《红楼梦》当然是一百二十回本，《诗经》《楚辞》、李白和杜甫的诗、元曲等都不准看选本，马恩文艺论著看马恩全集。虽然花费了我许多时间，后来细想起来，受益却是无穷的。他又主张边看边记，边写心得。

有了这些底，再加上当年我年轻，记忆力好，能背诵许多，所以下午考试时我只写了个提纲，李诗、杜诗都是当场背诵。考试比答辩还顺利。约五点半结束，叫我到外面休息半小时，委员们在商定评语和分数。我去未名湖一条石凳上坐下，落日的余晖散洒在我焦躁不安的身上，忘了该回考场的时辰，是来人把我叫回去的。严肃的气氛顿时变得宽松又亲切起来。杨晦老师宣布了我的论文答辩和考试的评语和成绩，是鼓励的优异的结果。平日就熟悉的老师们纷纷向我祝贺。我反而激动紧张起来，连声说谢谢，谢谢！

大风暴过去本该平静，身心极度疲惫的我本该早早入睡，美美睡个好觉。但这一夜，在北大生活了这么多年鲜活的记忆浮动在我的脑海，对即将开始的新的陌生的生活、工作恣意的猜想，使几乎麻木的大脑高度兴奋。快天亮时，不知不觉才入睡。醒来，已是吃晚饭的时候了。整个白天，我都在昏睡，脑中做梦，梦中入睡，这是我成年以来绝无仅有的一次白天补觉，白日做梦，大大快活的酣睡。

原以为经过这场白天睡觉，会改变我多年的晚睡早起的积习。后来我走入社会，在一家文艺报刊社长期工作。工作环境远比学校书斋复杂，现实的纠葛远比书本中的复杂情节更为纷繁，晚上难以早睡，白天不能入睡。日复一日，年复一年，看来我这一辈子就得以这种习惯睡下去。1988年去苏联访问，上午从北京起飞，下午到了莫斯科，时差的几个小时与飞行时间相差无几。在俄罗斯饭店安顿后，急急忙忙去红场游览，晚饭是苏联作家协会宴请。我精力充沛，陪主人喝了不少伏特加，晚上回到饭店洗了个热水澡，突然感到心慌意乱，心脏仿佛要跳出。我恐慌地急忙去到相距约百米的老作家吴强房间，从他的床头拿起几颗硝酸甘油含上，心绪才慢慢镇定下来。急得主人请大夫来为我看病。结果是因为我极度疲劳而引起的。大夫说实际上我有一夜没睡觉，只要注意休息，不会有什么大问题。回国后有次去看吴组缃老师，说起我遭遇的这场虚惊，他劝我说，你老看到燕园不灭的灯光，其实各人都会养成遵守自然规律的睡眠习惯。他是晚睡晚起，杨晦也是，而朱光潜则是早睡早起。他特别叮嘱我，凡事不能过度，要尊重规律。

离开北大三十多年了。年岁见长，我的睡眠习惯也开始有了某种变化。但不管失眠之时或是熟睡之中，常常怀念回想母校给予我的一切，我在燕园经历的一切。

1998年4月

我的理发

我不太注意穿着修饰自己，尤其是头发，常常忘了该去理发店的日子。自从她的提醒，我才养成了按期去理发店的习惯。住处楼群附近的一家安徽庐江人开的理发店，我成了它一位定期的顾客，老板笑嘻嘻地说，算计日子你该来了。届时万一我离京在外，我会找理发店将自己的头发好好地修理一番。

那是1993年的事。星期五晚上，接连接到几个电话，告诉我冰心老人住院了。九十三岁高龄的老人住院本是常事。我忙同冰心女儿吴青通了电话，约好去看望老人。临时住院，使我觉得很突然，星期六又不准探视，只好定在星期日下午去。

冰心老人躺在床上，见我走进来慈祥地微笑着招招手，叫我坐在她的床边。我将送她的一束鲜花交给吴青，老人说，谢谢！没等我坐下，她劈头一句就说，你头发长了，该去理发。我正要回答说马上就去，吴青爱人陈恕替我解围：他就要这个派头。老人笑了。吴青将花插到瓶里，放在她的床头柜上。她看了看说，玫瑰花好，现在多了，好找。那白色的也好，难找。我知道老人喜爱玫瑰花，今天特意请花店多选几枝，我看上了那点点白色，又叫不出花的名字，便请花店也配了几枝，希望老人能喜欢。老人说她也喜欢，这使我格外高兴。我坐定后，老人说，巴金很惦念我，我刚收到他的一封信，还没来得及给他写信。我说，我孩子毛毛问候您。她说上次毛毛来看我，神态很像你。大学毕业了没有？她告诉我，阿英、夏衍、她三人同年，阿英老大，她老二，夏衍老三。老人愈谈兴致愈浓，吴青细声提醒我，该让老人休息了，我起身说，姥姥，您好好休息，过些天去家里看您。她问我，外面热吧？当我出门时，她又笑着叮嘱我，别忘了去理发！离开医院我就去理发，走进了王府井北京最有名气的“四联”。

1997年香港回归前，北京在召开世界妇女大会，为照顾冰心的身心，大会不安排众多境内外记者对老人的采访。香港《文汇报》记者江扬小姐找到我，为了抢这条独家新闻，她一再恳求我陪她去医院看看冰心，她说，哪怕只一分钟，对香港居民说一句话。我设法联系好了，下午三点半。我们在北京饭店咖啡厅等候，她去买鲜花，我抽空去洗理了一下头发。老人一见我们，头句话就说你今天很精神，她开玩笑地说，注意仪表整洁，不仅对自己，对别人，在讲文明的社会都不该认为这是小事。

2001年5月

同是绍兴酒

今年是李白诞生一千三百周年。为了纪念这位大诗人，诗人归终之地马鞍山市在积极准备一系列活动。

李白诗流传广，影响深，世人公认。我出访一些国家，遇到作家朋友，他们列数中国大作家时，往往首推李白。1997年在以色列，就听说第二次世界大战期间，一位犹太诗人带着翻译了的李白诗稿死在纳粹集中营里。

万没料到，这次在台湾一个古朴的小镇上，却见到了李白的全身塑像。

那是在南投县埔里酒厂大门口。埔里酒厂是台湾最大最出名的酒厂，主要生产绍兴酒，也生产白酒。1997年台湾大地震时，曾遭到严重损害。据说，酒坛里的酒在镇上流成了河，一时鲜活的鱼虾都变成醉鱼醉虾。我们去参观时，该厂生产已在恢复。在厂门口，李白全身塑像的周围墙上书写着“酒仙李白，酒神杜康，酒福钟馗”大字，在石头上刻写着“文化酿酒，艺术观光”。在厂门内墙上，录写了李白《将进酒》诗全文。看来，这厂家很看重中国传统酒文化这张牌对促销酒的作用。

埔里酒厂，在当地被称为“绍兴黄酒之乡”。对这，我颇有点奇怪。问陪同我们的主人，他们笑着说，绍兴酒的故乡自然在浙江绍兴，但台湾爱喝绍兴酒的也只能喝这里生产的。厂家说，他们出产的绍兴酒，与绍兴出产的配料基本一样，但也有些变化。于黄酒，我不是行家，尝不出它和绍兴出的绍兴黄酒在口感、质地上有多大差别，我关心的是它的“后劲”如何。

我有被黄酒“后劲”发作弄得狼狈不堪的深刻记忆。1983年冬，天津百花文艺出版社约我选编一套“百花青年小文库”，每本3万~5万字。第一批我选了巴金、夏衍、艾青、马烽、李瑛、王蒙、陆文夫、邓友梅、宗璞、乌热尔图的作品共十本。1984年3月，我去上海，巴金很支持这项文学普及工作，同意编选他的文本，他在自写的“前记”中说，“这本小小的散文集是吴泰昌同志替我编选的，用《愿作泥土》作书名倒是我的想法。我喜欢这篇短文，它写出了我的心愿”，“我空着两手来到人间，不能白白地撒手而去。我的心燃烧了几十年，即使有一天它同骨头一道化为灰烬，灰堆中的火星也不会给倾盆大雨浇灭。这热灰将同泥土掺和在一起，让前进者的脚带到我不曾到过的地方。”陆文夫在苏州。他的那本《围墙》是他自选的，为了“选”，他约我从上海去他那里谈谈，他说，上午去，下午回，不耽误你晚上要办的事。近中午到苏州，他从车站将我拉到一家百年字号的老饭店，文夫当时已发表了中篇小说《美食家》，从饭店老板到厨师，个个认识他，待以上宾。他点的几道菜，全是苏州风味特色。文夫请我喝绍兴加饭。他当年酒量大，又会喝。我平日多喝啤酒，有些场合喝点白酒，到浙江一带偶尔也喝点黄酒。也许我们谈兴浓，也许文夫有意想将我灌醉，他见我用喝啤酒的方式喝黄酒，也不提醒我。我们喝到下午四时，他送我上火车。岂料上车不久，我就头晕酣睡了。车到上海我仍不醒，列车员将我扶下半躺在站台上。接我的《解放日报》的朋友，在出站口久等不见我，进站来找，才发现我。回到宾馆就和衣躺下了，醒来已是次日上午。原来晚上约好去看一位多年不见几经周折才联系上的朋友。他是1952年我在当涂中学时编发我第一篇文章的编辑。由于绍兴黄酒的那股后劲，使我失约，从此再也没有机会见到他了。每每想起此事，我就后悔自己的贪杯，怨恨绍兴黄酒的后劲。

在埔里酒厂我没有喝包装精美的绍兴黄酒。品尝它，是在台北文友一次聚会上。我小心地看着酒杯，有数地喝着。席上劝酒我也不顾。我怕再误事，第二天上午，只有这个时间，我要去参观胡适墓、胡适公园和胡适纪念馆。

2001年6月18日

京城看望

2002年除夕我是在新居度过的。新居的居住条件虽然比原处大有改善，但毕竟在新源里住了二十多年，窗外的一排排槐树伴我熬过了无尽的岁月。乔迁之喜，引来了亲朋好友的频频看望与祝贺。

平日我不爱逛商场、超市，走动多的是去看望朋友。20世纪70年代中期，我常去北京西城旧西帘子胡同看望梅兰芳先生的夫人福芝芳。梅先生与阿英先生是挚友，“文革”时期梅夫人对落难时的阿英生活上多加关照。我头一次踏进梅宅，就是为了代取梅夫人送给病重阿英的一盒西洋参。称梅夫人“香妈”，是梅先生次子梅绍武、儿媳屠珍教我的。绍武夫妇是北大学英语的，后来成了著名的翻译家和学者。在我见到梅夫人之前，就认识他们。我进梅家，爱先到西屋他们房间，那一排排精美的中西文图书很引起我的兴趣。屠珍说，香妈休息好了，在北屋，你现在该去看她了。有一次，正赶上香妈寿辰，我进北屋时，她正坐在椅子上，梅派弟子聚满了一屋，次第给她磕头，我也跟随着磕。有一回梅家约我去见见文艺界两位前辈。去了之后，才知道是昆曲大师俞振飞和话剧名导黄佐临，他俩从上海刚来北京。我和绍武坐在一旁听他们叙旧，饭后，我们合影，这张黑白照，使我常常怀念起慈祥亲近的香妈。

20世纪80年代初，书画家黄苗子、郁风夫妇约我去红霞公寓看望政界元老、著名红学家王昆仑先生。同在的几位也都熟悉，名剧作家吴祖光、评剧表演艺术家新凤霞夫妇，昆仑老之女翻译家王金陵、文学理论家王春元夫妇。记得那天，我曾问昆仑老，他署名太愚的《〈红楼梦〉人物论》何时增补再版。这本书是抗战时期大后方出版的，我在大学时曾购得一本，后来又读到《光明日报》上他续写的文章。他开玩笑地反问我，你知道太愚是我？他说，有这本书的人不多了，总会有机会重版的。他允诺为我写张条幅，内容就是有关《红楼梦》的。

1990年3月24日，我去看望了在北京石景山区一家医院住院的旅英女作家凌淑华。头天下午，中国作协书记处书记邓友梅电话告我，凌淑华在北京，明天是她的生日，他代表中国作协去看望祝贺，约我也去。第二天上午我和《文艺报》记者应红赶到时，友梅等人已在。我向仰卧在病床上的凌淑华转达了《文艺报》社全体同人对她的祝贺，她紧紧握着我的手细声地说，谢谢你们！凌淑华20世纪二三十年代一度名噪我国文坛，她以小说、散文著称，后来长期旅居英国，虽然1960年后她曾数次回国观光，但在文坛惊动极小。1989年底，她由英国回到出生地北京。想不到，在看望她后不到两个月她就安然辞世了。有机会能见到这位新文学初期闻名的女作家一面，我特别高兴，甚至说多少满足了我的某种好奇的心理。人们常说夫妻作家，据我了解，这种现象不乏，可以随意列举，但像陈西滢、凌淑华夫妇这样知名、事业如此关联的，就可数了。陈西滢以“闲话”、随笔著称，20世纪20年代曾出任北大英语系主任兼教授。凌淑华在一次偶然的场合认识陈西滢，后来结为终身伴侣。1924年5月，印度著名诗人泰戈尔访华，著名诗人徐志摩担任翻译，陈西滢也参加了接待工作。正在燕京大学学习的凌淑华在欢迎代表之列结识了陈西滢。凌淑华的成名之作小说《酒后》就发表在陈西滢主编的《现代评论》杂志上。凌淑华的散文名篇《登富士山》记述的是她和陈西滢访日登山的经历。1928年，凌淑华的第一本短篇小说集《花之寺》也是由她丈夫编定作序由新月出版社出版的。

1996年冬，中国作协第五届代表大会在北京召开，本次大会与第四届代表大会相距十一年。本来是个看望新老朋友的极好机会，但由于《文艺报》在会议期间改出日报，我又全面负责，每天下午编稿，晚上去《人民日报·海外版》印刷厂付印，常常是凌晨返回会议住处，上午睡觉，几乎没有合适的时间去看望朋友。会议开幕的前一天，部队作家周涛、王中才、苗长水、江奇涛、张波约我同去看望因病不能与会的第二炮兵政治部创作室主任朱春雨。春雨是老朋友了。1983年，中国作协举办第二届全国优秀中篇小说评奖活动，春雨的《沙海的绿荫》获奖，我参与负责初选工作和评委会会务工作，与他有过数次接触。在颁奖会后，我与他和同时因《那五》获奖的邓友梅还合过影，那时春雨神采奕奕。1990年，春雨突发脑出血，出院在家恢复时，我和二炮作家张西南、尹卫星去看望他，他坐在轮椅上欲言不语。五年之后，我们再去看望他时，他竟然能简短地说谢谢。去年春节，我在家里接到他的电话，听到了他清晰的话语。

2002年4月

燕园老师的家

我在北大学习生活了近九年，在校时常去几位老师家玩。离开学校后，“文革”中，尤其是20世纪80年代，我也不时去看望他们。虽然他们都已先后辞世，但一幢幢小楼，一座座庭院，那矗立的树木、摇曳的花草……至今还晃动在我的记忆中。

杨晦教授住在燕东园。我做他的研究生期间，是20世纪60年代初期，几乎每周都要到他家去一次。燕东园里像天空星星似的散落了多幢小别墅，这里原本是燕京大学的教授住处。一幢楼与另一幢楼之间间隔很大。杨老师家附近就住过冯至、游国恩教授。每次去杨老师家，都是在一楼客厅里，他坐在藤椅上，我坐在沙发上，面对面地进行辅导。那个年代，陈设简单，客厅里没有电视机、录像机。唯一给我新奇感觉的就是有壁炉，冬天可以烧木柴取暖。1963年冬天，有次去他家，坐了一会儿，感到阵阵寒冷，老师穿着厚重的棉衣。想起这里曾经有过的壁炉红红的火，室内暖暖的气，我深深自责和内疚起来。1958年大炼钢铁时，为了四处寻觅钢材，我们一批学生，曾到杨老师家，将壁炉里的钢条拆除了。从此，壁炉就成了一种摆设，我没有问起过在有了暖气之前的一段岁月，老师的严冬是怎么熬过来的。

我也去过杨老师的书房。他身体不适时，就让我坐在他的书桌边。室内凌乱地堆满了各种书，有不少是摊开的。1964年春天，在研究生毕业前夕，我们几位学生去向他告别，他躺在病床上，硬撑起来陪我们在楼前草坪上照张相，他坐着，我们站在他后面。每当看起这张灰暗的相片，我就莫名其妙地联想起老师的笔名杨晦中的“晦”。老师原名杨兴栋，1920年北大哲学系毕业，五四运动火烧赵家楼的勇士之一。朱自清是他们班同学，朱自清1947年在给杨晦五十寿辰贺信中说，许多年之后，看到报刊上不断出现署名杨晦的文艺评论文章，四处打听，才知道原来杨晦是他同班同学中最瘦弱的披着坎肩的那个。

吴组缃老师则在燕园内，我1955年进校时，他住在蔚秀园一座不大不小的庭院里。这种庭院与北京古老的四合院不同，有北屋、西屋、东屋，没有南屋。组缃老师住北屋和西屋。西屋是会客、吃饭的地方。这位乡土文学的著名作家，又是国内研究古典小说可数的专家。他开设的《红楼梦》专题课，轰动一时。1958年我做学年论文时，他是我的辅导老师，我们又是安徽老乡，因此去他家很勤。我爱喝家乡的绿茶，爱吃徽菜，都受他的影响。他对我辅导后，多次请我吃饭，师母做的红烧肉，我能一连吃几块。他说，本性难移，来北京几十年了，口味不改，还是家乡的饭菜可口。我从他的会客室里，时常借一两本书看，都是些现代文学作品的初版本，每次来奉还，下次走再借。20世纪80年代初，他搬至朗润园一幢公寓。他欣喜地给我写信请我去。三室一套的楼房，他住三楼，有个小过道，能摆一张桌子吃饭。他满意地说，房子虽少了一间书房，但比住平房方便多了，冬天不愁，有暖气，人老了怕冷。

在他的客厅里我多次听他谈起中国四部古典小说名著。他说，许多人都爱看《红楼梦》，都爱说《红楼梦》，都爱评《红楼梦》，但真正懂得这部书的人并不多。也就在这间十四五平方米大的客厅里，我数次见到了组缃老师清华的同学，现在北大的季羡林、王瑶教授。他们叙旧，王瑶老师专研现代文学，不时与他交流。季羡林老师是印度梵语专家，晚年勤于写散文随笔，他俩就散文写作时有探讨。我每次离开他家，最早他陪我下楼，走到塘边，直望我绕道远去；后来他身体不好，就站在阳台上看着我渐渐远去。

朱光潜教授辅导我们西方美学史时，还是住在燕东园，同杨晦老师住在一个地方。光潜老师来上课，总是拎着一个小袋，里面装着水杯。后来他辅导我们，每次都是在二楼他的书房里。桌上铺满了西文书，手边是一本本英文、德文、俄文大辞典。他每次辅导事先要我们书面提出问题，当面他一一解答，临时我们提问题，他也一一回答，偶尔还提些问题考我们。“文革”结束之后，他搬到校内的燕南园66号。燕南园与燕东园别墅风格、色调一样。燕南园住了更多有名教授。最大的一处，原是燕京大学校长司徒雷登住的，1953年后，北大校长马寅初住过。冯友兰、王力教授的家也在这里。1980年，安徽人民出版社约请这位家乡出来的美学大师出一本书，他不便推却，只好同意。当时他正在忙于翻译维柯的《新科学》，只好请我代他编《艺文杂谈》，主要是从他过去发表过但未入集的谈文学、美学的一些短文里挑选。那期间，我半月左右去看他一次，他特爱喝酒，客厅里一排橱子里陈放的全是洋酒和中国白酒。大、中、小瓶俱全。我每次去，他总是先问我能待多久。时间短，他拿瓶二两或半斤的；时间长，他拿瓶一斤装的。没有什么下酒菜，一碟水煮花生米。我们边喝边说。

光潜老师烟瘾也大，他抽烟斗，客厅、卧室、书房里都放着烟斗、烟丝。他说这方便，走到哪里想抽就拿起来抽。光潜老师的家旁边就是第二体育馆，每天下午四五点钟，操场上学生开始打篮球。他天天去看。1981年叶圣陶去看望他，两位老友在开怀对饮前，光潜老师陪叶老去看学生打球，他说，他们的年轻活力，也能让我们年轻些，多点活力。

2003年11月9日

乡情走笔

我是皖人。1938年春末刚落地，家乡当涂县就被日寇侵占，为了逃难，母亲抱着我和二哥一起辗转到后方江西。经小姨介绍，母亲在南昌市战时江西第一儿童保育院任教，我也自然成了院童。南昌不久也沦陷，保育院在院长陈庆云的带领下，迁徙到赣中井冈山一带，直到1945年日寇投降，才又返回南昌。1946年，我沿着长江而下，回到安徽老家。母亲是位普通的小学教师，当过小学校长，我也就跟着她到镇里上小学。1949年家乡解放，我考入当涂县中学上初一，1955年高中毕业，考学北上。

当涂濒临长江，是皖东南一座古城，李白归终在当涂县城附近的青山，太白楼在距县城几公里的采石镇，这些历史文化因素，多少也诱发了我从少年起就做起文学梦。

当涂中学是所百年老校，算不上出过多少人才，但也脱颖而出了一些人才。20世纪50年代初期，学校曾兴起过一阵文学热，几任校长都是教语文、历史的，在他们的支持下，学生间成立文学社团，办起黑板报。1954年办起油印小报《当中通讯》，我负责编了一年。

做过文学梦的少年同学不少，但面临人生道路选择时，报考大学文科的却很少，多数选择学工、学理、学医。如作文写得好的钱其璈，1954年考入天津南开大学物理系，后来成了半导体专家。再后来，居然从政，当了一段时期的天津市政府领导。同班同学徐大茂，1955年考入清华大学动力系，现在已是中国工程院院士。

我在北大学习期间，极少回家乡。一是家乡没有什么亲人，我自幼丧父，母亲跟着兄姐在沈阳、上海居住。二是穷大学生经济拮据，买张火车票的钱也难掏出。我开始较多次数地回家，是在“文革”结束后，因工作关系到南京时，顺道抽空回老家，当涂离南京只几十公里。

当涂县从1968年起，划归马鞍山市，马鞍山市是在原当涂县金家庄镇基础上发展起来的，因有马鞍山钢铁公司，算得上是江南一座钢城。在这座新兴城市里，有我许多少年同学、亲友，有些人虽然担当了市委、市政府领导工作，但也多是文化人，对理论、文艺始终怀有浓厚的兴趣。我回老家除去母校看望老师，多是他们陪我参观李白墓、三国名将朱然墓、太白楼、三台阁、采石矶风景区等名胜古迹和现代书法大家林散之纪念馆。

1982年，《诗刊》编辑部在黄山脚下屯溪市召开抒情诗讨论会，我冒雨从马鞍山乘车行驶在徽州道上，上午动身，晚上才到。

江城芜湖市距马鞍山市也只三四十公里。我考大学的考场就在芜湖市赭山上的皖南大学(现安师大)。芜湖出来的名人也不少，如王稼祥、20世纪30年代影星王莹。1964年在北京香山没有红叶的时候我见过王莹，那时她给人的感觉像个村姑。1987年，我去芜湖参加阿英藏书室暨碑石揭幕仪式，陈云同志题写了室名，李一氓同志书写“文心雕龙”作为碑名。

安徽省的文友，会集在省会合肥市的自然居多，我与他们多半是因开会相聚。1984年难得一次，鲁彦周会后陪我去他的老家巢湖转转。本来是想浏览巢湖风光，因当时巢湖水污染较重，又下雨，我只好和他在招待所里聊天。那时鲁彦周的中篇小说《天云山传奇》已获中国作协主办的首届全国优秀中篇小说一等奖，电影《天云山传奇》又正轰动，我们交谈的话题自然离不了他的这篇代表作。他同我详谈了这篇小说创作的前前后后，对传说中的小说人物故事原型，他强调说，这是小说，是虚构。

我有一次为了纯属个人的事，到了合肥。1981年，安徽人民出版社决定出版自著散文集《艺文轶话》，几乎同时，也是这家出版社决定出版朱光潜委托我替他编选的《艺文杂谈》。这两本书的责任编辑曾石铃办事认真细致，非要我去看校样，天寒，住处又没暖气，我只看了一部分。

1986年，《儒林外史》作者吴敬梓家乡安徽全椒县，为吴敬梓纪念馆举办开幕仪式，县里非要我出席。其时我正在广州参加一个会议，我想，他们的盛情，无非是因为我在筹建纪念馆时做了点事。时任国家文物局局长的吕济民不知从哪里听说，我曾为马鞍山市修建李白墓、太白楼、三元洞，在京请了一些名人题词，他就将他的老家托他办的这件事转托了我。我同济民同志在咸宁“五七”干校一同放过牛，自然不好推托，也尽力办了。我从广州飞抵南京，他们用香港歌手奚秀兰的父亲刚送给家乡的新车去机场接我，到全椒住下，吃晚餐已是午夜了。

1987年，我陪张光年到安徽，第一次参观了滁县琅琊山醉翁亭，第一次登上了黄山。陈登科全程陪同，他是江苏人，在安徽工作时间长，竟冒充起安徽人了，“咱安徽”离不了口。

我对安庆市留有特殊的记忆。1946年，我乘木船回当涂时，船因载货过量在安庆江面上下沉，我被人抢救出。20世纪90年代起，我去过安庆多次，都是与黄梅戏观摩研讨、潜山县纪念通俗小说大家张恨水有关。新千年之初，回安徽，至少有三次，都与鲁彦周有关。

2000年11月，彦周策划举办了迎驾文学笔会，邀请了来自北京等全国各地的作家二十余人，从合肥出发，至皖西六安市、霍山县至潜山县、九华山，再登黄山，在黄山分手。在黄山，与会人员畅谈了“21世纪中国文学走向”。

2002年11月，应邀去合肥参加“《鲁彦周文集》首发式暨鲁彦周作品研讨会”。鲁彦周是新中国成长、成熟起来的全国代表性作家之一。此次会议安徽省看重，中国作协也重视，金炳华、王蒙、邓友梅、从维熙等都出席了。我在会上发言时说，《文集》的出版不是鲁彦周创作的结束，而是老鲁新的攀登的起始。鲁彦周是位潜力很大的作家，确实，我是这么想的，对这辈作家我都充满着诚挚的期望。

2003年4月初，我和邓友梅、邵燕祥从北京去安徽参加省文联、省国营敬亭山茶场举办的首届“敬亭绿雪笔会”。敬亭山坐落在皖南宣城，是座名山，李白等大诗人有诗吟诵过它。敬亭山盛产历史文化名茶“敬亭绿雪”，是安徽三大历史名茶之一。这次笔会主要是研讨茶文化。同行的小说家王火，虽在成都，但他是安徽的女婿；小说家何南丁、青年文艺理论家何向阳父女都是安徽人，他俩长期在河南。

2001年我为安徽《新安晚报》开设了《乡情走笔》专栏，栏名是请沈鹏写的，一周一篇，持续了大半年。我想，今后回家乡的机会会更多，乡情如缕，安徽值得写的人文山川和改革开放以来的新鲜事物实在太多，《乡情走笔》会继续下去。

2003年

沪上采撷小记

今年6月，江苏省南通市人民政府和上海文汇报社举办了“中国文化名人·南通旅游笔会”，我和作家冯骥才、诗人吉狄马加应邀出席。我们原定从北京直飞南通，临行时，骥才突然改变主意：咱俩先飞上海吧！

我知道骥才的心思，他是个善于调动记忆的人。1986年，我们曾结伴去上海看望巴金。巴老住医院数月刚回到家中。下午，李小林陪我们同巴老聊了两个多小时。我们听巴老谈《随想录》写作，谈现代文学馆的筹建，谈对一些中青年作家作品的看法。黄昏时，我们又陪巴老在自家庭院里散步。巴老腿脚有点不方便，骥才一再提醒巴老：走慢点，别踩空了。第二天上午，骥才另有约会，我去看望柯灵。柯灵老兴致勃勃地同我谈起他构思已久的一部反映上海百年历史的长篇小说，他说，看了大量资料，特别是清末有关上海的报章图书，现在素材积累得差不多了，已开笔。他有点犹豫地说：“年岁大了，精力有限，何时能脱稿还很难说。”但他满怀自信地说：“这个题材是十分重要的，文学能反映上海这个东方大都市百年来的风雨巨变，是我们作家，特别是长期生活在上海的作家的一种义务，一种责任。”晚上我和骥才谈起今天各自的活动，他埋怨我为何不约他一起去看柯灵老，他说，像巴老、柯灵老这样的大家，平日我们更多地是读他们的作品，有机会接触他们，当面谛听他们的谈话，就是一种难得的受益机会。

我不是上海人，但我的家乡安徽当涂离上海不远。自打懂事起，乡人会指着滚滚东去的长江告诉我，坐船往下走，一夜就能到上海。去趟上海，是我自幼活在心底的一种向往。我国改革开放以来，由于工作关系，我曾多次去上海。从北京直航，两个小时就抵达虹桥机场。但几乎每次去都很匆忙，一两天、两三天办完事就返回了。同样由于工作的性质，每次到上海，拜望的、见到的，也都属于文艺界、新闻界的前辈、同辈和晚辈。我爱吃上海的三黄鸡，鲜嫩可口。临别的深夜，友人经常请我在一个小店里，半只三黄鸡，两瓶啤酒，见我那副贪婪的吃相，友人开玩笑地说："这还不是真正的小绍兴的三黄鸡，否则你吃而忘返，明天你都不想走了。"我有过一次在上海非公务的停留，至今难忘。

1977年，阿英先生在京去世。香港三联书店约我编选《阿英文集》。阿英是文艺界老人，20世纪三四十年代一直生活在上海。他以多种笔名在上海报刊上发表作品。为了尽可能齐全地查找到这些作品，我只好来到上海，经朋友帮忙，我在徐家汇藏书楼的旧期刊阅览室里安安静静地度过了整整一个星期。去藏书楼之前一个晚上，我去看望了于伶老。于伶和阿英是老友，尤其在"孤岛"时期过往甚密。他告诉我阿英当年经常发表文章的几家报刊，和常使用的几个笔名。他还谈道，因为战事，许多作家当年写的一些文章，共和国成立后很少结集出版，而不少当事人已先后辞世，他们用过的一些笔名，也少有人能弄清楚。这不能不给研究者带来一些困难。他认为，收集整理资料趁一些老人还在，记下他们的回忆口述，是现代文学史研究的当务之急。经他的提示，我的查找工作就方便、快捷多了。我借居在一位父辈的朋友家里。早起散步五分钟，就到目的地了，有时提前到了，还没开馆。中午在附近的小饭铺吃碗面充饥。傍晚回到九层楼上一间不足九平方米的屋子里，主人好客地招待一番，菜肴不算多，但新鲜爽口，酒是顶好的洋货。每天最轻松的时候，就是饭后持续几小时的听音乐。主人是个老文化人，我给他讲些白天翻阅报纸所知的“孤岛”时期一些文化新闻，他听着，不时加以补充渲染，这样常常到下半夜。我在翻阅旧报刊时常发现许多我熟悉的老作家的文字。有次读到李健吾先生用刘西渭笔名写的谈巴金小说《家》改编成剧本的短文，非常喜欢，估计作者未必保存有，特意复印了一份。回北京后，交给同在一个杂志社工作的李健吾先生的女儿，请她带给她父亲。想不到第二天，李维永笑嘻嘻地告诉我，她爸爸高兴得很。不久，她又交来李先生给我的一封短笺，他在信的右上角特意加了几句：“这篇文章，似乎是复制出来的。你从什么报纸复制出来，还有，在什么地方复制的，请赶紧告诉我。”

看了他的信，我不禁自责起来。由于我当时的疏忽，没有复印全，又没有注明出处，使李先生如此着急。下班时我去东城干面胡同看他，才知道他正在为一家出版社编纂一部戏剧评论集，想把这篇文章补进去。从言谈中知道他颇得意此文，多年苦于没有保存而又忘记了发表的报刊，无法寻觅。他听了我的说明，又宽慰我：“多亏你找到了线索，我会托上海友人查找出来的。”

我有“淘书”的喜好，平日有暇常去北京中国书店逛逛，到上海“淘”点旧书，一直是我的一个心愿。1982年，有次吴强同志请我在上海城隍庙吃小吃，饭后在旧货摊上，意外地购得一本叶圣陶的《倪焕之》。这部长篇小说由上海开明书店1929年8月初版，次年4月再版。我所得的是再版本。我将它送给叶圣老保存，叶圣老说他不收存自己著作的版本，当即在书的卷首写了几句话，因钢笔墨水过浓，他又用纸另写了一遍，贴在扉页上将书送还给我。他写道："泰昌同志喜访旧书肆，时得人家散出之新文学著作，今晨以此册相示，余久已不存初版及第二版，计之亦五十余年旧物矣，题而归之。一九八二年七月十七日叶圣陶。"

那天我随身还带去了新近购得的俞平伯的《读词偶得》，是1947年的修订初版，叶圣老看着说："这本书与我有点关系，是我们开明出的。这个修订本比之1934年初版本作者删略了许多。"他叫我送给俞先生看看，他说估计俞先生也没有保存这个本子。

2004年9月19日

永福时光

我去了一趟广西桂林的永福县。我这一生，踏足过国内绝大部分省城，也到过不少市、县、乡镇，多因公务，行程匆匆，谈不上是认真的参观旅游，只能说是走马观花、到此一游，粗略记住的仅是领略过的山光水色、名胜古迹和风味土菜。而永福之旅，虽然也只有两三天，也只是蜻蜓点水似的掠影，也有好山好水，但这个桂北古县民风的淳朴，社会的祥和给我深深的感触，这点温存的亮光长久地闪耀在我眼前。

2006年10月，我应邀去参加中国桂林永福首届福寿节。临行前，我还以为这次活动是在桂林举办。桂林山水甲天下，是举世闻名的山水旅游城市。20世纪80年代中期，我曾去过一次，仅待了一个晚上，就匆匆回京了，别说游漓江，连市内的景点也没去，更谈不上原想去寻觅几处抗战期间文化界前辈曾居住过的地方。怀着莫大的游兴来又带着莫大的遗憾走。

时隔二十多年，又有机会重游桂林，说不出的兴奋和激动。飞机中午在机场降落，前来迎接的主人安排在邻近桂林市区的临桂县城吃午饭。我喝了点白酒，在车上又眯了一会儿，当醒来才知道离桂林市区越来越远，一个多小时抵达了永福县城。

永福的主人，没有安排我们参观正在兴起的工业园区，更多时间是去几十里外的自然村落。汽车在山道上忽上忽下，颠簸着人的心绪，当山下一片洼地平川凸现在眼前心才安定下来：人居密集的乡镇，周围疏落点点的村舍。印象最深的是一天上午去参观百寿镇。据说镇上世代出长寿老人，为了沾点福气，沾点寿气，在主人的引领下，我仔细参观了百寿岩、长寿树，还特意去了一户壮族农户家，三四位八九十岁的老妪正在闲叙，她们高兴热情地接待了我们，主人到自家院子里摘了许多当地盛产的瓜果招待我们。当知道我是从北京来的，个个都乐呵呵地对我说，北京，好，没去过，想去。农户主人悄悄地对我说，她出去一下，抱回一只老母鸡，说鸡三天没回家了。我很留心听着，她说将不回家的鸡“抱”回来，而不是“抓”回来，可见主人和鸡之间的默契。我好奇地尾随着她，看她如何去“抱”鸡。老人清瘦，但步履矫健，快捷地来到一片草丛，拨弄着乱草，很快从草丛里抱出一只母鸡，右手上还拿着三个鸡蛋朝我笑，丝毫没有抓鸡的动静。我问她，你不怕鸡在外面被人偷了？她摇摇头；不怕被野物叼走了？她也摇摇头，说山里有它们吃的东西；不担心鸡这几天没吃的。你不管它？她笑着指指鸡说：“这东西鬼着呢，它会自找食物，喜欢在外面下蛋，也知道我会把它按时接回来，它在等我呢。”

老妪“抱”鸡的这个细节，我记忆犹新。在大都市生活久了的人，多么羡慕这偏远山村里的百姓，天天日日在营建和享受社会与人、人与自然环境、人与动物间的这片和谐安宁。中午乡镇请我们用饭，当餐桌上出现一大碗蒸母鸡时，我迟迟地不愿下筷，我想起了老妪“抱”鸡的景象。我突然悟到，人的身体健康是生理问题，日渐老朽、衰亡，是不可抗拒的自然规律，但人的情绪的健康对身体的健康和寿命的持续至为重要。黄泉路上无老少，就多少有几分这个道理。难怪一首闽南语歌这么唱道:“六十少年时，七十不稀奇，八十可欢喜，九十真难得，百岁得赞美。”

2007年10月，永福又举办了第二届福寿节。恰巧这时，我被桂林市邀请给“百姓讲坛”作讲座，我在介绍我认识的几位世纪文学大师对人生、友情、亲情、乡情等问题的理解和追求时，不由谈到在永福享受到的这份幸福时光。我在游览漓江时，欣赏沿途秀丽奇特的风光，总拂不去那有形的自然美景中弥漫着的从永福获取的无形的欢愉，我依稀感受到了一个更完整更丰富多彩的桂林。怀念永福这块宝地的福气，怀念淳朴的永福人的寿气，永福之光永远陪伴着我，在人生跋涉的旅途上。

2008年9月21日

有 态 度 的 阅 读

微 博 小马BOOK
公众号 小马文艺
小红书 小马book

抖音 小马文化
淘宝 小马过河图书自营店
微店 小马过河图书自营店

全案营销 小马青橙工作室

投稿邮箱 xiaomatougao@163.com

图书在版编目（CIP）数据

我想和岁月谈谈 / 吴泰昌著. -- 北京：华龄出版社，2023.5

ISBN 978-7-5169-2342-9

Ⅰ. ①我… Ⅱ. ①吴… Ⅲ. ①回忆录—中国—当代 Ⅳ. ① I251

中国版本图书馆CIP 数据核字 (2022) 第 178927 号

责任编辑	冀　晖	责任印制	李未圻
策划监制	小马BOOK	内文制作	麦莫瑞文化

书　　名	我想和岁月谈谈	作　　者	吴泰昌
出　　版 发　　行	华龄出版社 HUALING PRESS		
社　　址	北京市东城区安定门外大街甲 57 号	邮　　编	100011
发　　行	(010) 58122255	传　　真	(010) 84049572
承　　印	定州启航印刷有限公司		
版　　次	2023 年 5 月第 1 版	印　　次	2023 年 5 月第 1 次印刷
规　　格	880mmx1230mm	开　　本	1/32
印　　张	10.5	字　　数	260 千字
书　　号	ISBN 978-7-5169-2342-9		
定　　价	59.80 元		